Delparaíso

Novela

Juan del Val

Delparaíso

ESPASA

Certificado PEFC

Este libro procede de bosques gestionados de forma sostenible y fuentes controladas

PEFC/14-38-00305

www.pefc.es

Avinguda Diagonal, 662, 6.ª planta. 08034 Barcelona (España)
www.espasa.com
www.planetadelibros.com

Adaptación de la cubierta: Booket / Área Editorial Grupo Planeta
Imagen de cubierta: © Yvan Favre
Primera edición en Colección Booket: abril de 2022

Depósito legal: B. 4.267-2022
ISBN: 978-84-670-6558-9
Impresión y encuadernación: CPI Black Print
Printed in Spain - Impreso en España

Biografía

Juan del Val (Madrid, 1970) ha trabajado en obras (de construcción, no de teatro), en periódicos, en revistas, en radio y en televisión; director, productor, guionista y presentador, comenzó su andadura profesional en Radio Nacional de España en 1992 y desde entonces ha desempeñado su labor en TVE, Antena 3, Telecinco, Canal 9, Onda Cero y Melodía FM. En la actualidad es colaborador de *La Roca* (La Sexta) y de *El Hormiguero* (Antena 3), programa en el que participa también como guionista.

A ese chico que escribe en pijama

Luis Prado le da un beso a su mujer y siente que ella puede darse cuenta. Le pasa siempre lo mismo, pero la respuesta rutinaria de Eli le tranquiliza y su respiración vuelve a ser acompasada. «¿Qué tal el día?». Luis pasa por encima en el repaso de su jornada en Urquijo-Prado, el despacho de abogados del que es dueño junto a su cuñado Borja Urquijo, el único hermano de Eli. Luis Prado lleva haciéndose cargo de todo desde hace meses. Así tendrá que ser hasta que Borja se recupere, vuelva a trabajar y a ser el que era, si es que eso sucede alguna vez.

Eli Urquijo no quiere que nadie la llame Elisa. Casi nadie lo hace, salvo Luis, que cuando discuten, finge que no se da cuenta: «No me jodas, Elisa; deja de gritar, Elisa; no sé de qué me hablas, Elisa…». Eli se siente mayor. Primero empezó sintiéndose gorda y ahora se siente mayor y gorda. Así se ve ella. Nota que sus muslos se ablandan según pasan los días, gelatinosos, la piel se hunde y remonta hasta el siguiente hoyuelo. A veces se ilusiona mientras se aplica la crema anticelulítica antes de irse a dormir, estira la piel de los muslos con las dos manos dándoles una tersura instantánea, ficticia, que dura hasta que las manos dejan de hacer fuerza y a sus muslos vuelven los cráteres. Es herencia de su madre. La primera liposucción hizo algún efecto, la segunda ya apenas se notó. Claro que en la primera era más joven, nada más nacer Cristina. La segunda se la hizo cuando llegaron los mellizos. Mañana cumplen diez años y ella no ha vuelto a recuperar su peso. Sabe que le faltan por recuperar muchas más cosas y de vez en cuando tiene miedo de que ya no le dé tiempo. Mañana cumple cuarenta y cinco años. Su médico programó la cesárea para que Luis y Martina nacieran el mismo día que ella.

Lorena Rosales es vecina de Eli y Luis. No hace nada. No trabaja, y eso para Eli es no hacer nada. La verdad es que sí hace. Hace *Bikram* yoga, hace *spinning,* hace meditación, hace senderismo, hace dieta macrobiótica... Su marido, Luca Sandovich, es exfutbolista, representante, intermediario, mediador de acuerdos entre clubes, jugadores y padres de jugadores, que suelen ser los más difíciles. Luca y Lorena irán mañana sábado a casa de sus vecinos Luis y Eli, que celebran el cumpleaños de ella y de los mellizos. Irán con su hija Jimena, que es guapísima como su madre y muy rubia, como su padre y su madre.

A pesar de ser viernes, Luis y Eli no saldrán a cenar esta noche. Han cenado ligero en la cocina después de que Cristina y los mellizos se hayan ido a dormir. Seguro que la mayor sigue despierta, enganchada al móvil, pero esta noche sus padres no tienen ganas de discutir con ella —«adolescente caprichosa»— para que no utilice el teléfono en la cama. Después de cenar han subido a la habitación y han repasado lo necesario para la fiesta de cumpleaños de mañana. Eli ha encargado un *catering*, vendrán camareros; es lo mejor porque la chica de servicio no dará abasto, al final se juntarán unos setenta invitados. Acudirán empleados de Urquijo-Prado, compañeras de la galería de arte en la que trabaja Eli, madres de los amigos del cole de los niños, compañeros de pádel de Luis y, además de Luca y Lorena, están invitados bastantes vecinos de la urbanización Delparaíso.

Luis y Eli compraron la casa de Delparaíso poco antes de comenzar a construirse. Casi setecientos metros habitables, con una pequeña parcela de otros cuatrocientos en la que caben porche, jardín y una piscina. Las setenta casas de Delparaíso son iguales, al margen de la decoración que cada uno decida. De los despropósitos estéticos en el interior de algunas casas y de su vulgaridad nadie es responsable, salvo los dueños. Eli piensa que hay personas que no merecerían vivir en Delparaíso por su pésimo gusto. Le desespera que algunos propietarios utilicen la palabra chalet, «casa, se dice casa». «El problema es que para vivir aquí solo es necesario tener dinero».

Eli y Luis han empezado a ver en la cama un nuevo episodio de una serie que les han recomendado unos amigos. Eli cree que toca hacer el amor, ha pasado casi un mes desde la última vez. Fue divertido, después de una cena con unos amigos en la que se emborracharon, estaban contentos, se parecía a aquellos tiempos en los que se deseaban, cuando Luis hacía que se estremeciera con solo tocarla; ni siquiera eso: solo con un beso se humedecía.

«¿Juventud? La edad es una excusa, es el paso del tiempo con la misma persona lo que mata todo». Eli pone su mano en la pierna de Luis. Luis duda un instante. Le da pereza, pero quizás sea necesario. Él también cree que ya toca. Duda de si podrá, hace apenas dos horas que se corrió con Carolina. Se acuerda de ese momento y se excita, pero es Eli quien está a su lado buscando su boca, rogando un beso. «Estoy cansado», se disculpa. Eli, que ya ha hecho lo más difícil proponiéndolo después de tantas semanas, no quiere frustrarse y busca con la mano por dentro del calzoncillo de Luis. Es viernes. Luis piensa que negarse será peor y accede. Eli apaga la luz y se mete por debajo de las sábanas. Luis se concentra cuando Eli le busca el pene con los labios, con su lengua, intentando ponerlo duro, lo suficiente al menos para poder sentirlo dentro de ella. La erección de Luis es más mecánica que apasionada, pero sentir cómo crece dentro de su boca excita a Eli. Moja dos de sus dedos con saliva para lubricarse, hace falta algo de ayuda, pero hoy no utilizará ninguna crema lubricante. Eso les quita las ganas a los dos, a ella más por lo que significa. Hoy no hará falta. Eli entiende que es el momento y se pone encima de Luis, que la mira desde abajo. Ella prefiere no quitarse la camiseta. Sus tetas son demasiado flácidas, no ayuda que sean tan grandes. Sus tetas volvían loco a Luis cuando además de grandes no estaban muertas. Luis piensa en Carolina y en su cuerpo joven, en la fresa mordida tatuada en su culo. En sus pechos redondos, de pezones pequeños y oscuros, en su vientre liso y luminoso y el *piercing* de su ombligo, en su pubis depilado, en su manera de correrse, ese último gemido cuando parece morir, tan joven, tan bella. Eli se mueve encima de Luis, que vuelve a la realidad y no puede evitar mirar a su mujer con compasión. Se entristece un poco, es la conciencia. Eli exagera su placer, pero nota cómo Luis se ablanda dentro de ella. Suda él, ella se frustra y se tumba en silencio, cubriéndose de cintura para abajo, su torso ya lo escondía debajo de la camiseta. «Lo siento», él. «No pasa nada», ella. Eli busca sus bragas y pasa al baño a lavarse con ellas en la mano, Luis enciende la luz y busca el mando de la tele. Mañana hay fiesta en casa.

Mariano es el jefe de seguridad en Delparaíso. Seguramente él tendrá también un jefe, pero todo el mundo sabe que Mariano es el encargado de todos los guardias de seguridad de la urbanización. Mariano ronda los cincuenta y siempre fue fuerte. En realidad, siempre se ha ganado la vida por serlo, un tipo duro. Boxeó de joven, transportista de muebles, obrero de la construcción, albañil con su propia empresa de reformas. Un desastre de empresa. La montó con su cuñado, un bala y un golfo, como su exmujer: hermanos, la misma sangre. Mariano tiene una hija con ella, lo único que le une a aquella mujer. Ya es mayor, casi veintiún años, y es su debilidad. Vive en una habitación en un piso compartido en el centro de Madrid, quiere ser actriz, es una buena chica que tampoco se lleva bien con su madre. Mariano se dejó de hablar con su cuñado y con su ex el mismo día que dieron por disuelta su empresa de albañilería. Él se quedó con la furgoneta; «Reformas La Familia», ponía en el lateral de chapa. Le dieron menos por ella de lo que debía. Al cuñado lo tumbó de dos puñetazos y lo dejó sin conocimiento después de enterarse de que se había gastado todo lo que había en el banco, lo que se había ganado en un año entero de chapuzas para pagar la furgoneta y el local en el que también lucía un letrero rojo sobre fondo blanco: Reformas La Familia. Su mujer, su exmujer, se colgó de su cuello para evitar que siguiera golpeando a su hermano y le mordió una oreja con todas sus fuerzas; le arrancó un trozo no muy grande, pero que, si te fijas, se nota un poco.

Después de Reformas La Familia, Mariano empezó en la noche de camarero en una discoteca de Villaverde Alto y a él se recurría si había lío. En eso era más eficaz que poniendo copas. Solo con su presencia, pero también con su mirada, era capaz de evitar una bronca. Miraba de esa forma en la que hasta los más desafiantes se empequeñecían, esa manera de mirar en la que el de enfrente sabe que la pelea no es una buena opción. Eso se sabe mucho antes del primer golpe. El dueño de la discoteca se hizo su amigo, tenía más discotecas, le puso un traje y le hizo jefe de todos los empleados de seguridad de todos sus locales. Mariano ascendió, ya no se tenía que pegar casi nunca. Conoció a Carmen, una buena mujer, la vecina que vivía puerta con puerta en el piso que alquiló, después de separarse, en la parte de Moratalaz más pegada a la M-30; Corregidor Rodrigo Rodríguez se llama la calle. Carmen, viuda y con un hijo de dieciocho años llamado Cristóbal, que tiene la misma cara y el mismo nombre que su difunto marido, estaba regando unos geranios que había en las ventanas que daban al patio interior el día que Mariano se mudó a vivir a aquel piso. «¡Buenos días…! Soy su nuevo vecino… Me llamo Mariano… Encantado de conocerla». Carmen le sonrió antes de devolverle el saludo con menos detalles de los que le había dado su nuevo vecino, «¡Hola!», y siguió regando los geranios. A Mariano le gustó Carmen, su pelo rojizo, sus ojos —los recordó verdes cuando cerró la ventana, pero no estaba seguro en ese momento— y su sonrisa, aunque tampoco recordó la forma de su boca. Daba igual. Le gustó ella entera, no le importaron los motivos.

Carmen fue la causa por la que Mariano abandonó su trabajo de noche y entró como jefe de seguridad en Delparaíso; tuvo que ponerse uniforme, lo único malo, pero aquí se siente muy bien. La mayoría de los vecinos le aprecian, conocen su nombre y saben que es la persona a la que hay que recurrir cuando se necesita algo en la urbanización. Sus compañeros le respetan, él elabora los turnos de todos los vigilantes que están custodiando Delparaíso las veinticuatro horas de lunes a domingo. Siempre hay un mínimo de tres, y él suele coincidir casi siempre con Andrés, que es su hombre de confianza entre el resto de los vigilantes. Andrés es el mejor amigo de Mariano, también el único de verdad. Se conocieron cuando los dos trabajaban como seguridad en las discotecas y se hicieron inseparables. Andrés había pasado, siendo más joven, algunas noches en los calabozos de plaza de Castilla por algunos hurtos menores y más tarde, dieciocho meses en la prisión de Alcalá Meco por tráfico de drogas. A Mariano eso le dio igual, vio en él esos códigos de honor que dan los barrios, esa lealtad indestructible al compañero cuando las cosas se ponen feas, cuando la amistad es un arma para sobrevivir.

Mariano está en un buen momento de su vida, lo siente así. Ama a Carmen y adora a su hija, la aspirante a actriz de veintiún años. Es una buena chica, trabajadora y responsable. En el último año viene bastante por la urbanización, porque se saca algún dinero haciendo de canguro en algunas casas de Delparaíso. A la que más va es a la de Luis Prado y Eli Urquijo, porque a los dos mellizos del matrimonio les encanta quedarse con ella. Mariano le ha oído decir muchas veces a su hija Carolina que son un matrimonio encantador.

«No es posible una nueva ampliación de la hipoteca». Sergio ha escuchado esa frase del director del banco como si fuera una sentencia a muerte. Puede que sea solo una forma de hablar, o no, pero Sergio siente que es el final. Sergio Goikoetxea es incapaz de pronunciar ninguna palabra, suda, nota cómo se empapa su camisa, cree que está humedeciendo la americana gris claro de su traje de Etro de tres mil euros; se lo regaló Yolanda por su cumpleaños junto a una corbata verde de topos blancos. Él tardó en entender que los topos eran lunares, y por algún motivo extraño se le viene en este momento a la mente aquella confusión, ese instante en el que se rio junto a Yolanda cuando le confesó que creía que los topos solo eran los bichos esos que apenas ven. Ahora sabe que aquella risa junto a Yolanda era amor. Tan cerca lo tenía y no se dio cuenta. Por mucho que lo afloja, el nudo de la corbata verde de topitos blancos le sigue oprimiendo el cuello.

El director del banco aguanta el silencio de su cliente con la cabeza baja mirando un papel en el que finge leer algo. Sergio Goikoetxea está acabado en la silla de enfrente de Pascual Ramírez, que está deseando que Sergio Goikoetxea se vaya de su despacho y que pronto sean las tres de la tarde para marcharse a casa y empezar el fin de semana. A Pascual Ramírez le nombraron director del departamento de clientes preferentes del Banco Europeo. Pascual Ramírez jamás tendrá la posibilidad de reunir el dinero que poseen la mayoría de los clientes a los que debe hacer la vida más fácil, recomendar inversiones preferentes y hacerles sentir más importantes. En definitiva, se trata esencialmente de esto último. Pascual siempre lleva los trajes una talla más grande de la que le corresponde, da la impresión de ser un hombre cuyo cuerpo tiene forma de cubo, la cabeza con su pelo a cepillo, el torso de hombros a cintura y hasta las piernas con sus pantalones anchos parecen cubos superpuestos unos encima de otros formando un cubo mayor. Pascual Ramírez odia a sus clientes. Es un sentimiento íntimo que no ha compartido jamás con nadie; es posible que ni él mismo sea consciente de que lo tiene, pero lo tiene. En este momento le invade una especie de regocijo al ver a Sergio Goikoetxea a punto de ponerse a llorar delante de su escritorio. Seiscientos cincuenta mil euros es la cifra que necesita urgentemente su cliente para poder conservar su casa en Delparaíso. Y con ella su vida, que incluye a su mujer Yolanda y dos hijos insaciables, Alfonsito y Cayetana, dieciocho y dieciséis años. Va para un año que Yolanda y él duermen en habitaciones separadas, y solo se dirigen la palabra cuando Alfonsito y Cayetana están delante o tienen alguna cena de compromiso con amigos de la urbanización. A Yolanda le repugna su marido desde que descubrió que era cliente habitual de Ama Susanne, una rusa a la que Sergio contrataba para que le vistiera de mujer y le azotara, entre otras cosas mucho peores de las que ni siquiera quiere acordarse.

Pascual Ramírez se levanta de su sillón dando por finalizada la conversación. «No se aflija, señor Goikoetxea, seguro que las cosas mejorarán pronto, permítame que le acompañe hasta la puerta».

Razvan, Ferka, Cosmin y Mihai duermen en una habitación con dos literas que tienen alquilada en un piso de Vallecas. Cada mañana se levantan a las siete para desayunar juntos en la cocina del piso en el que hay un par de habitaciones más con gente que va y viene. Mihai siempre desayuna galletas Oreo, es lo que más le gusta de España, además de las chicas, claro está. Razvan, Ferka y Cosmin bromean con él cuando los dientes se le ponen negros después de comerse cada mañana un paquete entero de sus galletas preferidas. Mihai colabora con la broma riendo con la boca abierta, enseñando los restos negros de su desayuno y haciendo ese ruido tan extraño que emite al comunicarse. Mihai es sordo y mudo y llegó a España desde Rumanía hace dos años para trabajar con sus primos Razvan, Ferka y Cosmin. A Mihai le da miedo quedarse solo en la calle, sabe que cuando intenta comunicarse, la gente le toma por tonto. «Un retrasado o algo así», es como lo definió la dueña de la casa a la que los cuatro primos alquilaron la habitación en la que duermen. Él no lo oye, pero lo sabe.

Después de desayunar, los cuatro primos caminan un rato hasta el metro en el que, trasbordo incluido, viajan unos cincuenta minutos hasta llegar a la estación de Colonia Jardín, en la línea 10, y allí cogen un autobús que les deja a cinco minutos de la urbanización Delparaíso. Acaban de empezar una reforma integral en una de las casas, la que acaban de comprar Marcos Espinosa y Clara Zúñiga. A Clara le pareció espantosa la decoración de los anteriores inquilinos, que se marcharon porque, al parecer, al marido lo trasladaron a Dubái y decidieron vender. Clara no se enteró bien de los motivos de la venta, esencialmente porque le traían sin cuidado. A Clara lo único que le interesaba era comprar una casa en Delparaíso y no paró hasta convencer a su marido Marcos. Él, incluso después de haber firmado la escritura y la hipoteca, sigue sin verlo claro. Y más cuando Clara se ha empeñado en tirar hasta la última pared de la casa y reconstruirla por completo. Marcos tarda mucho en dormirse por las noches, se le ponen los nervios en el estómago pensando en cómo afrontar los pagos, y a veces le da rabia ver a Clara durmiendo a su lado, despreocupada como una niña irresponsable. Marcos no ha sabido nunca decirle que no a Clara. El matrimonio Espinosa-Zúñiga contrató para la reforma a una empresa de interiorismo y decoración para la que trabajan Razvan, Ferka, Cosmin y Mihai, que en estos primeros días en Delparaíso están demoliendo paredes, levantando el suelo y arrancando todos los muebles que había en la cocina. Ninguno de los cuatro entiende la necesidad de destrozar una casa como esa, «si todo está prácticamente nuevo». Mihai no pudo evitar una cierta tristeza el primer día que con su pico empezó a romper los azulejos azules de uno de los cinco cuartos de baño que tiene la casa. A él le encantaría tener un baño como ese, con uno la mitad de grande y la mitad de bonito se conformaría. Mientras hacía añicos, sin ruido, los azulejos que a trocitos iban cayendo a sus pies, sintió que aquello era una injusticia. Lo sintió, como todo lo que siente, en el más rotundo silencio.

Borja Urquijo es el hermano mayor de Eli, apenas dos años se llevan. Hace un mes que Borja cumplió los cuarenta y siete en la clínica psiquiátrica en la que sigue ingresado, va para dos meses. Eli le llevó una tarta de zanahorias, que ella misma le hizo, con una vela que Borja le pidió que le ayudara a soplar. No quiso que fuera nadie más, pero Eli, su niña, su hermanita, es diferente al resto del mundo. Borja hizo un esfuerzo ese día para quitarse el pijama, ducharse y arreglarse para recibirla con el mejor aspecto. Pidió a Katy, una enfermera de la clínica, que le consiguiera un poco de gomina, espuma de afeitar y una cuchilla desechable. No es fácil conseguir cuchillas en la clínica, claro, pero Katy se saltó las normas y le compró todo eso y un frasquito de *aftershave*.

Cuando Borja y Eli soplaron la vela desearon lo mismo: celebrar el siguiente cumpleaños fuera de allí. A lo mejor podían organizar una gran fiesta con música y mucha gente. Eli lo deseó con mucha más fuerza que Borja, porque Borja no tiene demasiada fuerza para desear aquello que le conviene. A veces cree que podría volver a ser normal, que esa «cosa negra que golpea su cerebro», así la llama él, y que se empeña en destruirle, podría desaparecer, como desaparecen las nubes que se lleva el viento y dejan el cielo azul clarito.

Borja piensa en su cabeza como si fuera el cielo y le gusta cuando está despejado. Como cuando era niño, como cuando se acuerda de su madre, como cuando jugaba con su hermanita Eli, como cuando escribió una poesía a su primera novia en el instituto y ella lloró, como el día de su graduación en derecho, número uno de su promoción. Como el día que él y Luis Prado, su amigo del alma, abrieron el bufete y acabaron borrachos en el Toni 2…

Hubo días así, buenos y tiernos, felices, días en los que no sucedía nada malo, días en los que no se pasaba miedo, días con el cielo despejado azul clarito de verano, días sin esa mancha negra que le tiene aquí, ingresado una vez más. Ha celebrado su cumpleaños aquí y mañana tampoco podrá acudir al de su hermana Eli y de sus sobrinos, Luis y Martina, que cumplen diez años. «Cómo pasa el tiempo». Un poco más de diez años han pasado desde la primera vez que Borja intentó acabar con todo tomándose una caja entera de Estazolam. A todos les sorprendió aquello, cómo pudo hacer algo así, de repente, él, que lo tenía todo. Con seguridad, los problemas empezaron antes, mucho antes. El alcohol, la cocaína, demasiada cocaína. O puede que incluso antes, cuando deseó a aquel chico rubio al que vio desnudo en un campamento de verano. O cuando su recto padre, el notario don Julio Urquijo, le pegó un puñetazo y le partió los dos labios y un diente al descubrir que escondía una revista pornográfica para hombres debajo del colchón. «¡Maricón!». Hubo un tiempo en el que Borja creyó que merecía aquel puñetazo; la humillación cuando le contaba a aquel cura psicólogo empeñado en curarle que se le aceleraba el corazón cuando posaba su mano en el paquete de algún chico en un bar de la calle Pelayo. Y luego su boda con Susana, una mujer fea y no muy lista, la pobre, a la que Borja odiaba sin que ella lo mereciese. Menos de un año duró aquel paripé del que nació su hijo Carlos, que ahora tiene diecinueve años y al que apenas ve. Alguna vez le ha contado a la enfermera Katy, con la que pasa muchos ratos en el jardín de la clínica cuando ella termina su turno, que seguramente esté allí porque se lo merece. «Justicia divina». Katy se enfada con él y le regaña cuando le oye mascullar esa frase entre dientes. Esa era y sigue siendo la preferida de su padre.

Pascual Ramírez se quita su chaqueta grande cuando llega a su casa de Las Tablas, un barrio alejado del centro y formado por una sucesión de un montón de urbanizaciones muy parecidas entre sí, construidas en torno a calles paralelas y perpendiculares, bloques de seis u ocho plantas en cuyo centro hay una zona común con piscina incluida. Las hay blancas con las ventanas negras, de ladrillo visto con la carpintería exterior en madera o de aluminio granate, otras con la fachada beis, otras grises... Todas distintas, pero exactamente iguales. Parquet, materiales de primera, según decía el catálogo cuando la mayoría compró sobre plano. En la cocina, armarios hasta el techo, una buena encimera imitando granito, mármol en el baño principal y un azulejo más discreto en el secundario. Armarios empotrados vestidos por dentro, algunos pisos con trastero en la planta del garaje, en la que están las dos plazas que le corresponden a cada vivienda. Padre, madre y dos hijos detrás de cada puerta, familias a las que les va bien, porque no les va mal. Clase media, media alta, pero mucho más cerca de la media que de la verdaderamente alta. Calidad de vida con zonas verdes, aunque no tan verdes, bien comunicadas por la M-40, que sin atasco te plantas en el centro en veinte minutos; con atasco mucho más, pero todo es cuestión de acostumbrarse. Bloques que componen urbanizaciones que conforman un barrio en el que vive gente que es justo lo que se esperaba de ella.

Pascual Ramírez tiene los ojos redondos y pequeños, poco importantes dentro de su cara cuadrada, como todo él, de nariz con forma de nabo y una boca en la que no hay rastro del labio de arriba. Tiene un poco de papada, de momento, porque Pascual sabe por su padre que las papadas crecen con los años y la suya va a ir a más. Cada mañana se preocupa por eso cuando se afeita y piensa que a lo mejor algún día se la quita en un quirófano. Ya ha consultado en internet algunos cirujanos estéticos que lo hacen, pero no ha compartido esa idea con nadie, tampoco con su mujer. Dolores es, como su marido Pascual, una mujer corriente, pero mucho más atractiva, sexi incluso. Dolores trabaja en el Ministerio de Agricultura, es la secretaria de un subsecretario, «o algo así». Pascual no lo sabe muy bien, porque no considera demasiado importante nada de lo que hace Dolores. Ella es feliz con su pilates martes y jueves, con sus clases de cocina los sábados y con sus novelas, siempre policiacas o eróticas, que la entretienen un montón. Pascual y Dolores tienen una hija de dieciocho años que se llama como su madre, pero a la que siempre han llamado Lola. Gorda, con la papada propia de la parte de los Ramírez, y que siempre va vestida de negro. Se tiñe el pelo de colores, rosa, azul, hasta blanco se lo ha llegado a poner. Se pinta la raya de los ojos muy ancha y lleva los labios y las uñas negras, unas botas con tachuelas, hebillas plateadas y la suela muy gruesa. No se las quita ni en verano. Es de una tribu, «gótica o algo así», esto tampoco lo sabe muy bien Pascual. Su padre se avergüenza de ella y prefiere que pase el menor tiempo posible en las zonas comunes, que la gente de la urbanización la vea lo imprescindible. «La culpa la tiene su madre, que no ha sabido educarla». Pascual y su hija gótica no se hablan demasiado, él todo el día fuera de casa y ella casi todo el tiempo en su habitación. Ninguno de los dos podría recordar la última vez que se dieron un beso.

Lorena Rosales no come apenas. Dice que sí, pero no ha cogido ni un canapé. Solo vino blanco, porque el tinto ensucia sus dientes. Siempre hace lo mismo. Eli se desespera cuando algunas veces han cenado los dos matrimonios juntos. Siempre la ensalada de primero, de la que se deja la mitad, y el pescado a la plancha con más verdura, que tampoco se termina, para acabar diciendo siempre que no quiere postre porque está llena. Su marido Luca le cae mejor a Eli que su mujer, algo que no es difícil. Luca, aparte de vecino, es cliente de Urquijo-Prado. En el despacho repasan los contratos con futbolistas y revisan los que tienen que firmar con los clubes cuando intervienen en un acuerdo las tres partes. Luis Prado no recurre a ningún empleado, se encarga personalmente de los asuntos de Luca, incluso le asesora y le ha acompañado a alguna negociación con futbolistas a los que le interesa representar. Luca se mezcla con los invitados y a su lado Lorena sonríe a todo el mundo. Ellos miran de reojo su culo perfecto y ellas la odian inventándose defectos en su anatomía que no existen.

Sergio Goikoetxea no quería venir, no tiene ánimo, pero Yolanda se ha empeñado. Y de ninguna manera pensaba ir sola al cumpleaños de Eli y de los mellizos. «No tienes buena cara, ¿estás bien?». Sergio Goikoetxea miente contestando que se encuentra de maravilla a la pregunta de Mayte, la vecina de Delparaíso que mejor le cae. Mayte es una mujer que ronda los setenta, distinta a las demás mujeres de la urbanización, muy distinta a la mayoría de mujeres de cualquier parte, que no pega mucho por aquí, pero que posiblemente no pegue en casi ningún sitio. Sergio se ríe mucho con ella. Mayte dice, nada más y nada menos, que fue amante del rey. No se lo dice a todo el mundo, asegura que solo se lo confiesa a la gente de confianza como Sergio y Yolanda, a los que quiere mucho. Ella ya estaba aquí cuando el matrimonio compró la casa de al lado. Mayte tiene el pelo rojo y siempre lleva a su caniche en los brazos, parece que forma parte de ella. Mayte, divorciada dos veces y viuda otras dos, fue artista de teatro y participó en varias películas españolas en la Transición, el cine del destape, en el que fue secundaria en un montón de títulos. En todas se desnudó íntegramente y en la mayoría no tenía ninguna frase completa. «Pues yo te noto triste», reitera Mayte. «¡Que no, mujer, estoy fenomenal!», miente Sergio. «Y más delgado», apostilla ella con el caniche al lado de las tetas. Borbón se llama el perrito.

Al contrario que sus madres, las hijas de Eli y Lorena sí se llevan bien. Cristina y Jimena son amigas desde que eran niñas, tienen casi la misma edad. A ellas la fiesta les da un poco igual, así que se han ido a la habitación de Cristina junto a Cayetana, la hija de Sergio y Yolanda. Cristina y Jimena tienen quince años, las dos son vírgenes, pero Cayetana, de dieciséis, ya no lo es. O eso dice ella. Lo ha hecho con un chico de su instituto un par de veces. La segunda fue mejor que la primera, pero ella se esperaba otra cosa. Prefiere los besos y que los chicos le toquen las tetas, «lo otro» solo se lo ha dejado tocar a su novio y le gustó mucho más que hacerlo «del todo». Cristina y Jimena todavía no se han dejado tocar «lo otro» por ningún chico. Las tetas y el culo sí, pero todo aún no. Le piden detalles a Cayetana, que se ha arrancado a contar su experiencia antes de que bajen a soplar las velas de la madre de Cristina y sus hermanos mellizos. Ha empezado diciendo que se tuvo que tomar dos «roncончola» para que se le fueran los nervios...

Patrick, el dueño de la galería de arte que dirige Eli, ha venido con su mujer, una señora francesa muy elegante, que, según cuenta su jefe a Eli, no está muy bien de los nervios. Muy delgada, su mirada es la de una mujer permanentemente a la defensiva, la de un animal agazapado temiendo que lo ataquen en cualquier momento. No parece relajada ni cuando se ríe, hasta en su risa hay algo de crispación. Son distintas, pero las enfermedades de ella y de su hermano son una especie de unión invisible entre Patrick y Eli. No solo eso, también se sienten los dos bastante solos.

Luis Prado mira de reojo a Carolina, que también ha venido al cumpleaños de sus hijos. Ella evita cruzar su mirada con la de Luis, pero se sabe observada y le gusta. Le gusta mucho gustar a Luis, quizás lo que más. Con él disfruta más que con los chicos de su edad, los de la universidad y los de la escuela de teatro. Luis sabe mucho más, sabe casi de todo y habla muy bien. Ella se excita cuando le oye hablar, a veces piensa que es el hombre más listo del mundo. Luis creyó que aquella historia era imposible, pero lo pensó después de que se le pasara por la cabeza y ya fue tarde. Ella en la piscina, jugando con los mellizos, aquel bikini celeste, sus pezones erectos, su vientre plano, sus piernas ligeramente arqueadas a la altura de los muslos, «un túnel en el que quedarse atascado». Luis se hizo gracia a sí mismo con aquella ocurrencia. Y su sonrisa con los dientes no muy blancos, no muy grandes, no muy perfectos dentro de una boca de labios gruesos, encima de los que hay una pelusilla, como recuerdo presente de una niña que todavía no tiene que obsesionarse con la depilación, sus cejas pobladas y anchas. Su acento de barrio, su timidez sobreactuada, su educación un poco falsa, su pelo rizado negro, tan fuerte y sano que no necesita pasar nunca por la peluquería. Luis estuvo dos horas en su despacho dudando si mandar aquel primer WhatsApp. Ella tardó dos días en contestar; luego, la seducción, las bromas, la conquista y la primera cita en la suite de un hotel al lado de Urquijo-Prado. «Es más grande que mi piso», dijo mientras toqueteaba cada uno de los frasquitos del baño. Nerviosos, con idéntica sensación de no estar a la altura, se besaron tocándose. A él le parecía un milagro, a ella le parecía algo prohibido, a los dos les parecía una suerte. Carolina se desnudó sin esperar a que lo hiciera Luis, que la imitó con cierta inseguridad, con ropa no se notan los años de la misma forma. Carolina se excitó mucho tocando los brazos fuertes de Luis, que la acarició con las palmas de las manos recorriendo desde los glúteos hasta el interior de sus muslos. Ese primer gemido de ella, la humedad, los besos, la dureza incontrolable de él, la suavidad olvidada de la piel joven, el corazón latiendo demasiado fuerte. Ese momento soñado en el que Luis entró en Carolina y ella gimió cerrando los ojos. Quería hacerle más cosas, muchas más, desplegar todo lo que sabía para darle placer, pero no pudo controlarse. Se corrió como hacía demasiado tiempo que no lo hacía, sin control, de manera inevitable, ese último escalofrío. A Carolina le pareció por primera vez que Luis era vulnerable, una palabra que quizás no había utilizado en la vida, pero que explica el motivo de sentir que justo en ese momento se acababa de enamorar. Apoyó la cabeza en el pecho de Luis un buen rato en silencio, después hablaron, rieron, pidieron dos copas en recepción, volvieron los besos, las caricias, él volvió a sentirse vivo y ella nunca se había sentido tan mayor. «¡Vamos, Luis, que te están esperando para soplar las velas! ¿En qué estarás pensando?». La tarta es casi como la de una boda; se empeñaron los mellizos en que fuera esa, de chocolate y de tres pisos, una para cada uno, las velas de número formando el cuarenta y cinco de mamá en el de arriba, un uno y un cero en el segundo por Martina y otro diez exactamente igual en el de abajo por Luisito, que cada vez se parece más a su padre. Cristina, la mayor, es más mezcla de los dos. Los invitados cantan el cumpleaños feliz y aplauden al final. Todos coinciden en que es una familia preciosa.

Las setenta casas de Delparaíso están construidas en medias alturas. Tienen una gran entrada y desde la puerta puede verse el porche y un poco más allá, el jardín con la piscina al fondo. Toda la planta baja es prácticamente diáfana, tan solo la cocina de casi setenta metros cuadrados y un gran cuarto de juegos se esconden tras las puertas. En la segunda planta hay cuatro habitaciones y dos baños y en la tercera, la habitación principal con otro baño enorme y dos vestidores. En el sótano cada vecino ha distribuido los casi doscientos metros disponibles como mejor le ha parecido. La mayoría ha optado por un gimnasio, el cuarto para el servicio y, casi sin excepción, una sala con proyector y pantalla de cine. Hay casas, como las de Luis y Eli, repletas de muebles de diseño, algunos de época exclusivos, y obras de arte, algo lógico por la profesión de ella. Las hay con una decoración recargada, casi rococó, que poco pega con la estructura interior de líneas rectas, como la de Mayte; las hay decoradas por profesionales a las que se les nota que todo está comprado a la vez, que en cada rincón está el mueble preciso, más artificial, como las casas de las revistas de muebles: así es la de Luca y Lorena. Y luego están aquellas en las que la decoración carece de importancia, simplemente son muebles que tienen una función concreta, como los de Sergio y Yolanda.

Las casas de Delparaíso ofrecen muchas posibilidades en su interior por sus muchos metros y por su estructura, pero su valor se basa en ser inexpugnables, una de las urbanizaciones más seguras de Europa. Doble barrera de seguridad, donde se precisa la autorización de los propietarios para dar paso a cualquier visita, las chicas del servicio se identifican a través de la huella dactilar, todo el perímetro está protegido por una valla de hierros con su final en punta, previa a un foso de tres metros y, tras el foso, otra valla igual a la anterior. Decenas de cámaras controlan hasta el último ángulo de la urbanización, vigilada además por un coche de seguridad las veinticuatro horas del día. No es solo el lujo, la exclusividad aquí está concebida a partir del miedo. «Nada malo puede pasarte en Delparaíso». Los niños juegan tranquilos en sus calles, las mamás más jóvenes empujan el carrito de sus bebés, los perros pasean por los caminos destinados para ello de la mano casi siempre de la chica de servicio —sudamericana o filipina, va en gustos—, que es la que recoge la caca. La de los perros y la caca en general, incluida la de los niños a los que cuidan. Los ricos tienen menos contacto con la caca, salvo con la propia y porque es inevitable. Los jardineros y el personal de limpieza de las zonas comunes tienen siempre todo a punto, no hay papeles en el suelo, ni colillas, ni siquiera los bancos parecen tener polvo: podrías sentarte en ellos vestido de blanco y levantarte impecable. Aséptica, higiénica, esterilizada, protegida y segura, muy segura. «Aquí no pueden pasar los malos».

Pablo y Gloria cuentan que el miedo fue la razón principal para vivir en Delparaíso. Pablo es rubio de ojos claros y poco pelo, de esos tipos que todavía son guapos, pero que debieron serlo mucho más. Gloria es una mujer morena, alta, delgada, que, al contrario que su marido, es de esas que su atractivo aumentó más allá de los cuarenta. Él es mucho más sociable, a ella la risa parece costarle siempre un esfuerzo. Hace un año que vinieron a Delparaíso después de que una banda de algún país del Este les entrara a robar en el chalet de Boadilla en el que vivían. Dicen que no era la primera vez, pero en esa ocasión ellos estaban dentro con su hijo Miguel de siete años. Los tres dormían. Gloria fue la primera en oír ruidos en la planta de abajo, despertó a Pablo que, todavía aturdido, no dio ninguna importancia a aquellos ruidos. «Nos habremos dejado alguna ventana abierta». Gloria salió de su habitación hacia el pasillo donde estaba la de Miguel. Antes de abrir la puerta de la habitación de su hijo, alguien la abordó por detrás y le tapó la boca, Gloria cuenta que el pánico la dejó inmóvil, apenas un leve forcejeo para zafarse, instintivo pero inútil. Pablo salió de la habitación y, apenas franqueada la puerta, otro atracador le golpeó con un bate de béisbol en la mandíbula y cayó desplomado al suelo.

Gloria pensó que acababan de matar a su marido. El hombre que la tenía sujeta la empujó por las escaleras hasta el salón, donde otro atracador estaba revolviéndolo todo y metiendo en una bolsa negra de deportes lo que consideraba de valor: un par de marcos de plata, unos cascos Beats, una tablet… Uno de los atracadores bajó desde arriba, quizás el mismo que golpeó a su marido o posiblemente otro. «¿Dónde están el dinero y las joyas?», su acento era extranjero, pero Gloria no fue capaz de identificar su nacionalidad, de algún país del Este tal vez. Gloria los acompañó de nuevo a la planta de arriba. Pablo ya no estaba tirado en el suelo, sino apoyado en la pared del pasillo con las manos atadas a la espalda, sangrando por la nariz y la boca, y la mirada perdida. El miedo le permitió sentir emoción al descubrir que Pablo seguía vivo. La habitación de Miguel continuaba cerrada; Gloria solo pensaba en que todo aquello acabase antes de que se despertara el niño y saliera de la habitación. Dos de los hombres entraron con Gloria en el dormitorio principal, ella les abrió el armario donde guardaba sus joyas: anillos, cadenas, collares, un reloj de oro Omega y dos más de Pablo, un Rolex y un Bulgari, nada realmente extraordinario. En la caja fuerte que ella misma desbloqueó había tres mil doscientos euros y ciento cincuenta dólares que les sobraron del último viaje a Nueva York y que se les olvidó volver a cambiar a euros. Los hombres hablaban entre ellos en su idioma, daba la sensación de que el botín les resultaba escaso. Uno de los atracadores se acercó a ella y le pasó la lengua por el cuello, «zorrita mala», el otro rio. Gloria temblaba. El primero metió la mano por debajo de su camisón blanco con la intención de bajarle las bragas, Gloria no se atrevió a gritar mientras la mano áspera de su agresor la recorría por debajo de la ropa. El otro le puso las manos en los pechos sin parar de reír, una risa estúpida; ella se puso a llorar sin apenas hacer ruido, seguía pensando en Miguel. Los dos la empujaron y la tiraron en la cama, el más alto le quitó las bragas y las tiró al suelo antes de abalanzarse sobre ella y seguir chupándole el cuello, la boca y las mejillas, «zorrita mala». El otro se alejó un poco, al parecer le apetecía contemplar la escena. En ese momento, las voces de un tercer atracador paralizaron a los otros dos cuando entró en el dormitorio y vio a Gloria tumbada en la cama con su compañero encima. Los tres discutieron gritando en su idioma, el que acababa de entrar empujó al otro y le amenazó con el puño en alto; el que antes reía se metió en medio separándolos. Los tres salieron de la habitación sin parar de discutir, mientras Gloria permanecía paralizada encima de la cama. Oyó cómo atravesaban el pasillo, bajaban las escaleras y cerraban la puerta de la vivienda. En ese momento descubrió que estaba empapada en pis. Salió al pasillo, donde Pablo intentaba reincorporarse, fue a abrazarlo, tenía sangre seca en toda la cara y en la camiseta. Gloria fue a por unas tijeras al baño, solo encontró las pequeñitas de las uñas, pero fueron suficientes para cortar la brida de plástico con la que los atracadores habían maniatado a Pablo. Gloria abrió la habitación de Miguel mientras Pablo intentaba levantarse, todavía no había podido pronunciar ninguna palabra. Miguel estaba dormido, Gloria le dio un beso, el niño se acurrucó sobre su almohada ajeno a todo lo que acababa de pasar. Ella salió de la habitación cerrando la puerta muy despacio y vio como su marido estaba vomitando en el pasillo. A ella también se le revolvió de súbito el estómago y vomitó también, salpicándose los pies descalzos. Dos meses después de aquella noche venían a vivir a Delparaíso. Pablo cuenta que pasó algunos días en el hospital recuperándose de su fractura de pómulo y mandíbula; ella dudó en ir a algún psicólogo que le ayudara a superar el trauma; el niño nunca se enteró de nada. Cuando Gloria y Pablo rememoran aquella historia no son capaces de describir físicamente a los atracadores, ambos los recuerdan como sombras, tampoco pudieron identificarlos en varias fotos que les ofreció la policía. No supieron decir estatura, ni color de pelo, ni si eran más o menos delgados, ni su edad aproximada, ni siquiera pudieron precisar si eran solo tres o había alguno más... Dicen que para ellos es importante contar lo que sucedió, eso les ayuda a superarlo. Es imposible no emocionarse cuando se les escucha relatar con todo detalle lo que vivieron aquella noche.

Borja Urquijo pasó años pensando que una vez que se quedara dormido nunca más despertaría. Cada noche sentía la misma angustia, en aquel momento morir sí le daba miedo, daba igual que una mañana tras otra despertara demostrándose que el fatídico presentimiento hubiera fallado, cada noche, en ese último instante antes de dejar de estar despierto, sentía que todo había terminado. Borja lleva años sin dormir bien, cada noche idéntica a la anterior. No más de dos horas seguidas, luego la inquietud, los nervios, el tormento, una hora más vencido por el sueño, de nuevo la vigilia. Así noche tras noche, los peores presagios: el sexo acabaría con su vida, cualquier enfermedad de transmisión sexual terminaría destruyéndole. Cualquier cuarto oscuro, el semen de un desconocido en su boca, las heridas de la penctración sin condón de algún amante furtivo. O las drogas, las drogas también podían terminar con su vida. La cocaína. Las pastillas le provocarían finalmente un infarto que le quitaría de en medio, o lo que es peor, un ictus que lo dejaría como a un vegetal, con pañales y comiendo puré al cargo de una enfermera. Culpa, miedo, vértigo, insomnio.

Borja siempre fue el niño más brillante de todos los que le rodearon. Especialmente dotado para las matemáticas, también poseía una prodigiosa memoria. Un alumno sobresaliente, el mejor expediente en el Colegio Británico y más tarde el número uno de su promoción en la Facultad de Derecho. El digno heredero de su padre, sería notario como él, o juez, «también estaría bien un Urquijo juez». En la adolescencia no había novias. «Los chicos de ahora no quieren compromisos», justificaba su madre. Apareció Laurita aquel verano en Marbella, los dos tenían dieciocho años. Él no había pasado de unos besos y algunas poesías a alguna chica del instituto, ella había salido ya con un par de chicos sin pasar a mayores. Los padres de ambos, amigos con chalets cercanos en Sotogrande. A Laurita le gustaba Borja, en él veía además una buena forma de sentar la cabeza, era un chico prometedor y de buena familia. Su madre la había educado de la manera más conveniente. Laurita y Borja estuvieron juntos los primeros días del verano. Navegaron en barco con padres y amigos, se bañaron en el mar, pasearon, tomaron el sol, muchos helados, y cenaron juntos, un par de veces solos. Laurita pasó a la acción por fin en un bar de Puerto Banús, él correspondió a los besos. Hasta ahí sí podía llegar y además besaba bien, siempre ha besado bien. Laurita bebió muchos margaritas, él demasiado tequila. Sin darse cuenta, estaban en una cama de algún amigo de alguien, qué más da. Siguieron los besos con los dos cuerpos desnudos. A lo mejor sí podría gustarle una chica, ser normal como todo el mundo. Laurita besó el pene de Borja, era la primera vez. Después se lo metió en la boca torpemente. Él cerró los ojos, no le disgustó, tampoco sintió demasiado; los dientes de ella de vez en cuando le hacían daño. Él acariciaba la espalda de Laurita y se dejaba hacer. Ella seguía con su tarea, lo había visto en alguna película de esas que escondía su hermano, se hacía más o menos así. La gran duda que le asaltaba en aquel momento a Laurita era cuándo debía parar y pasar a otra cosa. Él todavía no había mirado con detenimiento el cuerpo de ella. Le llamó la atención la marca del bikini, la piel blanca haciendo el dibujo perfecto de la braga y el sujetador del traje de baño. Eso le hizo un poco de gracia. Ella por fin se detuvo cuando creyó que tenía que hacerlo y se tumbó boca arriba, él se dio cuenta de que era su turno. Tocó los pechos de Laurita con la palma de la mano como el que limpia el polvo con un paño, ella se incorporó para recurrir de nuevo a los besos, él posó su mano entre las piernas de Laurita y nada más rozarla la quitó de súbito, la humedad le provocó repelús, como el que mete la mano en unas natillas. Se puso nervioso, miró por primera vez el sexo de su amiga, rosa y brillante. Pensó en esa cavidad abierta y recordó cuando le explicaron que las chicas tenían la regla, se imaginó que de vez en cuando su amiga sangraba por ahí. No entendió cómo «aquel hueco» podía gustarle a alguien. Él fingió que se encontraba mal por los tequilas, Laurita creyó que la culpa había sido suya. Borja aquella noche, al llegar a casa, se masturbó dos veces casi seguidas pensando en David Hasselhoff.

Sergio Goikoetxea tiene esta mañana una cita importante, ha salido de casa muy pronto, no quiere pasar nervios en el atasco pensando que puede llegar tarde. Yolanda ha desayunado tranquila viendo a Ana Rosa Quintana y ha salido de compras con Alfonsito y Cayetana. El niño entrará en una universidad privada para estudiar ADE. Va con un año de retraso y la nota no le da para acceder a la pública, aunque esto nunca se llegó a plantear en casa. Cayetana se marchará en agosto a estudiar en Estados Unidos el último curso de bachillerato, es importantísimo el dominio perfecto del inglés. Alfonsito se ha comprado un par de camisas de rayas y unos pantalones beis en Hackett, es su marca preferida. La niña tiene otros gustos, es menos clásica, aunque siempre dentro de un orden. A ella, como a su madre, le gusta mucho ir a Ekseption, allí están, según ella, las mejores firmas. Cayetana es una apasionada de la moda, disfruta muchísimo cuando va con sus padres y su hermano a Nueva York y allí puede recorrer sus tiendas preferidas en Meatpacking, en Soho, en Chelsea y en el Upper. Dos veces al año la familia hace una escapada, papá suele ir con Alfonsito a ver otras cosas, pero ella y mamá se pasan el día de tiendas.

Sergio Goikoetxea ha terminado su reunión y sale del despacho de la inspectora de Hacienda con la noticia de una cuarta inspección, trescientos mil euros más que se suman a la deuda de más de tres millones acumulada en las anteriores. Su casa en Delparaíso, hipotecada y rehipotecada dos veces más. Ya le dijo el imbécil de Pascual Ramírez que no habría una tercera, «puto gordo mediocre». Sergio se sienta en un banco de la calle Montalbán, casi al lado de la delegación de Hacienda, tiene seis llamadas perdidas, acreedores. La empresa de materiales de construcción está en quiebra, debió acabar con ella en el momento de la crisis, eso hubiera sido lo sensato. Él lo sabía, pero Yolanda no quiso aceptarlo y a él le dio demasiado miedo el fracaso. Alguien les sugirió la idea de ampliar fronteras, pero ese maldito proyecto de construir en Miami fue un fracaso, les vino demasiado grande, Sergio hace demasiado tiempo que siente que todo le viene grande. Qué distinto todo cuando salieron de Baracaldo, donde el mundo era tan pequeño. Vasco, hijo de vascos, Sergio quería ser rico, el más hábil en los negocios, el más trabajador. Se hizo cargo de la ferretería de barrio que tenía su padre y en un par de años abrió tres más, dos de ellas en Bilbao. Y apareció Yolanda, la chica más bonita de Bilbao, la chica más bonita del mundo entero. Sergio lo hacía bien, Yolanda le aplaudía, vinieron los niños, comprar y vender, llegar a acuerdos y ampliar el negocio, tubos, sanitarios, ladrillos, grifería, cerámica… Y a Madrid, Materiales Goico, contactos, construcción y dinero. Estaban donde querían estar. Las vacaciones en Ibiza, era necesario un apartamento allí, y otro en Andorra, cerca de las pistas de Soldeu, para esquiar en invierno, y la casa en Delparaíso.

Sergio mira a la gente pasar por la calle Montalbán, muchos hacen deporte corriendo en mallas hacia el Retiro, una negra empuja la silla de ruedas de una anciana bien vestida. A la negra la imagina sin papeles y a la anciana con pañales. Cayetana ha encontrado un vestido precioso de Magda Butrym de mil doscientos noventa y cinco euros y un pantalón negro con una caída maravillosa de Off-White por setecientos setenta. Sergio se desabrocha el nudo de la corbata, abre los brazos, los apoya en el respaldo del banco y cruza las piernas. Dos ejecutivos suben la calle, un señor insignificante pasea un perro a un ritmo insuperablemente lento, dos adolescentes se ríen mirando el móvil de una de ellas, casi seguro ha llegado un mensaje de algún chico guapo. Yolanda ha probado dos tarjetas que han sido denegadas, no lo entiende; Alfonsito y Cayetana se avergüenzan al lado de la caja, les entra una risa nerviosa, más a ella que a él. La tercera tarjeta es la última oportunidad, el datáfono esta vez tarda un poco más en dar su respuesta, Yolanda, Alfonsito, Cayetana y la dependienta miran la pantallita esperando el veredicto. Sergio piensa por un momento en llamar a Susanne, por su cabeza pasan imágenes de su ama azotándole, a veces le abofetea la cara y le llama puta, le escupe, le mete un vibrador, le lleva a la bañera y orina encima de él. Sergio Goikoetxea se excita en el banco de la calle Montalbán, al lado de la delegación de Hacienda; Susanne no contesta. «Denegada», la tercera tarjeta, tampoco. El vestido y el pantalón negro con una caída maravillosa se quedan en la tienda. La dependienta se ha ofrecido a guardarle las bolsas, volverán cuando se solucione el problema. Yolanda y los niños no hablan en todo el trayecto de vuelta a Delparaíso, Cayetana se ha puesto los cascos en la parte de atrás y cierra los ojos escuchando a Taburete; Alfonsito se alegra de que en Hackett sí pasase la tarjeta y le aparece en la cara una sonrisa estúpida. Ninguno de los dos se da cuenta de que Yolanda está llorando. Ama Susanne responde al teléfono y con su rudo acento ruso cita a Sergio Goikoetxea dentro de una hora en su apartamento.

Mihai retira junto a Cosmin un nuevo saco de escombros de la casa de Marcos Espinosa y Clara Zúñiga que están reformando. En Delparaíso no pueden entrar contenedores, así que los escombros se acumulan en sacos que cada tarde una empresa se encarga de recoger. Es importante la imagen dentro de la urbanización. Razvan y Ferka han empezado a dar de llana a las paredes de los baños. Una vez finalizada la demolición, la construcción de todo lo nuevo ha de hacerse desde la planta de arriba hacia abajo, dejando el sótano para lo último. Razvan es el mayor de los cuatro primos y el encargado de la obra. Es también el que mejor habla español. Los cuatro son albañiles, es un oficio que aprendieron casi desde que eran niños en Oltenia, la región rumana en la que nacieron los cuatro, de allí son ellos y sus familias. Ferka es además un buen fontanero y entre los cuatro son capaces de hacer cualquier reforma por compleja que sea. Cosmin y Mihai, los más jóvenes, son los más amigos. Cosmin protege a Mihai, es el que mejor le entiende, con una mirada sabe cómo se siente, cuándo tiene miedo o cuándo está triste. Mihai llora a menudo, pero no es un chico triste. Todo lo contrario, se ríe mucho, es cariñoso, le gusta abrazar y besar a sus primos, «*Fraere!, ¡pringao!*», a veces también se lo llaman en español, entre risas, quitándoselo de encima. Pero de vez en cuando Mihai llora, en algún momento del día Mihai llora. Dura poco, dos o tres minutos sollozando, los ojos negros derraman lágrimas que empapan sus mejillas. Sus primos ni siquiera le consuelan, están acostumbrados, lo hace desde que era niño. Luego se rehace y como si no hubiera pasado nada, se seca con las manos las mejillas y vuelve la sonrisa a su cara. Mihai tiene veintiún años.

Clara Zúñiga, la dueña de la casa, va todos los días a la obra desde que empezaron hace varias semanas. No quiere molestar. Clara lleva observando un rato largo a Mihai, que le sonríe y la mira tímido con sus ojos negros que a Clara le hacen sentirse una especie de hermana mayor, protectora. «¿Es sordo?», pregunta. «Sordomudo», contesta Cosmin, no oye y no habla, las dos cosas. Clara no lleva la contraria a Cosmin, aunque una vez le contaron que los sordomudos no existen. Son sordos y por ese motivo no hablan, aunque no tengan ninguna lesión en las cuerdas vocales. Qué más da. A Clara le cuesta dejar de mirar a Mihai, no sabe bien por qué, es una mezcla de ternura, de compasión y de miedo, como si contemplara a un animal de reacciones imprevisibles. No quiere sentir eso, pero no lo puede evitar. Su marido, Marcos, cree que ella es una persona frívola, pero no lo es. No es capaz de renunciar a muchas cosas, eso sí lo reconoce, pero la forma en la que la considera su marido le parece injusta. A veces, Clara tiene dudas sobre sí misma, de si es una buena persona. «Eso no puede sentirlo una persona frívola».

Lola, la hija de Pascual, se está fumando un porro en su habitación escuchando música a todo volumen. Ha echado el pestillo, apenas escucha a su madre Dolores al otro lado de la puerta lamentándose de la voz chillona del cantante que se impone a las guitarras y a la batería golpeando los altavoces de la habitación. La niña escucha *heavy metal,* o al menos se parece a ese tipo de música, piensa Dolores, que también la escuchaba cuando era joven. Lola le dijo una vez a su madre la denominación exacta de la música que escucha, pero Dolores no se acuerda muy bien, era «rock algo», lo de rock, seguro, pero la otra palabra ella nunca la había oído. Lola le da otra calada larga al porro, traga el humo que quema su garganta, lo retiene en su interior, traga saliva como si de esa forma lo llevara aún más adentro de sus pulmones. Lola a menudo piensa en matar. No sabe muy bien a quién, puede que a algún desconocido o puede que a su padre, «puto gordo». Tiene curiosidad por saber qué se siente después de hacerlo, dicen que es algo especial. Seguro que lo es, lo ha visto en documentales y lo ha leído en varios libros. Ella se imagina que podría matar primero a alguien insignificante, un mendigo o algo así. No le iba a importar mucho para la mierda de vida que lleva. Y después de matar al mendigo podría atreverse con su padre. Tampoco se perdería nada. Su madre no lo sabe, pero seguro que sería más feliz si muere su marido. Encontraría a alguien especial que la cuidara. O se quedaría sola, mejor aún. Lola le da otra calada al porro, retiene el humo y piensa que lo haría de repente con un cuchillo de cocina. Iría al sillón donde se queda siempre dormido con la boca abierta, esa cara de estúpido, y se lo clavaría directamente en el cuello. Y se quedaría mirándole a los ojos mientras se desangra empapando el salón. Quizás la sangre salga disparada como de una tubería a presión, eso pasa en las películas gore. A ella le encantan esas películas, al principio le impresionaban, ahora las mira sin pestañear. A veces ha pensado en hacer alguna, aunque en su fantasía los protagonistas no serían actores.

Lola se ha dado cuenta ahora de que la música se ha parado hace rato y al porro le queda una calada antes de que los dedos se le quemen. Dolores golpea con los nudillos la puerta de su hija. La cena está puesta en la mesa de la cocina y papá ya ha empezado a tomársela. Ha hecho sopa de picadillo y hoy le gustaría que cenaran los tres juntos. Lola sale de la habitación y camina por el pasillo hacia la cocina donde su padre sorbe la sopa y su madre espera a que se siente antes de hundir su cuchara en el plato. Lola se pone enfrente de su padre, que alza sus ojos redonditos y pequeños como amagando un saludo antes de volver a mirar su plato. «Está rica», dice después de tragar. «Le he echado una puntita de jamón que le ha dado mucho sabor», comparte ella. Lola corta trozos de pan para introducirlos en la sopa, los empapa antes de llevárselos a la boca; Dolores destapa la fuente de filetes de pollo con patatas fritas que ha hecho de segundo y echa agua de la jarra en los tres vasos. Pascual coge el mando de la tele y sube el volumen, ha visto algo en el informativo que le interesa. Se agradece el sonido del presentador rompiendo el silencio. Habla de la subida del paro y de que los expertos coinciden en que estamos ante una nueva crisis económica, quizás peor que las últimas. Él ya lo nota en el banco, hay más impagos en el último año. «Lo llevo diciendo meses», y sorbe la cuchara con la misma actitud y poniendo la misma cara que cuando la sopa quemaba hace un rato, aunque ya se haya enfriado. Dolores se termina el filete y Lola ha decidido meter el suyo y las patatas fritas en el pan, todo junto en bocadillo. Dolores comprueba que la niña se ha comido ella sola una barra de pan y siente vergüenza ajena, que se manifiesta con una especie de calor corporal que aparece y desaparece entre cuello y cara. No se atreve a decirle nada, debió parar esto antes, ahora ya es tarde. Pascual termina de masticar su último trozo de pollo sin dejar de mirar el informativo, ahora están dando los deportes. «Lo que les hace falta a estos es mano dura para que corran un poco más». Dolores acerca el frutero a la mesa y coge una mandarina, Pascual dice que no quiere y Lola juguetea con un cuchillo de punta afilada, primero acaricia con los dedos el mango de madera y después lo empuña fuerte… Pascual está frente a ella, apenas a un metro, interesado en la información del tiempo, parece ser que mañana lloverá. Lola respira profundo, aprieta aún más el cuchillo dentro de su mano. «¿Quieres que te pele yo la pera?», se ofrece su madre. Lola afloja el puño y deja el cuchillo en la mesa. «No, prefiero tomar helado de chocolate».

A Eli le apasionaba pintar, era buena haciéndolo, pero cuando tuvo que apostar por dedicarse solo a eso no se atrevió. No era fácil en casa, el arte no era una prioridad para su padre, porque para él el arte no sirve para nada, salvo cuando se compra y se vende para ganar dinero. No hay diferencia con un terreno, con un piso o con cualquier empresa. Le da igual un cuadro que un solar, una escultura que una plaza de garaje. En uno de sus últimos cumpleaños, Eli le regaló una escultura de un artista coreano de gran proyección, una pieza de bronce de unos treinta centímetros, única y cotizada, que representa a un hombre fuerte acariciando a un niño. «Cómo pesa la puta estatua, me la quedo de pisapapeles», fue su único comentario antes de dejarla en una esquina del escritorio.

Don Julio Urquijo siempre parecía carecer de la sensibilidad necesaria para emocionarse. Se reía en contadas ocasiones y nunca nadie le vio llorar, ni siquiera con la muerte de su mujer, con la que vivió más de cuarenta años. Tampoco le gustó ver llorar a su hijo Borja en el tanatorio; «Hay que mantener la compostura», protestaba. A Eli sí le solía permitir más cosas, por ejemplo, llorar; era una niña y las niñas, ya se sabe. En ellas no está mal entretenerse con trabajos manuales, que era como consideraba don Julio los cuadros que le enseñaba su hija y por los que se interesaron algunos profesores de la escuela de dibujo donde su mujer la matriculó con diez años. Aquellos bodegones de frutas y los paisajes de mares, montañas y campos fueron los últimos cuadros de la niña que vio don Julio. Los que pintó a partir de los catorce o quince años ya no se los enseñó y con el tiempo acabó pintando a escondidas. Solo su hermano Borja estaba presente cuando pintaba, los dos se sentían bien en ese momento, ella pintaba, él leía, hablaban, reían, los dos juntos eran un mundo aparte en el que nadie podía entrar, juntos y solos eran libres. A su padre le hubiera enfurecido ver aquellos cuadros que pintaba Eli de mujeres tocándose, de chicos bellos y señoras gordas desnudas manchadas de comida, hombres sodomizándose, niños bañándose en el mar, de locos paseando por las ciudades iluminadas en la noche…; cuadros llenos de color, emocionantes, que provocaban alegría, desolación, inquietud. Algunos coincidieron en que estaban ante una artista de gran proyección. Quién sabe si podría haber llegado a ser realmente buena o si lo era ya, nadie lo sabrá porque se deshizo de lo que pintó antes de decidir que no volvería a coger los pinceles jamás. Eli se sentía especial cuando pintaba, completaba delante del lienzo todo lo que le faltaba en la vida real; a veces incluso su pintura era premonitoria, sin ella saberlo. Hizo una serie de tres cuadros en los que en cada uno de ellos aparecía un hombre durmiendo. Esos fueron los primeros que le quiso comprar Patrick para su galería, por ese motivo se conocieron, mucho antes de que Eli trabajara para él. Aquellos hombres fueron los tres novios que ella tuvo en la facultad. Eli pintó a cada uno de ellos poco tiempo antes de dejarlos, aunque sin saber que eso iba a suceder. No reparó hasta pasado bastante tiempo en que pocas semanas después de acabado el cuadro rompió con cada uno de los tres.

Pintar fue divertido, pero seguramente su padre llevaba razón, intentar ganarse la vida vendiéndolos era una temeridad. «Está bien así, no hay que darle más vueltas». Un día, no se acuerda de la fecha exacta, alquiló el modelo más largo de las furgonetas Mercedes Benz, fue al local de la calle Libertad —qué nombre tan revelador— que tenía alquilado para pintar y metió en la furgoneta todos los cuadros. Condujo hasta un descampado cerca de Mercamadrid, en la M-40. Amontonó todos los lienzos, los pinceles, los caballetes y les prendió fuego. Se quedó mirando la hoguera con indiferencia sin saber con certeza por qué estaba haciendo aquello. Hoy todavía no sabría explicarlo, tenía una sensación de derrota, de que su padre había ganado. El fuego tardó algunas horas en consumirse, ella misma terminó a pisotones con las últimas brasas. Al día siguiente por la mañana devolvió la furgoneta a la empresa de alquiler y avisó a la propietaria de que no renovaría el contrato del local de la calle Libertad. Cuando recuerda ese momento de su vida, viendo arder sus pinturas, se siente la protagonista de una película, no se reconoce para nada en la mujer que hizo semejante cosa. Eli no volvió a pintar nunca más. Después apareció Luis y llegaron los niños y el trabajo en la galería y varios kilos de más y la celulitis y la desgana. La vida normal no es como las películas que la gente quiere ver.

Nunca había muerto nadie en una casa de esta urbanización de Delparaíso, ni siquiera de muerte natural. Era la primera vez que un juez tenía que levantar un cadáver aquí y nadie podría haber imaginado que sería ella. Y mucho menos que podría haber sido de esa manera. Detrás de la puerta de cada casa hay un universo que se les escapa a los que se quedan fuera. Y dentro de cada una de esas casas, habitaciones desconocidas para los que se quedan en el umbral, y dentro de las habitaciones, personas que también son un misterio. «Él, un encanto; ella, una monada y los niños, muy educados. Una buena familia». Nadie se lo podría imaginar. Qué pena. Mariano y Andrés han sido los que han guiado a los dos coches de policía y a la ambulancia del SAMUR hasta la casa después de que se encontrara el cadáver. Están intentando contestar a las preguntas de los vecinos que se amontonan en la puerta de la casa, Andrés se encarga más de eso y Mariano de acompañar a los policías. Dentro todavía están comprobando algunas cosas antes de llevársela, es posible que dejara alguna nota. O no, quién sabe. La chica de servicio tardó en encontrarla, ya era tarde cuando lo hizo, y después los gritos, casi no se la entendía cuando llamó a seguridad y respondió Mariano. Las sirenas, el desconcierto y la noticia tan desgarradora, «No me lo puedo creer», el murmullo de las pocas señoras que a esas horas están en Delparaíso y las otras chicas de servicio. Sorpresa, tristeza y miedo también. Mayte, la vecina de al lado, la que más la quería, ha cerrado su puerta por dentro y está sentada en el sofá, llorando en silencio y acariciando a Borbón, que probablemente también sienta pena…

El día era uno más, como todos, con el frío normal para esta época, algunas nubes, no muchas, un día cualquiera. Yolanda no bajó a desayunar con Sergio y con los niños esta mañana. Alfonsito se puso los pantalones azul marino de Scalpers y una camiseta blanca de algodón debajo de una sudadera negra. Estaba enfadado porque no estaba limpia la azul; la chica no lava ni plancha lo rápido que debería. Cayetana tampoco estaba de buen humor, el pelo no le había quedado como a ella le gustaba. El flequillo, sobre todo. La última vez se lo cortaron más de la cuenta y cuando no se lo estira bien con el secador se le queda una onda que le hace estar insegura todo el día. Y encima le ha venido la regla, «Va a ser un día de mierda». Alfonsito le mete prisa a su padre para que le acerque a la universidad y Sergio tiene cita con Dulce Naranjo, una agente inmobiliaria de casas de lujo, a ver por cuánto puede venderse la suya. Alfonsito, en realidad, no va a entrar en clase, casi nunca lo hace. Queda con dos amigos en la puerta y se van toda la mañana a una cafetería donde idean negocios que les harán inmensamente ricos, piensan en las fiestas llenas de chicas guapas en la cubierta de sus barcos y en el apartamento que cada uno de ellos podrá comprarse en Londres y en Manhattan… Y se divierten buscando la clave, quizás una marca de ropa. Ellos la diseñarían, empezarían con una tienda pequeña que pronto se haría famosísima y donde todo el mundo querría comprar. Después abrirían otra y luego otra y al final, el triunfo.

Yolanda llora sentada en la taza del váter mientras se llena la bañera. Sergio toma un café en una cafetería de la calle Villanueva esperando a Dulce Naranjo, y Cayetana ha ido a la enfermería del instituto a ver si el médico le da un ibuprofeno porque la tripa le está doliendo muchísimo. «Cosas de chicas», le sonríe el doctor, que le echa agua del grifo en un vasito de plástico para ayudarle a tragar la pastilla. Dulce Naranjo dice que de momento no le hace falta ir a ver la casa, las conoce perfectamente. Mandará a alguien a hacer fotos y se las mostrará a algunos clientes que buscan casa en Delparaíso. El mes pasado vendió una igual en dos millones setecientos mil, eso sí, hay que tener paciencia. La crisis está a la vuelta de la esquina y eso puede retrasar la operación si se quiere vender a buen precio. Alfonsito y sus amigos coinciden en que tendrán que fabricar en China, como hacen las grandes marcas, y Yolanda no recuerda dónde oyó que cuando se cortan las venas hay que hacerlo de forma vertical, desde la muñeca hacia arriba y no de izquierda a derecha, «en las películas lo hacen mal». Sergio echa cuentas, podría liquidar buena parte de las deudas y empezar de nuevo. En un piso normal, una familia como cualquier otra, «por qué no». Ingresos normales y gastos normales, como todo el mundo. Los niños podrían estudiar en la universidad pública, les vendrá bien. A Cayetana le queda solo este año en el instituto y Alfonsito podría cambiarse. Nota que se está ilusionando un poco imaginando su nueva vida tranquila. Sería una familia que se quiere como las demás, que no necesitaría tantas cosas. Y él haría un esfuerzo para recuperar a Yolanda, se acabó Ama Susanne para siempre.

Cayetana ha cogido ensalada, pollo a la plancha y una pera en el comedor, no tiene mucha hambre. Alfonsito se pide un montado de jamón ibérico con tomate; sus amigos, patatas bravas. Yolanda se mira desnuda en el espejo de baño, el agua de la bañera está templada y ella tiene mucha más pena que miedo. En el momento en que el agua roza su cuerpo recuerda cuando era niña, bañándose con su madre en la playa. Las pastillas la han dejado un poco aturdida, pero sabe lo que está haciendo, lo que va a hacer. Hacía mucho tiempo que no estaba tan segura de algo. Sergio Goikoetxea sonríe caminando por la calle Velázquez, después de haber puesto el futuro de su casa en manos de Dulce Naranjo; piensa que podría comprar flores a Yolanda, sería un detalle, pero ni siquiera sabe cuáles le gustan. Alfonsito y sus amigos opinan ahora que una cadena de restaurantes podría ser mejor negocio, la cosa consiste en poner de moda algún local con gente guapa, y a partir de ahí comprar más locales, más restaurantes y a ganar pasta, «No hay que ir a China para nada». A Cayetana le han puesto un siete en Historia de España, parece que el día va mejorando, y Sergio le pide consejo a la florista, que le está haciendo un ramo con rosas rojas y anastasias. «Es un ramo para enamorados», le explica la mujercita rechoncha que luce un espeso bigote decolorado que se ve tanto como si lo hubiera dejado de su color natural. «Servirá para pedir perdón», piensa Sergio, mientras Yolanda ajusta el filo del cuchillo en su antebrazo y lo arrastra de abajo arriba, desde la muñeca casi hasta el bíceps, siente dolor, escozor más bien. El agua tibia de la bañera se convierte en granate oscuro demasiado deprisa. Yolanda pierde el conocimiento, es de lo último que se da cuenta, sin saber todavía que acaba de morir.

Luca Sandovich observa desde su coche a los obreros que caminan hacia la obra que están haciendo en la casa de Marcos y Clara, los últimos vecinos que han comprado en Delparaíso. Mariano le contó a Luca que eran una pareja muy maja, él tiene intuición para calar a las personas. Marcos parece más misterioso, ella más simpática. Cosmin cruza de repente por delante del Porsche Panamera de Luca sin darse cuenta y el frenazo asusta al resto de los primos, que le reprochan el despiste. Menos mal que dentro de la urbanización hay que circular despacio y que Luca ha estado atento. Tarda algunos segundos en sonreír después de que Cosmin junte las palmas de las manos y se las muestre pidiéndole perdón al otro lado del parabrisas. Inmediatamente reconoce su idioma al escuchar a los obreros. Ninguno de los cuatro recuerda a Luca como futbolista, ha pasado mucho tiempo desde que triunfó. Les hace ilusión que Luca, ese señor dentro de un Porsche, les hable en su idioma, es uno de los suyos. Con diferencias, claro. Mihai tarda en entender lo que está pasando, pero Cosmin le guiña un ojo, todo está bien y ese señor es amigo. Hablan un rato, se cuentan de qué ciudades son, de Constanza el futbolista, de Oltenia los obreros. Luca tiene la ventanilla bajada, Cosmin mira el cuadro de mandos del Panamera y Razvan observa la americana impecable azul marino de Luca y su camisa blanca, blanquísima, con cuello duro que asoma por encima de la chaqueta. La limpieza del coche, de la camisa, de la cara con afeitado apuradísimo de Luca le hacen sentirse un poco sucio, llega a pensar que él nunca ha estado así de limpio. Se despiden; los primos camino de la casa en obras, cada vez más cerca del final, y Luca a buscar a Lorena, que está en el gimnasio, como todas las mañanas. Tienen un gimnasio en el sótano, pero solo lo utiliza Luca muy de vez en cuando. Ella prefiere ir al del club deportivo que hay dentro de Delparaíso. Un gimnasio de élite, claro. Lujoso, con la última tecnología, las mejores máquinas, monitores cualificados, muy cuadrados ellos, monísimas de culo duro ellas, spa, piscinas, restaurante y centro médico. Da la sensación de que el deporte allí es lo de menos. En realidad, es lo de menos.

Borja Urquijo está sentado enfrente de la directora del centro donde está ingresado. Una señora rubia, contundente, de apellido alemán impronunciable, pero acento andaluz, informa a Borja de que está en condiciones de poder salir pronto de allí, dependerá de él, pero, si lo desea, podrían darle el alta en pocos días. Han ido reduciendo la medicación hasta dosis asumibles para una persona que puede llevar una vida normal. Lleva meses sin consumir cocaína y no ha probado el alcohol, tiene medios económicos para vivir cómodamente y un trabajo en el que esperan que vuelva. Borja está contento, tiene que estarlo, es casi una obligación. Recibe la noticia con frialdad, él ya sabía lo que le iban a decir. Lo había hablado con Katy, su enfermera guardiana, que podría ser el momento de volver a empezar. Al salir del despacho de la directora alemana con acento malagueño, Borja va en busca de Katy para contárselo. Le apetece abrazarla.

Luis Prado agarra el culo de Carolina mientras ella se corre encima de él, encajada en él. Él tampoco aguanta más y a los pocos segundos también termina. Se quedan un rato recuperando la respiración, sin hablar. Luis mira la ropa de Carolina tirada en el suelo de la habitación del hotel Conde Duque, unas Converse blancas demasiado sucias para seguir siendo blancas, un vaquero con un roto en la rodilla izquierda, las bragas rosa clarito de algodón al lado de unos calcetines blancos con piñas dibujadas. Le ha visto unos iguales a su hija Cristina, esa coincidencia le pone un poco nervioso, su pene se hace pequeño dentro de Carolina, que le besa antes de salir de la cama hacia el baño. En el butacón de al lado de la ventana él ha dejado su ropa con más cuidado, tiene que volver al despacho. Traje gris, los zapatos de cordones granate casi del color de la corbata. Carolina sale del baño improvisando un moño que sujeta con una goma que saca de su muñeca y comienza a vestirse delante de él, le cuenta que entra a teatro a las cinco, hoy tienen improvisación, lo que más le gusta. Después irá a Delparaíso, hará de canguro de los mellizos, Eli le ha mandado un WhatsApp diciéndole que llegue a las nueve. Y Luis no sabe si esa comunicación doméstica, rutinaria, entre su mujer y su amante le da morbo o pena.

Katy devuelve el abrazo de Borja, se alegra mucho por él. Después de terminar su turno van a quedar juntos, esa misma tarde Borja va a pedir un permiso y van a salir a tomar algo a un bar cerca de la clínica. Ponen unos pinchos muy ricos y siempre está lleno; a veces, clientes que no se conocen tienen que compartir mesa, pero es divertido. Borja quiere contarle a Katy el miedo que tiene a recaer cuando le den el alta, está pensando en recuperar a su hijo Carlos, su asignatura pendiente, casi veinte años ya y sigue siendo un desconocido, eso también le da miedo. Katy quiere hablar de que acaba de dejarlo con un chico con el que ha estado el último mes y con el que se llegó a ilusionar, una vez más.

Luca intenta bromear, pero Lorena ha salido del gimnasio muy enfadada. No le apetece nada la cena de esta noche con su marido, Eli y Luis. Ellos hablarán de negocios y sabe que Eli no la soporta, «Que se joda si es vieja y tiene el culo gordo». Luca le promete que no dividirá la conversación y que charlarán entre los cuatro, y Lorena se consuela pensando que va a ponerse el pantalón de cuero ajustadísimo y unos *stilettos*. Joder a Eli es el único aliciente de la cena, ella se lo buscó con sus desprecios, tratándola de tonta desde el primer día, «Que se muera de envidia».

Ferka es el que ha caído en quién es el vecino rumano del Panamera, ya decía que le sonaba. Lo acaba de mirar en Google. Se lo comenta a sus primos entusiasmado, es un futbolista famoso, jugó en la selección de su país, es Luca Sandovich. Cuando se lo cuenten a sus padres en Rumanía no se lo van a creer. Y, además, ha estado simpático, «Se le ve muy normal».

Carolina improvisa en su clase de teatro con otra aspirante a actriz un diálogo en el que ella es una doctora que tiene que darle una mala noticia de salud a su paciente. Tiene cáncer de mama y hay que operar de manera urgente, ella no está demasiado concentrada en su papel, pero su compañera está haciendo un ejercicio fantástico, está llorando de verdad, en una interpretación tan creíble que los compañeros de clase y la profesora están emocionados de verdad. Carolina no tiene su día. Está pensando en

Luis, no le ha gustado su manera de despedirse en el hotel. Le ha dicho que no le sonriera tanto cuando va a su casa a hacer de canguro. «Pareces una niña con tanta sonrisita», ha sonado con mucho desprecio. Acaba el tiempo de la improvisación al final de la clase y todos aplauden, la profesora felicita efusivamente a la compañera y le da una palmada, casi de consuelo, a Carolina. Contiene la rabia, coge su bolsa y se marcha de la clase un poco antes que los demás compañeros. En el metro camino de Delparaíso, adonde tiene que llegar antes de las nueve para cuidar a los hijos de Luis, llora de verdad. Se siente fracasada, quizás es el momento de abandonar el sueño de ser actriz, es posible que no tenga talento. O, mejor aún, conocer a un hombre con dinero, como Luis, pero que no esté casado. A ella no le importa la edad, los de la suya no le interesan demasiado. Está cansada, si pudiera, se iría a su casa a dormir y no a cuidar a los hijos de otra. Le gustaría ser ella la que viviera en una casa grande con sus hijos y que fuera otra la que se los cuidara.

Katy también sueña con tener niños algún día, pero teme que nunca aparezca el chico adecuado. Ya tiene treinta y dos años, le explica a Borja como si ya fuera todo demasiado tarde. Están en el bar de los pinchos bebiéndose dos Coca-Colas Zero con dos tapitas de ensaladilla rusa y una cazuela de barro con pulpo a la gallega. Katy lleva seis novios en los últimos dos años, «No termina ninguno de cuajar». A Borja le encanta oír sus historias, tan intrascendentes. Katy se lo toma muy en serio y a él le emociona escuchar problemas que no son problemas. Mientras presta atención a Katy, un poco de lejos, piensa que a lo mejor la felicidad consiste en eso, en darle importancia a cosas que no la tienen. Eso es exactamente una vida normal, en la que nada es trascendente, justo esa que a él le encantaría tener. La que te hace feliz, sin ser del todo feliz, y desdichado, sin llegar a padecer nunca el sufrimiento absoluto. A Borja le está encantando este rato con Katy en ese bar abarrotado de gente con una vida normal. «Estoy pensando en congelarme los óvulos», esa es la solución. «Si no encuentro a nadie, lo tengo yo sola».

Cosmin y Ferka se están arreglando para salir a bailar. Mañana sábado también trabajan, pero solo hasta la hora de comer, así que no pasa nada porque esta noche duerman menos. Irán a Coslada, allí vive la mayoría de los rumanos que residen en Madrid y hay bastantes locales a los que van chicas con las que pueden hablar en su idioma. Chicas de servicio la mayoría y chicos obreros casi todos. Ferka anda medio enamorado de una rubia un poco bajita a la que quiere convencer por fin para ir a alguna pensión y acabar allí la noche. Se ha puesto lo mejor que tenía, un pantalón de pinzas negro y una camisa del mismo color, aunque con un estampado blanco. Cosmin se peina una y otra vez el tupé con laca y secador, él ha optado por el vaquero y una camisa también negra con una tela un poquito brillante, imitación a seda. Mihai los mira divertido comiendo galletas Oreo, Cosmin le insiste en que debería salir con ellos, pero sabe que cuando va él, sus primos se divierten menos. Demasiadas explicaciones sobre su mudez, sobre su sordera, sobre esos sonidos tan extraños que incomodan a todo el mundo. Prefiere quedarse, que se diviertan ellos. Ojalá Ferka tenga suerte y acabe con esa rubia bajita en la pensión; le ha contado Cosmin que además de bajita es bastante fea, «Lo único bueno es que tiene unas tetas muy gordas». Mihai se ríe y Ferka sabe que están cuchicheando sobre él. Razvan, el primo mayor, tampoco va a salir, no quiere gastar dinero, así que se quedará viendo un rato la tele en el salón hasta que le entre sueño. Mihai aprovecha que ninguno de sus primos está para pasar un rato solo en la habitación que comparten. Se tumba en su litera, él siempre duerme en una de las de arriba. Se encuentra bien, pero tampoco le importaría acabar en una pensión con una chica rubia de tetas gordas por muy fea que sea. Se imagina dos tetas de piel muy blanca, con los pezones pequeñitos marrones, se imagina chupándolas y aprovecha su erección ahora que está solo en la habitación.

Luca no ha cumplido el acuerdo con Lorena y se ha pasado toda la noche hablando con Luis de un contrato para el traspaso de una promesa del fútbol brasileño, un chaval de dieciséis años con el que Luca está haciendo de intermediario para que venga a España a la cantera del Real Madrid. Los derechos que hay que pagarle al club de origen son el principal escollo y el tema del que los dos hombres no pararon de hablar hasta los postres. Eli y Lorena estuvieron correctas, mostrando una cierta solidaridad la una con la otra, conscientes las dos de que ninguna quería estar allí. Lorena se contoneó yendo al servicio dos veces, mostrando sus glúteos perfectos debajo del pantalón de cuero, y Eli hizo un par de comentarios sobre los libros «de los que está ahora hablando todo el mundo», que Lorena, por supuesto, no conocía. Apenas ese intercambio de golpes, nada más. El resto de la cena hablaron de Yolanda, de su suicidio, de la tristeza de sus hijos, Alfonsito y Cayetana, tan amiga ella de sus hijas, ahora no quiere saber nada de nadie. ¿Por qué lo haría? Es imposible saberlo, ni Eli ni Lorena eran íntimas amigas de Yolanda, pero a las dos les caía bien. Sienten impotencia y miedo, el suicidio da mucho miedo a los que se quedan. Y pena. Será porque no se ve tan lejano a uno mismo, la mente, nunca se sabe. A las dos les entran ganas de llorar cuando piensan en Yolanda. Lorena llega a hacerlo, un poco, y tiene que respirar hondo para que el llanto no rompa definitivamente. Eli también tiene que hacer un esfuerzo por contenerse. Las dos tienen ganas de acercar sus manos para consolarse, aunque ninguna de ellas se atreve. Luis y Luca hablan del potente disparo del brasileño y de su habilidad para encarar a los defensas rivales, otro mundo.

Katy vuelve en el metro camino de su casa pensando que ojalá Borja no fuese gay, está segura de que podría enamorarse de él. La rumana rubia fea de tetas gordas ha vuelto a decirle a Ferka que no piensa acompañarle a la pensión; Cosmin se ha divertido con una chica que, casualmente, trabaja como asistenta externa en una casa en

Delparaíso. Lo malo es que se olvidó de su nombre y, como le ha dado vergüenza volvérselo a preguntar después de pasarse toda la noche hablando, ahora no sabe cómo se llama. Luca y Lorena se besan desnudos en la cama, él le pidió perdón por no haberle hecho mucho caso durante la cena y ella le reconoció que tampoco ha estado tan mal hablar con Eli esta noche. Se ríen antes de empezar a tocarse. Carolina está dormida en la habitación de los mellizos cuando Luis y Eli entran en la casa. Se despierta nada más oírles y Eli le ofrece quedarse en casa, es demasiado tarde para que se vaya ahora. Carolina se disculpa diciendo que prefiere irse porque no ha traído nada de ropa para quedarse a dormir. Luis le da dinero para que coja un taxi, Eli le da dos besos de despedida y quedan para la semana que viene, la necesitará para que se quede un par de tardes. Carolina se va, Luis cierra la puerta y Eli comparte con su marido lo mucho que le gusta la canguro de los mellizos: «Es un encanto de niña… y encima es una monada».

Luca Sandovich conoció a Lorena cuando todavía era jugador, justo antes de la lesión que acabó con su carrera. Aquella entrada que le hizo Jacobo, un aguerrido central del Hércules, cuando Luca acababa de fichar por el Atlético de Madrid le destrozó la rodilla y acabó con su carrera, pero quién sabe si puede que le viniera bien. A él le gusta pensar eso, que fue para bien. Luca era un extremo zurdo nacido en Constanza, una ciudad rumana al borde del mar Negro. Después de destacar en el equipo local y más tarde en el Steaua de Bucarest, fichó por el Tottenham de Inglaterra hasta que el Atleti decidió convertirle en su fichaje estrella. En Londres fue donde conoció a Lorena, una modelo madrileña que estudiaba diseño y perfeccionaba su inglés. El día de su debut en el estadio Vicente Calderón, Luca empezó el partido desde el banquillo, era lo más normal porque apenas había podido hacer pretemporada. En cuanto cogiese la forma física sería titular indiscutible, estaba llamado a ser la estrella del equipo. Faltaba media hora para el final y el partido estaba resuelto, el Atleti ganaba con claridad al Hércules cuando Luca saltó al campo con el público puesto en pie. No era ningún novato, pero escuchar cómo la afición coreaba su nombre le puso nervioso, le aumentaron las pulsaciones y le costaba respirar con facilidad mientras trotaba hasta la banda izquierda, su sitio natural, el lugar del campo en el que encaraba a los defensas y los desbordaba por dentro o por fuera. Daba igual, era habilidoso y rápido, más que cualquier contrario. Si iba por dentro, podía centrar con la zurda, «un guante»; si se marchaba por fuera, era un peligro constante porque también poseía un disparo fuerte y preciso con la pierna derecha. Cuando le llegó el primer balón en profundidad, sintió el murmullo de expectación. Jacobo fue a por él, Luca pisó el balón y, ante la entrada del defensa, con un ligero toque con la puntita de la bota hizo un túnel a Jacobo, dejándole sentado en la hierba. La gente se emocionó con el regate, hubo una especie de grito de admiración, casi como el olé de una plaza de toros, y rompió a aplaudir antes de que Luca pusiera el balón medido en la cabeza del delantero centro que remató a placer haciendo inútil la estirada del portero. Todos, también el autor del gol, fueron a abrazar a Luca Sandovich, que acababa de hacer su primera genialidad con la camiseta del Atleti. La alegría se contagiaba en el estadio: «¡Menudo fichaje!». Jacobo no levantaba la mirada del césped, se sentía humillado. Pensó que esa noche no pararían de repetir ese regate en televisión, pensó en su hijo casi adolescente escuchando por la tele la torpeza de su padre, un vulgar defensa tosco y lento del Hércules, el futbolista que de niño nadie quiere ser. Los niños, todos, su hijo también, preferirían ser Luca Sandovich. Sacó el Hércules de centro, los siguientes minutos fueron intrascendentes. Jacobo temía que Luca volviera a coger la pelota, que volviera a dejarle en ridículo con otro regate imposible. Por un momento se le pasó por la mente fingir una lesión y pedir el cambio, pero eso le dejaría en evidencia; algún compañero o el entrenador podría descubrir su miedo. Eso sería aún peor. El portero del Atlético de Madrid sacó en largo, Luca controló el balón y lo paró en el césped. Jacobo pensó no salir a por él, pero era la zona de la que se encargaba como central. No había más remedio. Luca encaró a Jacobo, el runrún de expectación en la grada era enorme. Luca era un fenómeno, Jacobo no era nadie, no tenía identidad, solo la excusa necesaria para que la estrella brillara. Luca amagó un recorte sin tocar el balón, Jacobo casi se trastabilla ante el engaño. Se sintió inútil, incluso creyó escuchar alguna risa. Los días posteriores en la prensa deportiva dijeron que aquella brutal entrada a la rodilla de Luca Sandovich fue producto de la rabia, pero fue miedo al ridículo, miedo a la vergüenza que también tendría que sufrir su hijo. Un instante antes de que la estrella rumana intentara un nuevo regate, Jacobo se lanzó con las dos piernas por delante e incrustó los tacos de su bota derecha en la rodilla izquierda de Luca, la pierna que en ese instante sostenía todo el peso de su cuerpo. El crujido de los huesos rotos se oyó en el terreno de juego y el grito de Luca Sandovich en buena parte del estadio. Jacobo fue expulsado y a Luca le hicieron nueve operaciones en los siguientes años para reconstruir su pierna. Jamás volvió a jugar y todavía, después de tantos años, mantiene una leve cojera. Casi imperceptible, pero cojera al fin y al cabo.

Carmen se ha puesto guapa para cenar con Mariano. Van a ir a un chino que hay en una de las calles paralelas a la Gran Vía, por plaza de España. Aquella zona la llaman ahora el barrio chino de Madrid, buena parte de la comunidad de aquel país vive y tiene negocios allí. La mayoría de los chinos viven en Usera, pero en plaza de España hay sitios «más modernos» que Mariano quiere que Carmen vea. Él lleva repitiendo toda la tarde que no van a un restaurante chino, sino a un oriental. Carmen no ve la diferencia, porque al final van a pedir arroz tres delicias, rollitos de primavera y ternera en salsa picante, y eso es comida china. Mariano insiste en que en el restaurante al que van también hay sushi y ensalada de algas, que es japonés, así que el restaurante no es solo chino, sino oriental, «oriental en general», especifica.

Luisa, la chica paraguaya de servicio, está colocando los aperitivos en la mesa de centro del salón de Pablo y Gloria. Esta noche tienen de invitados a Marcos Espinosa y Clara Zúñiga, que están a punto de terminar la obra de su casa y dentro de pocas semanas se trasladarán a Delparaíso definitivamente. Gloria y Clara se conocieron hace un par de semanas. La casa que Marcos y Clara están reformando es justo la de al lado de la de Pablo y Gloria. Se encontraron en la puerta, Clara la invitó a ver la reforma de su casa y Gloria le correspondió preparándole un café en la suya. Se cayeron bien, a Clara le gustó mucho la generosidad de Gloria, que ya ese mismo día la invitó a cenar, a ella y a su marido, claro. Hasta este momento, Pablo y Gloria eran los últimos vecinos en llegar a la urbanización tras el terrible atraco que sufrieron en la casa de Boadilla donde vivían. Y del atraco es de lo primero que hablan antes de empezar a cenar. Gloria lo cuenta más afectada, ella es más seria que su marido. Pablo parece tenerlo más superado, incluso bromea cuando explica que él, después del batazo, no se enteró de nada. Marcos les escucha con atención y Clara, bastante impresionada, en algún momento ha tenido ganas de abrazar a su futura vecina al escuchar el relato de la agresión que sufrió de aquellos salvajes, pero no tienen la suficiente confianza. Luisa les dice a los dos matrimonios que la mesa está puesta y que pueden sentarse cuando quieran. Clara se fija en la chica de servicio, ella necesita una empleada porque la que tienen en Madrid no se puede desplazar hasta Delparaíso para trabajar.

Carmen no quiere decir lo que piensa sobre los langostinos en tempura para que Mariano no crea que no le está gustando el sitio, a ella le hace ilusión que él haya reservado mesa en un restaurante como este, tan moderno. Mariano es el primero que se anima a comentar lo que los dos están pensando: «Esto es todo rebozado». Efectivamente, el langostino es muy pequeño, casi imperceptible en medio de la masa de huevo y harina, muy poco para costar quince euros la ración. Da igual, los dos están de buen humor. Esta mañana Carmen se ha comprado un conjunto de ropa interior para estrenarlo esta noche, es verde oscuro con mucho encaje, casi transparente. Mariano se ha cortado el pelo y se ha afeitado en la peluquería. Los dos son, con mucha diferencia, los más mayores del restaurante; es una zona de gente joven y ellos parecen los padres de todos los que les rodean. Se preguntan de dónde sacarán el dinero estos críos para cenar en un sitio así. El sabor un poco dulce de la ensalada de algas sorprende a Mariano, que había imaginado que tratándose de algas sabría salado. A Carmen le están gustando mucho, así que Mariano le da su parte mientras esperan a que lleguen los rollitos vietnamitas. Están en la mejor mesa del restaurante, la que está al lado de la ventana que da a la calle. Mariano le cuenta a Carmen que muy cerca de aquí, en la calle Álamo, vivió un año entero en una pensión. Eran otros tiempos, principios de los ochenta. En el centro de Madrid, por detrás de la Gran Vía, había billares, había macarras y había putas. Billares es lo único que no queda, pero los macarras y las putas también son ahora diferentes. Las putas eran españolas, los macarras tenían bigote y atracaban con navaja detrás de cualquier esquina. Se les reconocía, si conocías la calle, sabías quién era el malo y quién no. Ahora es distinto. No sabes qué chaval negrito es un músico, un estudiante de derecho o un camello. Madrid estaba lleno de cines, de reventas, de cafeterías, de salas de fiesta.

Mariano entrenaba en la Casa de Campo con chicos que querían ser boxeadores, otros que querían ser toreros y algunos que querían ser las dos cosas o cualquier otra que les permitiera presumir ante las chicas. Y de la Casa de Campo, corriendo hasta plaza de España para terminar el entrenamiento. A Carmen le gusta escuchar a Mariano, sus andanzas de juventud con sus amigos y sus novias, su fuerza, su bondad. No sabe explicarlo. «Es un hombre muy hombre», es la forma más precisa en la que Carmen sabe definir a Mariano.

Pablo y Gloria han hablado mucho toda la noche, sobre todo él, tan simpático. Clara lo está pasando bien, está contenta, siempre es importante llevarse bien con los vecinos. Marcos observa más que habla, es menos sociable que su mujer, le cuesta desenvolverse en conversaciones insustanciales. «Bueno, Marcos, y tú ¿a qué te dedicas?». Marcos es consciente de que Pablo le ha preguntado por su profesión sin haber sido nada explícito sobre la suya. Lo único que ha comentado es que es empresario y que tiene negocios, que es como no decir nada. Aun así, Marcos le responde haciendo un esfuerzo por ser amable: «Soy detective privado». Gloria se pone seria y Pablo tarda en reaccionar, «Qué interesante». Clara reduce las expectativas de los vecinos, «La mayoría son infidelidades y fraudes a seguros». Él le da la razón a su mujer, no hay mucho que contar. Marcos Espinosa se convirtió en detective después de acabar Derecho; a su padre le dio un disgusto, pensó que al menos podría haberse hecho inspector de policía,

«Siempre es mejor una nómina», pero Marcos ni siquiera lo intentó. Él quería ser detective desde que era pequeño, investigador por su cuenta, sin tener que dar explicaciones a nadie, sin jefes. Marcos quería ser detective desde que de niño vio *El crack*, con Alfredo Landa, aquella manera tan diferente de ser un tipo duro. Y nostálgico; Germán Areta, el personaje que interpreta Alfredo Landa en *El crack,* era sobre todo un nostálgico, como lo es Marcos. Más joven de lo que parece, siempre tiene un aire lento y triste, todo lo contrario que su mujer. Clara es más divertida, habla más, le gusta la gente, aunque esa alegría sea para Marcos un rasgo de superficialidad. Él la critica por despreocupada, ella a veces se harta de tanta seriedad, pero se llevan bien, se quieren, incluso se gustan.

«¿Te quieres casar conmigo?». A Carmen se le ha encendido la cara al escuchar a Mariano, que saca de su chaqueta un estuchito que abre delante de ella. «No hace falta que vivamos juntos, solo quiero que seas mi mujer». Se emociona al decir esas palabras, a punto está de ponerse a llorar; no llega a hacerlo, pero los ojos se le mojan y tiene que tragar un poco de saliva. Al verle, ella no lo evita y se le inundan las mejillas. En la mesa de al lado un chaval está siguiendo la escena. Carmen coge el estuche y saca el anillo y se lo pone, le queda perfecto, los dos se acercan con la mesa de por medio, pero alcanzan a darse un beso. Carmen piensa en su hijo Cristóbal, en lo que dirá cuando se entere; le da igual, tiene que entenderlo, no quiere estar sola. Ya es mayor de edad y cada vez está menos en casa. Es un buen chico, pero le exige demasiado, a veces echa de menos un poco más de cariño. Cristóbal es lo primero, pero tiene que hacer su vida... «¡Sí, quiero!». El chaval de la mesa de al lado aplaude y el resto de la mesa le acompaña. «Le acaba de pedir matrimonio», informa. Todo el restaurante empieza a aplaudir, la mayoría no sabe por qué, pero aplauden. Mariano se levanta de la silla, coge de la mano a Carmen para que se ponga de pie y la besa, ahora sí, con una ovación. Ella siente muchísima vergüenza, pero la alegría lo contagia todo. El aplauso termina, ellos vuelven a sentarse y el resto de comensales a sus conversaciones. Carmen coge a Mariano de la mano, «Eres un hombre maravilloso».

Luisa recoge las copas de los *gin-tonics* que se han tomado Pablo, Gloria y Marcos, Clara ha seguido con el vino. «Vete a dormir ya si quieres», le propone su jefa. La chica paraguaya da las buenas noches después de prometerle a Clara que hablará con alguna amiga a ver si quiere venir a trabajar a su casa. «¿Puedo pedirle un favor?», dice casi volviendo sobre sus pasos. Pablo está hablando con Marcos, pero Gloria se incomoda. La chica saca del bolsillo de su chaqueta blanca del uniforme una tarjetita en la que hay un símbolo redondo en el que se entrelazan las letras AS en amarillo sobre fondo morado, debajo pone Asociación de Sordos de Madrid, una dirección y dos teléfonos. «¿Podría darle esto a Mihai?». Gloria sonríe forzada. «Ah, sí, para el chico sordomudo de vuestra reforma. Es que Luisa habla mucho con los obreros, como están en la puerta de al lado», explica a su nueva vecina. Clara agradece el detalle a la chica y vuelve a insistir en que no es sordomudo, es sordo y por eso no habla. Nadie le da importancia a la aclaración.

Carmen y Mariano se besan y se dicen te quiero y se vuelven a besar en la plaza de España, casi en la esquina de la Gran Vía, alumbrados por las luces, hundidos bajo los edificios, ajenos al tráfico nocturno donde jóvenes y no tan jóvenes van buscando en la noche lo que casi nunca se encuentra. Clara y Marcos vuelven a casa, los dos tienen ganas de terminar por fin la reforma e instalarse en Delparaíso. Marcos conduce ausente mientras Clara comenta la cena, la decoración de la casa, lo simpático que es Pablo, lo bestial que tuvo que ser el atraco que sufrieron. Marcos sigue callado. Es algo a lo que Clara ya se ha acostumbrado, él solo habla cuando tiene algo que decir. «No me gustan», son las únicas palabras que pronuncia.

Mayte está muy pendiente estas semanas de Alfonsito y Cayetana, sobre todo de la niña. Al entierro —se sigue diciendo entierro, aunque se trata de una incineración— vino mucha gente, abuelos, algunos tíos, todos del País Vasco, pero ya ha desaparecido todo el mundo. Normal. Mayte es la única que hace reír a Cayetana, contándole sus andanzas en el teatro y en el cine del destape. Sergio Goikoetxea llama la atención a Mayte cuando a esta le da por ponerse muy explícita, entonces ella se calla y guiña el ojo con complicidad a Cayetana, que entiende los devaneos que ha tenido con muchos hombres... y con alguna mujer, «aunque eso ya te lo contaré», le dice después de otro guiño. Alfonsito no para en casa, apenas ha llorado después de que se fuera la familia de Baracaldo, como si no hubiera pasado nada.

Sergio ha vuelto a ver a Ama Susanne, lo hizo dos días después del entierro, de la incineración. Sergio no le dijo nada, le pidió no hablar, solo quería «toda la caña posible» y sentirse humillado, dolor y humillación. Lo de siempre, pero mucho más. Fue Ama Susanne la que decidió parar cuando estaba a punto de dejar heridas en las nalgas y la espalda de Sergio. Ama Susanne no se llama Susanne, es algo que suponen todos sus clientes, a los que no les importa lo más mínimo. Ninguno sabe que su nombre es Fiodora Góluveva, que nació en San Petersburgo y que tiene treinta y ocho años, ella pone veintiocho en su anuncio, aunque aparente menos de los que tiene y más de los que anuncia que tiene. Tampoco esto le importa a nadie. Fiodora lleva diez años en España, llegó sin saber una palabra de español huyendo de un marido celoso y alcohólico, después de que en su última paliza le fracturara la nariz por segunda vez y le rompiera el labio superior de tal manera que lo dividió en dos partes hasta la altura de la nariz; tuvo suerte con el cirujano estético que la atendió, pero, aun así, todavía conserva una cicatriz, en forma de lombriz finita con la intención de meterse por un agujero nasal. Más que afearla, le da un aspecto sexi, morboso más bien. Es difícil que algo pueda afear a Fiodora, ni siquiera una cicatriz. Es una mujer muy guapa y con un cuerpo tan propio de las mujeres de países del Este, duro y perfectamente formado. Cuando llegó a España, comenzó siendo prostituta en una casa de masajes. El servicio consistía en un masaje en camilla que terminaba con «un relax manual, un francés con preservativo o un completo», eso ponía en el anuncio. Si el francés se hacía sin preservativo, cobrabas más, pero ella nunca se la jugó. La encargada del piso donde trabajaba le propuso hacer servicios en domicilios y hoteles, donde se podía ganar mucho más haciendo casi lo mismo. Fiodora era fría con los clientes, pero ni siquiera eso les importaba, gracias a su físico de modelo inaccesible. Vio de todo a través de sus clientes y casi nada fue de su agrado ni le hizo sentir bien. Alguno de ellos podría haberle gustado en otras circunstancias, encontró incluso unos pocos que eran buenos amantes, pero solo el hecho de llamarla a ella le provocaba cierto rechazo. Seguramente una incoherencia, o tal vez no. En un servicio como cualquier otro, un cliente le pidió que le azotara y que luego le meara encima. Ella se asustó, pero después de hacerlo, le gustó. Solo por eso le pagó cien euros más. Fue su primer escarceo con el sado, sin saber ni siquiera qué era aquello. «Más fuerte», suplicaba Sergio Goikoetxea cuando Ama Susanne, ahora Fiodora Góluveva, decidió parar. Le dio la vuelta y le masturbó a toda velocidad hasta que se corrió. «Cuando se corren dejan de obedecer y no admiten el mismo dolor», es algo que Ama Susanne sabe muy bien. Es importante retrasar el orgasmo para mantener el control. A Fiodora le gusta ser Ama Susanne, le gusta lo que hace. Al principio interpretaba siempre un papel, después ya no. Ella manda, ni siquiera tiene que mantener relaciones sexuales, a ella no la tocan si no quiere. Y no hay nada de venganza hacia los hombres por lo que le pasó a ella —«*nichego videt,* nada que ver»—, aquella que sufrió era otro tipo de violencia, la que da realmente miedo, en la que se puede morir de verdad, en la que los golpes no se pactan, en la que el dolor no estimula.

También le dolió la vida a Mayte, cuyas heridas nadie se las hizo a base de golpes, sino de incomprensión. Su entrega, su pasión hacia los hombres y hacia la vida la hacían demasiado vulnerable, pero nunca dejó que el sufrimiento le quitara la inocencia. Las personas sensibles lo son siempre, eso no se va con la edad, se siguen sorprendiendo por mucho que hayan visto y se siguen emocionando, inevitablemente. Mayte acaricia a Borbón, que duerme en su regazo, en realidad es el tercer Borbón, hubo dos antes que él a los que Mayte puso el mismo nombre en homenaje a su amante, el más ilustre, pero para ella uno más. Alfonsito no quiere ir al psicólogo; Cayetana está yendo una vez a la semana al del colegio, una especie de apoyo para ayudarle a superar lo que le ha pasado. Mayte cree que le vendrá bien y a Sergio le da miedo lo que va a ser de sus hijos, le duele su sufrimiento. Más dolor. El dolor, en este caso, de la incertidumbre y la pena, «Tengo la culpa de todo». Él ya no tiene la opción de quitarse la vida, tiene que seguir aquí, por responsabilidad con Cayetana y con Alfonsito, qué sería de ellos si él también hace lo mismo. Sergio a ratos envidia a Yolanda. Y la odia. La envidia y la odia no solo por lo que hizo, sino por haberlo hecho antes.

Hace calor. Demasiado para esta época, parece como si el sol hubiera recobrado el vigor que parecía haber perdido con la llegada del otoño. Borja se ha puesto camisa, un jersey negro y encima un abrigo. En la maleta no cabía y es un engorro llevarlo en el brazo. Eli se retrasa y Borja suda mientras la espera en la puerta de la clínica. Nota cómo su cuerpo va humedeciéndose debajo de la ropa, le hace sentir bien esa especie de escalofrío que provocan las gotas de sudor en sus axilas, en su espalda y en sus riñones. Eli entra en el aparcamiento de la clínica un poco más deprisa de lo conveniente y llega hasta la puerta donde Borja la está esperando. Podría haber cogido un taxi, pero Eli se empeñó en recogerle. Él también lo prefería. Eli sale del coche sonriendo y un poco acelerada, «Perdona, había muchísimo tráfico». Se abrazan fuerte, un rato largo, a Eli le entran ganas de llorar, pero puede controlarlas, es solo un amago de llanto, Borja tiene ganas de reír, debe de ser la risa nerviosa que provoca el miedo. Si supicra a qué lo tiene, sería más fácil. Quizás a todo, a recaer, a la tristeza, a ¿vivir? Eli le ha propuesto que se quede unos días en casa, unas semanas si quiere, lo que necesite. Y a él también le parece lo mejor. Estará con sus sobrinos, hablará con Cristina, quince años ya, hace nada él mismo le cambiaba los pañales. Y jugará con Luisito y con Martina, los mellizos, a los que ha tratado menos. A Eli no le gusta que a su hijo le llamen Luisito, pero es la mejor forma de diferenciarlo de su padre. «¡Luis!», «¿Qué?», siempre los dos contestando al mismo tiempo, «el hijo», «el padre», quien sea. Borja se atreverá a llamar a su hijo Carlos por fin; a veces se emociona pensando que tienen una conversación y acaban abrazados, que su hijo es capaz de perdonarle. Poco a poco se irá reincorporando al trabajo, su cuñado le irá poniendo al día de los temas del despacho.

«¿Sabes algo de papá?», le pregunta Borja a su hermana. Ella va a verle de vez en cuando a la notaría y a veces toman un café, nunca funciona, no hay conexión. Eli no quiere dejar de hablarle, aunque cada tarde que le visita se va de allí con la duda de si merece la pena. «¿Te ha preguntado por mí?», Borja quiere comprobarlo, aunque sabe que no. Eli se calla, don Julio nunca pregunta a Eli por su hermano y cambia de tema cuando ella le habla de él. Hoy da igual, Borja está contento, no es el día para pensar en «ese hombre», así le llama algunas veces. Ahora vienen semanas en las que Borja necesita estar bien. Pasará ratos con su hermana, sin duda la persona a la que más quiere en el mundo; la acompañará a la galería, hablarán de arte y de películas y de series. Borja dice que la mayoría de las series están sobrevaloradas, que no son para tanto. Algunas sí, pocas, pero casi ninguna aguanta el nivel a partir de los primeros capítulos, mucho menos en las temporadas que se alargan casi siempre de manera innecesaria. Borja maneja teorías generales sobre muchos temas, tiene una forma de mirar el mundo con una perspectiva que casi nadie tiene, no se pierde en los detalles, analiza el conjunto, para él las excepciones no cuentan. Las excepciones le parecen siempre una pérdida de tiempo cuando desarrolla una idea. Él no habla de una serie, habla de las series; no habla de una familia, sino de familias; no habla de una ley, habla de las leyes. Un psiquiatra, uno de tantos a los que se cansó de contarle su vida, le dijo que prefería hablar de familias en general más que de la suya propia, de todos los padres, como si todos fueran uno, para no hablar del suyo. A lo mejor tenía razón aquel psiquiatra, a lo mejor fue por eso por lo que no volvió más a su consulta.

Eli conecta el iPhone en el coche cuando entran a la M-40 camino de Delparaíso, suena una versión de *Have You Ever Seen the Rain* que canta Willie Nelson con su hija Paula; es la canción que suena al final de una de las temporadas de una serie que a Eli le gustó mucho y a Borja un poco menos. Ninguno de los dos se acuerda ahora del título, «Lo tengo en la punta de la lengua». Borja sube el volumen y los dos cantan mirando a la carretera. Cuando termina la canción la vuelven a poner, así hasta tres veces. Se sienten bien los dos hermanos, no les importaría que este trayecto fuese más largo.

Carolina está en la línea 3 del metro camino de la estación de Argüelles, se bajará allí para ir caminando hasta el hotel Conde Duque. Ha quedado con Luis, hoy tendrán más tiempo porque él ha fingido tener una reunión fuera del despacho a primera hora de la tarde, así que no regresará al trabajo hasta las siete. Carolina lleva en el bolso un estuche con maquillaje, sombras de ojos azules, verdes, rímel y un labial rojo. Ella no suele maquillarse demasiado, apenas una raya leve, alguna sombra suave color tierra, nada más. Luis le ha dicho que compre el maquillaje y lo lleve al hotel, hoy al parecer será distinto. La gente tiene cara de sueño en el vagón y hay un ligero olor a comida que Carolina identifica con el de hamburguesas, patatas fritas y kétchup. Todo el mundo mira su móvil, una señora sudamericana duerme con la boca abierta y otra oriental apenas llega a tocar el suelo con sus piececitos, que ponen fin a unas piernas diminutas. Carolina está excitada, el WhatsApp de Luis la ha removido, lo ha leído decenas de veces. «Pregunta por un sobre que he dejado a tu nombre en recepción, dentro está el número de habitación y la llave. Ponte todo lo que te he dejado encima de la cama y maquíllate como una puta... ¡Quiero que te sientas muy puta! Yo llegaré a las 14.30. Besos». Carolina vuelve a leer el mensaje y nota cómo se humedece por dentro. Da igual que a veces Luis no la trate tan bien como a ella le gustaría. Está loca por él.

«*¡Big Little Lies!*», exclama Eli, que se acaba de acordar del título de la serie en la que sonaba esa canción. «Grandes, pequeñas mentiras», dice pensativo Borja delante de un plato de jamón en Urrechu, en Pozuelo. El *maître* le ha saludado con afecto, recordándole los meses que llevaba sin venir. Eli ha pedido ensaladilla para picar y luego van a compartir un entrecot fileteado. En la clínica se come muy mal, lo que más echaba Borja de menos es el jamón, el bueno. Se ha pedido una caña sin alcohol, tampoco está tan mal. Están a gusto, Eli lleva dos copas de vino tinto y todavía no ha llegado la carne. «Me siento vieja, Borja... Y gorda. Yo no soy esta mujer, no quiero serlo». Borja le da la mano a su hermana, vistos desde otra mesa del restaurante parecerían una pareja. «Sé que ya no le gusto a Luis, él a mí tampoco. Me aburro, Borja, me aburro».

Encima de la cama hay un conjunto de braga y sujetador negro de encaje de La Perla, un liguero, unas medias hasta medio muslo, unos zapatos negros de Christian Louboutin, salones de doce centímetros de tacón finísimo, y una peluca rubia de media melena con flequillo. Carolina se quita su ropa y entra en la ducha, tiene media hora para prepararse, le está gustando esta aventura. Recuerda constantemente la frase del WhatsApp: «... ¡Quiero que te sientas muy puta!».

Eli le cuenta a su hermano que sigue queriendo a su marido y Borja piensa que el amor no es suficiente para ser feliz. «¿Te gusta alguien?», sonríe Borja a su hermana, que le devuelve la sonrisa. «¡El francés!», se anticipa Borja antes de que su hermana abra la boca refiriéndose a Patrick, el dueño de la galería. «Está bueno, hermanita, y tiene clase». Eli se pone roja, se ríe, vuelve a beber. «Y tú a él también le gustas, hermanita, eso se nota». «Calla, tonto, está casado. Y yo también».

Luis está sentado en una butaca de la habitación del hotel Conde Duque mirando el cuerpo de Carolina subido en los tacones, cubierto con las medias y la ropa interior, a través del encaje se intuye, casi se ve, su sexo depilado. Sus pechos pequeños y redondos dejan holgura al sujetador, da la sensación de ser una niña disfrazándose con la ropa de su madre. Ella siente vergüenza al verse con la peluca, pero se deja llevar, «Luis sabe lo que hace». Él se levanta y se besan lento, profundo, pone sus dos manos en el culo de Carolina acercándola hacia él, ella nota cómo Luis ya está duro debajo del pantalón de su traje. La acerca hasta la butaca donde antes estaba sentado él y la empuja suave para que ahora la ocupe ella, que se recuesta en el respaldo. Luis se arrodilla delante de las piernas de Carolina, que separa suavemente para meter su boca entre ellas, besa su pubis por encima de las bragas mientras con sus manos busca los pezones, que se asoman por la holgura de la tela del sujetador. Carolina separa aún más sus piernas y las cuelga encima de los brazos de la butaca, Luis deja al descubierto su coño separándole las bragas a un lado, no quiere quitárselas, las nota empapadas al rozarlas con los dedos y hunde su lengua en esa humedad suave. Carolina se contrae y gime, empuja la cabeza de Luis hacia ella más fuerte, Luis mueve su lengua deprisa y fuerte con la presión que ella le hace con sus manos en la cabeza. Luis aumenta la velocidad, ella le anuncia que se va a correr casi al mismo tiempo que empieza a hacerlo, las piernas le tiemblan como si estuvieran sufriendo una descarga, la vibración sube hasta el vientre, todo su cuerpo se contrae unos segundos hasta ese grito ronco de garganta seca, un espasmo la deja inmóvil unos segundos, casi el vacío, y otro espasmo más, otro gemido y después la relajación de las piernas, del vientre, del cuerpo entero, ese suspiro que debe parecerse mucho al último suspiro cuando se alcanza la paz. A Carolina le entra la risa con su cuerpo esparcido en la butaca, «joder, joder». Luis se pone de pie, todavía está vestido, solo se había quitado la chaqueta y la corbata. Se descalza, se quita los calcetines y la camisa. «Ven aquí», le llama Carolina desde su butaca, mordiéndose el labio de abajo, es ella la que le desabrocha el cinturón, el botón del pantalón y la bragueta a la altura de su cara.

«Enseguida», responde el *maître.* Borja y Eli le han pedido la cuenta después de compartir una torrija con helado de café. Lo han pasado bien comiendo juntos, estando juntos, con eso era suficiente. Borja no ha tenido miedo a nada en estas primeras horas fuera de la clínica y a Eli se le ha olvidado un rato la tristeza. Vuelven al coche para ir a Delparaíso, los niños estarán a punto de llegar a casa y Borja está deseando abrazar a sus sobrinos. Esta noche cenarán juntos en casa con ellos, a ver si a Luis también le da tiempo porque ha escrito un WhatsApp a Eli diciéndole que se retrasará un poco. Borja le pide a su hermana la canción de antes, la que sale en *Big Little Lies,* le ha dado con la cancioncita, que le parece muy emocionante, que le gusta la pena que le da, eso dice. «Grandes, pequeñas mentiras; la verdad es que traducido no tiene mucho sentido», comenta Eli mientras Borja tararea acompañando las voces de Willie y de Paula Nelson… «¡Qué va, hermanita, tiene todo el sentido del mundo!».

Hoy será el primer día que Marcos y Clara dormirán en Delparaíso. Por fin ha terminado la reforma, al menos lo suficiente como para dormir allí. Quedan los remates, esos que pasarán semanas sin solucionarse, quizás no se arreglen nunca. Esa puerta del armario algo descolgada, el tirador de uno de los cajones que sigue suelto, volver a pintar un trozo de pared del pasillo que un obrero, a lo mejor fue Mihai, desconchó al golpearla sin querer con una escalera. Todavía huele a pintura y hay un grifo de uno de los baños que no funciona. No pasa nada, será por baños. Hay baños de sobra. Clara ha cambiado de arriba abajo los cinco que había en la casa. Y Marcos lo acepta mientras suma mentalmente lo que cuesta cada uno y le entra un poco de susto que oprime su estómago. Se calla, a Marcos le gusta ver a Clara feliz, a decir verdad, es lo único que a él le pone feliz.

A Marcos Espinosa lo llevaron sus padres al cine Coliseum de la Gran Vía una tarde de principios de los ochenta, en esa época era un cine todavía. No se acuerda del año exacto, ni por supuesto del mes. Sería el ochenta y uno porque ese año se estrenó *El crack* y esa fue la película que vieron, calcula las fechas por eso. Por eso y porque sabe que era un niño, unos once años tendría. Alguna vez ha intentado recordar con sus padres aquella tarde, pero ninguno de los dos se acuerda. De la película sí, claro, porque luego la han puesto muchas veces en la tele, con Alfredo Landa, «que lo hacía fenomenal también de serio», pero los padres de Marcos no recuerdan que fueron en metro, ni que merendaron un sándwich mixto en una cafetería con los sofás de escay granate, de esas que había un montón por el centro, con camareros de chaqueta blanca y pajarita, con acento castizo, casi siempre con tripa y casi todos calvos, como eran antes los hombres. No cabe duda de que, por lo que fuera, antes había más calvos. Serán los injertos o que ahora los calvos se rapan del todo y, paradójicamente, parecen menos calvos. Sus padres no se acuerdan, pero aquella tarde de cine en la Gran Vía marcó a su hijo, que supo que de mayor quería ser Germán Areta, que es como se llamaba en la película el detective que interpretaba Alfredo Landa.

Marcos Espinosa estudió Derecho y sacó la licencia como detective hace casi veinticinco años. Trabajó primero para otra agencia, pero muy pronto se estableció por su cuenta, y hasta hoy. Ha hecho trabajos importantes, ha investigado a políticos y ha descubierto a paralíticos que corrían, a deprimidos que andaban de fiesta en fiesta y una vez a un muerto que estaba vivo. Tardó siete meses en pillarle, pero lo hizo. Y cobró. Cobró de la aseguradora que le contrató para saber si había algo raro en la muerte de ese hombre cuya familia había recibido los tres millones de euros que le correspondían por el seguro de vida. Es raro morir en un accidente poco tiempo después de haber suscrito una póliza por esa cantidad. El tipo, Emiliano Marías Trincado se llamaba, se llama en realidad, había muerto en un accidente de tráfico en El Salvador y su cuerpo quedó irreconocible, aun así, dos forenses de allí certificaron a través de las huellas que se trataba de él y la aseguradora tuvo que pagar, a pesar de las sospechas. Marcos siguió a varios miembros de la familia, intervino su correo electrónico, movimientos bancarios y teléfonos móviles. Estas cosas no se pueden hacer, pero se hacen, claro está. Marcos tiene amigos en todas partes donde hay que tenerlos, funcionarios en los juzgados, policías y guardias civiles con los que intercambia información: «Hoy por ti, mañana por mí», así funciona. Después de algunos meses, Marcos descubrió que la supuesta viuda, Asunción, tenía un teléfono de tarjeta prepago con el que hacía una llamada diaria, además de acudir cada tres o cuatro semanas a enviar un sobre a un apartado de correos a Mont-de-Marsan, una ciudad del sur de Francia. Y sí, allí estaba el tal Emiliano Marías Trincado, al que los vecinos conocían por el nombre falso de su pasaporte, Aníbal Giménez Ruiz. A través de su informático —en las agencias de detectives, un buen informático es imprescindible para mirar donde no se debe mirar—, Marcos se hizo pasar por Asunción y se citó con Emiliano en Mallorca por un asunto familiar muy urgente. En el aeropuerto de Palma aterrizaba dos días después el pasajero Aníbal Giménez Ruiz, al que esperaban justo en la puerta del avión Marcos, un representante de la aseguradora y cuatro guardias civiles.

Marcos cuenta esta historia y algunas otras sin darles demasiada importancia; su mujer, Clara, las conoce casi todas, las que cuenta a los amigos y las que no, esas en las que andan metidos políticos o empresarios para los que también trabaja, unos y otros, todos. Gente que quiere saber de gente, rivales o del mismo partido, de la misma empresa o de la competencia. Marcos hace su trabajo, es eficaz, fiable y discreto, no juega con la información, la entrega a quien se la encarga y a por otro caso. La debilidad es algo que Marcos conoce bien desde hace tiempo. Por dinero, por sexo o por vanidad, todo el mundo tiene una grieta por la que colarse, que convierte al poderoso en débil, a alguien en nadie. Clara admira a su marido, le gusta y a veces le quita de la cabeza ese cargo de conciencia que de vez en cuando deja a Marcos un poco triste, «Si no lo haces tú, lo hará otro». Y Marcos se deja llevar por ella, como cuando compraron la casa en Delparaíso. Él no quería, y menos hacer la obra, más dinero aún que les hipotecará de por vida, pero a ella le hace feliz. Marcos cree que es una casa muy familiar, «Un chalet es demasiado para una pareja sola y nos va a recordar que en la casa no hay niños». Los hijos que nunca llegaron, ni uno solo. Marcos era el que más los deseaba. Lo intentaron todo hasta que la ilusión se fue después de tanto tratamiento y del tercer aborto, de tanta expectativa que acababa en llanto. A veces Clara piensa que todo aquello les hizo quererse más, a lo mejor con niños no seguirían juntos, estarían divorciados y odiándose, como algunas de sus amigas con sus ex. Mejor así, juntos Marcos y ella, y libres, porque los hijos atan mucho y no son casi nunca lo que se espera de ellos. Son mucho menos guapos de lo que queremos y bastante menos listos, puede que de mayores sean egoístas y malas personas, sin sentido del humor y poco gusto. La gente así también tiene padres que en su día esperaron mucho de ellos y ahora no les llaman por teléfono, han fracasado y además son feos. Clara no comenta con Marcos lo que piensa para que no le vuelva a decir que es una frívola, pero en la casa de Delparaíso, concebida para familias con hijos, ella no podría haber vivido de haberlos tenido. Los niños, aparte de dar preocupaciones y defraudar la mayoría de las veces, son siempre muy caros. Clara es feliz así, quiere a su marido, se ríen juntos, viajan, hacen el amor, hablan de cosas interesantes y ahora van a estrenar una casa maravillosa. Esta es su primera noche allí.

Dolores está aparcando su Fiat 500 en su plaza de garaje, de su bloque, de su urbanización, de su barrio en Las Tablas. Un día más, igual que ayer y que anteayer. El coche es pequeño y la plaza también, así lo decidió Pascual. Él se quedó la plaza más grande porque en la otra no cabe el Audi Q7 que se compró de segunda mano. Cuando vas por la calle nadie sabe que es de segunda mano, pensó Pascual, tampoco cuando se lo das a un aparcacoches en un restaurante, que te mira de otra manera que si llevas un Megane, por muy nuevo que sea.

El día ha ido bien en el ministerio, normal, sin sobresaltos, como todos. Ha tomado café con sus compañeras, siempre bajan las mismas cuatro y hablan del trabajo, de los *realities* de la tele, de las series que ella nunca ve porque a Pascual no le gustan, siempre se duerme. A veces, en ese café y en el de después de comer también hablan de sexo, aunque Dolores en ese tema prefiere escuchar, no recuerda la última vez que lo hicieron Pascual y ella. Antes lo hacían poco, pero ahora puede decirse que no lo hacen nunca. En lo que va de año ninguna vez y el anterior tampoco, eso seguro. Sabe que no puede aportar mucho en la conversación, salvo un poco de frustración y su vida antes de Pascual, esa sí que daría para hablar durante el café, pero prefiere escucharlas a ellas, dos separadas y una casada. Sus amigas también hablan de los hijos, pero en eso tampoco tiene mucho que decir. Su hija es como es. La quiere más que a nada en el mundo, de eso está segura, pero no la entiende y le gustaría que se dejase abrazar más. A ella también le gustaría ser abrazada, pero ni una cosa ni la otra. Recuerda cuando Lola era una niña, que reía, chapoteaba en la bañera, corría a los brazos de mamá cuando se caía y se metía en su cama cuando tenía miedo, una niña como todas las demás. ¿Qué día cambió todo? No lo sabe, sería poco a poco, puede que, por dejadez, como madre no lo supo hacer. A menudo se les tiene miedo a los hijos, eso no lo quiere sentir nadie y, antes de llegar a ese punto, cedes, les justificas y todo empeora. Por el miedo a perderla la fue perdiendo del todo.

Dolores deja las llaves de su Fiat 500 en el platito de la entrada donde ya están las del Q7 de su marido. En el espejo que hay al lado de la puerta se mira y se ve guapa, sigue siéndolo y hoy, además, tiene buena cara. En el último año se han acentuado las dos arrugas con forma de media luna que delimitan su boca y en el labio superior los surquitos son un poco más profundos de lo que le gustaría, hay que asumirlo, pero con más o menos arrugas sigue siendo guapa. Lo fue mucho de joven, todos los chicos estaban enamorados de ella en el instituto y las chicas le tenían envidia, hubo gente que le recomendó que fuera a alguna agencia de modelos, pero su padre no la dejó y a ella le daba vergüenza. Hizo el bachillerato con buena nota y el primer año de Económicas aprobó todas menos una, todo iba bien. Hasta que apareció Lucas, un actor sin éxito, guapo, vanidoso y vago. Él le descubrió todo, desde la cocaína hasta el deseo. Y el sexo, de todo tipo. Más tarde, también el desamor y el dolor. Dolores dejó la carrera y se fue con el actor fracasado a Ibiza a trabajar de camarera y a hacer cinturones y pulseras, puro tópico. Su padre le explicaba el error que estaba cometiendo, mientras su madre lloraba. Dos años tardó en salir de la isla, deshecha por dentro después de hacer cosas que hoy ni se imaginaría, borradas de su mente y de su cuerpo. El último día se despertó desnuda con un dolor de cabeza insoportable, en los pies de la cama un vómito que no recuerda si era suyo, seguramente sí. En el cuarto de al lado, el actor guapo, vanidoso y vago dormía junto a otra mujer, una vez más. Antes de que se despertaran metió las pocas cosas que tenía en una bolsa, se lavó los dientes y la cara y se marchó al aeropuerto sin recoger el vómito. Volvió a casa de sus padres, a su habitación de niña, preparó las oposiciones con las que entró como funcionaria en el Ministerio de Agricultura, no volvió a drogarse y acabó con el hombre menos parecido a Lucas que había en el mundo. Pascual Ramírez, formal, aburrido, con papada, economista, los ojos pequeñitos y con una carrera prometedora en el banco. Dolores consiguió una vida normal, una familia normal en un piso normal de una urbanización normal con un marido gordo, insustancial, avaricioso, miserable y con una polla insignificante. Dolores prepara la cena, albóndigas con tomate, mientras Pascual ve la tele en su sillón y su hija Lola está encerrada en su habitación. Se pregunta cuánto tiempo le queda para seguir viéndose guapa, cuánto para que los surcos de su labio se propaguen y las dos medias lunas de arrugas que rodean su boca sean cuatro y luego seis y ocho, y lleguen cada vez más juntas hasta las orejas y se extiendan hacia la frente y sus ojos se escondan definitivamente en las cuencas, perdiéndose.

Dolores amasa las albóndigas redondeándolas con las manos llenas de harina y las echa en el aceite caliente. «¡Ya está la cena!», grita desde la puerta de la cocina para que le oigan Pascual, que se despereza en su sillón articulado de orejas, y Lola, que se levanta dificultosa de la cama, apagando el porro a la mitad, que se guardará para después de la cena, antes de dormir. Pascual y Lola se comen las albóndigas embadurnadas de tomate. Ninguno habla, pero les inquieta esa media sonrisa con la que Dolores corta trocitos de pan con los dedos y se los mete en la boca mezclándolos en su interior con cada media albóndiga. «¿De qué te ríes?», pregunta, incómodo, su marido. A Lola también le entra un poco la risa al ver la expresión de su madre, entre ida y feliz, como si el porro se lo hubiera fumado ella. Dolores miente contestando que nada, que no pasa nada. Sabe que no queda mucho tiempo y sabe que el que queda no lo va a perder, está decidido.

Mayte se llama de verdad María Teresa Cebollero, pero se puso Mayte Belmonte de nombre artístico. Estaba claro que nadie podría triunfar con ese apellido en el mundo del espectáculo, que es lo que ella vino buscando cuando llegó a Madrid desde su pueblo en Zamora que ya no existe: los dos últimos habitantes censados murieron hace más de veinte años y nadie más volvió por allí. Quedan ruinas de lo que fueron calles, paredes sin techos, huecos de ventanas y puertas, sin ventanas ni puertas, que delimitan el vacío, donde no existe lo de adentro y lo de afuera, como un cadáver a la intemperie después de lustros, consumido caprichosamente por el tiempo. Por qué unas paredes sí y otras no, por qué la piel y la carne desaparecieron de este brazo y aún quedan restos en el otro, por qué hay pelo aquí y allí no, por qué desaparecieron unas uñas sí y otras se mantienen casi intactas. El azar.

Mayte Belmonte lo que se dice triunfar no triunfó, hizo sus pinitos, sí, pero se quedó muy lejos de ser una estrella. Seguramente no lo fue porque le faltó talento, además de no tener determinación para serlo y que en cada una de las decisiones que tomó en su carrera no acertó casi nunca. El azar. Se enamoró en más ocasiones de la cuenta, se entregó siempre del todo, se divirtió mucho más de lo que permitía el trabajo, hizo más veces lo que quiso que lo que era conveniente y, además, le dio exactamente igual. Mayte supo siempre tarde la verdad de sus sentimientos, se daba cuenta de lo mucho que quería a alguno de sus amantes cuando el amante había desaparecido y entonces lloraba por la ausencia hasta que volvía a equivocarse. Algunos de sus amantes le decían que parecía un hombre, que le gustaba el sexo tanto como a cualquier hombre en una época en la que las mujeres no se permitían disfrutar de su cuerpo como lo hacían ellos: la decencia, la contención, el qué dirán y todo eso. Ahora que todo ha pasado, que ya se ve vieja para sentir ese ardor y la pasión que hacía perder la cabeza a muchos hombres, esa que la convertía en «una puta», ahora, con el transcurso del tiempo, no tiene ninguna duda de quién fue el gran amor de su vida. Fermín Vázquez, un torero madrileño, delgado, guapo y con fama justificada de mujeriego. Se enamoró, se rio con él más que con ninguno y además fue su mejor amante, aunque eso, como todo lo demás, no lo tuvo claro en el momento en que estaban juntos. La clarividencia de Mayte siempre fue a destiempo, su lucidez solo surgía con perspectiva. Ella fue la que traicionó al torero en su idilio, de idas y venidas durante años con el rey, cuando empezaba a ser rey. Fermín Vázquez toreaba una corrida de la Feria de San Isidro en Las Ventas y Mayte estaba en una barrera junto a una amiga, otra actriz igual de secundaria que ella y de escaso éxito, también como ella, pero mucho menos guapa que Mayte, con peor cuerpo y bastante más «decente» en eso de acostarse con hombres. Tres asientos a la derecha de Mayte y su amiga en Las Ventas apareció el monarca, casi a punto de empezar la corrida, junto a un ministro de UCD y un señor mayor, que por lo visto era un torero retirado. Justo antes de sentarse, el rey desplazó al ministro y al torero retirado hacia la derecha y se sentó al lado de las dos mujeres, pegado a Mayte. El azar. Mayte cuenta que fue un caballero durante toda la corrida, explicándole los pormenores de lo que estaba viendo porque ella, aparte de su relación con Fermín Vázquez, no sabía nada de toros. El festejo terminó sin que los toreros triunfaran y el rey se marchó junto al ministro de UCD y el torero retirado acompañado de algunos escoltas. Uno de ellos, el más bajito, se quedó cerca de Mayte y le susurró al oído: «A su majestad le gustaría saber la forma de ponerse en contacto con usted». Mayte se puso nerviosa, esa noche había quedado en el hotel Wellington, pero no dudó en acercarse al oído del escolta para dictarle su número de teléfono. Esa noche hizo el amor en una suite del Wellington con Fermín Vázquez, que la notó ausente, le dijo. Dos días después, sobre las tres de la tarde, sonó el teléfono en casa de Mayte. «Soy yo, me gustaría invitarte a cenar esta noche».

Yolanda decidió matarse y lo hizo, no falló. Nunca hay motivos suficientes para suicidarse o quizás sobren, las dos cosas son posibles en la misma vida. Le atrajo la idea de acabar, se sorprendió tranquila pensándolo, no fue la desesperación la que le llevó a cortarse las venas en la bañera, más bien fue la desilusión y el cansancio. Quiso descansar cuando se vio sin fuerzas, ni siquiera las tuvo para gritar, ni para enfadarse. No lo hizo por rabia ni por venganza ni por nadie. Es posible que en otra época de su vida no lo hubiera hecho, que en otro momento no hubiese tomado esa decisión, pero esa semana todo se volvió negro y la idea de irse se apoderó de su mente, no pudo contemplar otra salida, ni quiso. Ni siquiera el pensamiento de no volver a ver a Alfonsito y Cayetana contuvo el deseo de no seguir viviendo. Los problemas económicos, que ella interpretó como una ruina absoluta, sentirse abandonada y humillada por Sergio, su marido «asqueroso vicioso», al que ya no reconocía... «¿Por qué lo hizo?», ese empeño de los que se quedan por encontrar el motivo, por buscar coherencia en todo lo que sentimos. Los motivos fueron todos y ninguno, el motivo fue el momento, así de simple y de aterrador. Puede que una semana antes no lo hubiera hecho y el mes siguiente tampoco, quién sabe. Yolanda no tenía ninguna enfermedad terminal, no le pasaba nada que no se pudiera solucionar mudándose a una casa más pequeña o con un divorcio. Un suicidio sin relato. A lo mejor quiso llamar la atención, convertirse por última vez en alguien importante, de la que la gente hablara, aunque fuera para compadecerla o para intentar comprenderla, ser la muerta en el entierro, la protagonista de las dudas de los que se quedan.

A las nueve en punto, un coche azul oscuro recogía a Mayte en su casa y la llevaba a un chalet pequeñito en El

Viso. Una casa con la fachada blanca, mucha vegetación bastante descuidada en la parte delantera, en la que había una puerta metálica custodiada por dos hombres fuertes fumando que la saludaron levantando levemente la barbilla y apartando pronto la mirada después de abrirle la puerta. Una casa oscura, una decoración muy recargada, muebles rústicos, las paredes en tela y en el suelo unas baldosas de cerámica marrón oscuro. Mayte se quedó esperando de pie en la entrada en el más absoluto silencio después de que el señor que le abrió la puerta la cerrara a su espalda. Un par de minutos más tarde, una doble puerta corredera se abrió y al otro lado apareció el soberano con una enorme sonrisa: «¡Hola, Mayte!», y ella se quedó tan impresionada que solo acertó a contestar: «¡Hola, rey!». Él se rio y ella se sintió ridícula. Pasaron a un comedor igual de sombrío que la entrada, él se encargó de abrir la botella de vino y servirlo en las dos copas. Sobre la mesa, vestida con un mantel de cuadros pequeños rojos y blancos como de restaurante italiano, una tortilla de patatas, una ensalada de tomate con ventresca, un plato de jamón y cuatro cigalas cocidas de gran tamaño. «Espero haber acertado con el menú», dijo él. «Es perfecto», sentenció ella. Cenaron y se bebieron la botella de vino entera; el rey chupaba ruidoso la cabeza de las cigalas después de arrancársela del cuerpo y el liquidillo le resbalaba por las manos. En ese momento no parecía un rey, era alguien al que se le notaba lo mucho que le gustaba comer. Ella se comió solo el cuerpo y le regaló las dos cabezas de las cigalas que le correspondían. Ese instante en el que el monarca las succionaba mirando fijamente a los ojos de Mayte fue el momento en el que a ella se le fueron los nervios y sintió que la noche acabaría siendo divertida. Él se interesó por la vida de Mayte, por su pueblo desaparecido que todavía no estaba del todo desaparecido, por sus películas y hasta por su amante, Fermín Vázquez, del que se declaró admirador. Cuando apuraron el último sorbo de vino, él sirvió dos whiskies con hielo que trajo de una cocina que había al lado del salón y en la que Mayte no llegó a entrar. «Podíamos tomarlos en la habitación», propuso él. «Vamos», contestó ella.

Yolanda siempre se reía cuando escuchaba a Mayte contar aquella historia tan increíble como cierta. «¿Y qué tal en eso? Ya me entiendes...», preguntaba Yolanda divertida. «Pues muy bien, la verdad. Y es que era el rey, con eso ya tiene mucho ganado». A Yolanda le gustaba escuchar a Mayte cuando se metía en su casa a tomar café antes de que Alfonsito y Cayetana llegaran del cole. Se reía y se ruborizaba con ella, envidiaba su manera de ser libre y a veces también la despreciaba un poco por lo mismo. Nunca se atrevió a contarle cuando descubrió lo que Sergio hacía con Ama Susanne, le daba demasiada vergüenza. Es posible que Mayte no le hubiera dado tanta importancia, ella no se la daba a casi nada. Mayte siguió con el torero, siguió con el rey y siguió con algunos más, incluso se casó con dos de ellos, sin saber muy bien lo que quería en cada momento, descubriéndolo tarde casi siempre.

Seguramente, el mundo sea un lugar sin esperanza en el que ninguno de nosotros puede hacer nada para cambiarlo —nos lo dicen en sus libros los pensadores pesimistas, que son los únicos de prestigio, esos que manejan la idea de que la felicidad es propia de gente estúpida—. Y puede que sea verdad. O no. Puede que el hombre inteligente es el que se da cuenta de que el mundo es una mierda y se deprime; el sabio también lo sabe, pero le da igual y lo disfruta. Basta con estar un poco atento para entender que la vida, tantas veces inhóspita y sin sentido, también está llena de cosas maravillosas. Esas cosas maravillosas no son trascendentes, simplemente son divertidas, placenteras y emocionantes. Mayte se dio cuenta viviendo. A Yolanda no le dio tiempo.

Alfonsito, el hijo de Sergio y Yolanda, tiene dieciocho años y odia a su hermana Cayetana, eso piensa él. Cayetana, que tiene dieciséis, a ratos también cree que odia a Alfonsito, lógico. Cristina, la hija de Luis y Eli, que tiene quince, odia a sus hermanos pequeños, los mellizos Luis y Martina, que tienen diez y que a su vez se odian entre sí la mayoría del tiempo. Jimena, la hija de Lorena y Luca Sandovich, que también tiene quince, como no tiene hermanos odia de una manera más aleatoria a unos y otros, y a veces odia el hecho mismo de ser hija única. Lola, la hija de Dolores y Pascual, de dieciocho años, odia a su padre porque de él heredó la gordura y la papada, y en general odia a todo el mundo.

Alfonsito ha probado la cocaína algunas veces con sus amigos de la universidad después de morir su madre. Se la ofreció uno para que no estuviera tan triste, «Estamos contigo, tío». Él pensó que su madre le podría estar viendo desde algún lugar —el cielo o el más allá, esas cosas— y al principio dijo que no, pero luego le encantó la idea de que sus amigos le quisieran más después de la desgracia, una especie de respeto que se había ganado a consecuencia de su pérdida, y dijo que sí. Al fin de semana siguiente ya no pensó que su madre le veía desde ningún sitio —«Y si me ve, me da igual»— y volvió a decir sí. Esta noche seguramente hará lo mismo. Su hermana Cayetana no ha probado la cocaína, le da miedo. Tampoco se la ha ofrecido nadie, así que no ha tenido la oportunidad de negarse. Ella se siente mayor desde que se acostó con su novio, aunque no sabe si considerarlo su novio. No le gustó, ya lo suponía, porque le habían dicho que la primera vez duele y le dolió, aparte de mancharlo todo de sangre, que aunque también se lo habían advertido, le dio un poco de vergüenza. El caso es que tampoco le gustó la segunda vez, ni la tercera, y eso ya la tiene un poco preocupada. Pensó que cuando llegara a casa alguien se lo notaría, como si después de hacerlo le hubiera cambiado la cara. Ese miedo lo tienen muchas chicas, al parecer, pero, si no lo cuentas, nadie puede saberlo mirándote a la cara, qué alivio.

Cristina, la hija de Luis y Eli, está enamorada de un chico mayor, tiene casi dieciocho y eso se nota, no es como los de su clase, que no se enteran de nada. Javi, que así se llama, es distinto y mayor, las dos cosas. Cristina envidia un poco a Cayetana porque ya se ha atrevido a hacerlo y ha dejado de ser virgen. Ella lo haría con Javi, pero tampoco quiere que piense que es una cualquiera, así que se va a esperar. También es virgen Jimena, su mejor amiga, la hija de Luca y Lorena, que, como ella, tiene quince años y todavía sigue sin hacerlo. Cayetana les contó que la primera vez no le gustó, pero les engañó respecto a las siguientes, «¡Es una pasada!», dice con cierto misterio sin que se le note el temor a que le pregunten detalles que no sabría responder, sobre el orgasmo y el correrse y esas cosas. Cayetana sabe que Cristina y Jimena son sus amigas, pero también sabe que son más amigas entre ellas que de ella. Le gustaría que fuera de otra forma, pero es así. A Jimena no le gusta ningún chico en especial, se ha besado con varios. Se ha excitado, sobre todo cuando le tocan por debajo del jersey y llegan al sujetador, eso le encanta. Hay una cosa que Jimena no le ha contado a nadie, ni siquiera a su amiga Cristina; en realidad, a ella es a la última que se lo puede contar. Y es que de vez en cuando imagina que besa a una chica, en su mente podría ser cualquiera, guapa, pero que no tiene la cara de nadie, pero lo peor es que a veces le han dado ganas de besar a Cristina. «A lo mejor soy lesbiana», se pone nerviosa y no quiere ni pensarlo. Ha leído que es normal, y más a esas edades en las que nada está definido, pero no quiere ni que se le pase por la cabeza, menudo disgusto para sus padres.

Lola se come dos donuts de chocolate todas las noches, por eso le ha extrañado que su madre se enfadara tanto cuando la ha visto. «Deja de destruirte», le ha gritado, y después, «Cuídate de una puta vez», le ha dicho muy enfadada, de una manera que ella no recordaba. «Que la jodan», ha pensado Lola, aunque no se ha atrevido a decirlo. No sabe qué le está pasando a su madre, pero no está como siempre. De vez en cuando se enfada y otras se ríe un poco a destiempo. El otro día también gritó a su padre, a lo mejor está pensando en dejarle, sospecha ella. Lola apenas sale de casa, no tiene muchas amigas y amigos tampoco, está harta de que se rían de ella, le pasa desde que era pequeña y es algo que nunca ha cambiado. Y si no se ríen, todavía es peor porque la compadecen. Eso se nota, cuando llega la que se hace la comprensiva, esa que finge que ella mira en el interior de las personas y que puede ser amiga suya, como la que adopta a un perro tullido, esas que van de buenas son las peores. Lo mejor es ser diferente, rara, es la única salida. «Me como los donuts que me sale del coño», dice masticando el último trozo antes de meterse en la cama.

A Cayetana le ha dicho su psicóloga del colegio que tendrán que hablar de la muerte de su madre, pero no lo mencionan casi nunca; ya habrá tiempo, dice la psicóloga, y ella lo agradece porque no le apetece mucho, así que hablan de lo que pasa en clase, de las amigas y de su chico, aunque a ella no le ha contado que ya lo ha hecho y mucho menos que le preocupa un poco que no haya disfrutado del sexo. Tiene miedo de que se lo cuente a su padre, eso sería lo que faltaba.

Alfonsito esnifa una raya en el coche de uno de sus amigos, que le vuelve a invitar, aunque ya le ha advertido que la próxima vez tendrá que pillar él, y si no quiere ir a pillar, al menos tendrá que pagar porque ya van demasiadas veces. Al principio era porque lo estaba pasando mal con lo de su madre, pero ya es hora de que él también se estire, que para eso tiene ese casoplón de rico.

Cristina está sola en su habitación, se toca por debajo de las bragas dentro de la cama, tapada, completamente a oscuras, le da vergüenza hacerlo, aunque sabe que la mayoría de sus amigas también lo hacen. Piensa en que Javi está a su lado besándola y luego lo demás, ella se dejaría. Piensa en eso cuando se acaricia y le da mucho gusto, placer, casi una inquietud que no se calma, y cuando ya es muy fuerte la sensación decide parar, como si sentir tanto no fuera bueno, le asusta un poco. Para y saca la mano y respira fuerte hasta que recupera el aliento y entonces se sube el pantalón del pijama y aparta el edredón y enciende las luces y mira Instagram en el móvil y poco a poco desaparecen el ardor y la vergüenza.

Lola imagina que su madre se marcha de casa y siente miedo de que se vaya sin ella; Alfonsito baila en la discoteca con la camisa sudada y un ron con Coca-Cola en la mano; Cayetana se acuerda de su madre y le entran ganas de llorar, aunque no lo hace; Cristina piensa en Javi y escribe un WhatsApp a su amiga Jimena para contárselo y Jimena vuelve a tener ganas de besar a Cristina…

Es de madrugada y todos deberían estar durmiendo ya.

Mihai pasea por Santa María de la Cabeza camino de Atocha. Está nublado, pero no hace frío. Le apetece callejear mirando a la gente, a ver hasta dónde llega porque tiene la tarde libre y quiere caminar hasta que se canse. Está contento después de lo que le han dicho en la asociación, qué maja y qué suerte haberse cruzado con Luisa, la chica paraguaya que le dio la tarjeta de la Asociación de Sordos de Madrid a la señora de la casa que estaban reformando en Delparaíso. Mihai no se acuerda de la última vez que tuvo libre una tarde durante un día de diario; a decir verdad, no se acuerda porque nunca la ha tenido, desde que vino a España solo ha librado los domingos. La prima de Luisa trabaja en la asociación, es una asistente social. Es una chica guapísima, también paraguaya, pero rubia. No sabía que en Paraguay hubiera mujeres rubias; para ser exactos, no sabe nada de Paraguay, ni siquiera dónde está. Tampoco sabe que Luisa se llama Luisa, ni el nombre de la chica rubia, en realidad no sabe lo que es saber, es la consecuencia de su eterno silencio.

Dulce Naranjo ha llamado a Sergio porque tiene una oferta para comprar la casa de Delparaíso, son unos holandeses que se instalan definitivamente en España y tienen el dinero, una parte puede ir en negro y eso tiene sus ventajas. Sergio ha quedado en ir a ver a Dulce a su oficina, no quiere que se le note la ansiedad, pero necesita que salga esa operación con urgencia antes de que el banco le quite la casa y él y los niños se queden en la calle sin capacidad de reacción.

Katy se ha enrollado por fin con un enfermero de la clínica. Es un buen chico, no muy apasionado, pero, de tanta insistencia, al final Katy se ha dejado llevar. Han ido a Superchulo, un vegetariano que hay en Malasaña, la comida ha sido divertida, más o menos, y al salir del restaurante se han besado, tampoco ha estado mal, y de ahí él la ha invitado a su casa. En el coche, el chico ha puesto a Love of Lesbian, ese grupo también le gusta a Katy, es bueno coincidir en gustos musicales, tampoco están lejos en la política, él un poco facha, pero moderado. Lo único malo es que habla demasiado de fútbol, es muy forofo del Real Madrid; en la comida le ha enumerado no sé cuántas eliminatorias de no sé qué copas y hasta de esquemas con números, que si cuatro, cuatro, dos, que si cuatro, dos, tres, uno y muchos nombres de futbolistas que ella no conoce, ella solo se sabe los que salen en la prensa del corazón. Eso, y que a veces no emplea muy bien los verbos y las palabras, sustituye unas por otras de una forma extraña, como decir «encima» en lugar de «en vez», «A veces los enfermos encima de mejorar, empeoran». También dice «sin en cambio» en vez de «sin embargo» y algunas otras que ha preferido no oír durante la comida.

Mihai se queda mirando el Ministerio de Agricultura desde la acera de enfrente, la de la estación. Hay bastantes manteros vendiendo bolsos de marcas que él no conoce y camisas con un caballo, otras con un cocodrilo, relojes y perfumes. El edificio le parece precioso, los caballos alados del tejado, las columnas, las ventanas... Mihai cruza la calle camino del paseo del Prado en medio de la gente que viene y va, y se pone a llorar, como llora siempre sin venir a cuento, apenas unos segundos, aunque esta vez sí parece encontrarle sentido, esta vez no se siente tan solo, la gente que le rodea no le es tan extraña, parece uno más. Tendrá que ponerse a estudiar todas las noches después del trabajo e ir dos veces por semana a los cursos, pero lo va a intentar. En la asociación le han dicho que solo en un mes podría comunicarse con la lengua de signos y en un año podría casi dominarla, esto es lo que le ha dicho con dibujos, con gestos y con una sonrisa maravillosa la chica rubia paraguaya que le ha atendido y es más o menos lo que él ha entendido. «¡Disculpa!», una señora ha chocado con él a la altura del paseo del Prado, ella también está paseando solo por el placer de pasear. Después del encontronazo se han sonreído, ella no se ha dado cuenta de que él no habla, incluso se aleja pensando que le ha oído decir algo, él no la conoce; es Dolores, que esta tarde ha salido del Ministerio de Agricultura, donde trabaja, un poco antes, tampoco lleva un rumbo fijo, quiere caminar y, sobre todo, llegar lo más tarde posible a casa.

Katy y el enfermero se besan mientras se desnudan torpemente encima del sofá. Ella descubre el torso de él, le sorprende lo fuerte que está, no lo parecía con el uniforme.

Sin un gramo de grasa, casi parecen brotar las fibras de cada uno de sus músculos; fuerte y delgado, está buenísimo sin ropa, se alegra Katy. Ella no puede dejar de pensar en todos los hombres con los que se enrolla como el posible padre de sus hijos, una especie de *casting* del que ellos nunca son conscientes. Acaricia sus abdominales, duros y marcados, camino de la cintura del pantalón para desabrocharle el botón y meter la mano, mientras él le toca el culo con las suyas. No le gustan algunos tatuajes que lleva en el pecho y los brazos, pero piensa que eso no tiene nada que ver con la genética. «¿A que están *to* guapos?», le pregunta él, señalándoselos. «¿Cómo?», responde ella que prefiere no oírle, así que busca de nuevo un beso para que el chico no hable. Él le toca las tetas suavemente y la acaricia despacio entre las piernas. La verdad es que sabe lo que hace, la empuja suave al sofá y se arrodilla delante de ella metiendo su boca entre los muslos, la lengua toca justo donde debe y justo como debe. Sí, sabe lo que hace. «No te digo *na* y te lo digo *to*», susurra él. «Cállate, me gusta más en silencio», dice ella algo desesperada.

Dos millones seiscientos mil, se escritura en dos cuatrocientos y doscientos mil en negro. Si acepta la oferta, esta misma semana podría venderse la casa, el dinero está disponible. Sergio hace cuentas en su mente, sudando. No es suficiente, apenas para saldar deudas, pero algo es algo, así mejor. Dulce Naranjo le deja claro que los holandeses no van a dar un duro más. Sergio dice que le parece poco y que mañana contestará, sigue fingiendo que no tiene tanta necesidad. Dulce no le cae muy bien, esa frialdad de mujer inaccesible, su pelo estirado en moño, su actitud de diva, jugando a ser Sharon Stone en *Instinto básico* en la escena que abre las piernas. Sergio piensa en eso durante un instante y le hace gracia que Dulce sea mucho más fea no solo que Sharon Stone, por supuesto, sino más fea que la mayoría, porque Dulce Naranjo es objetivamente fea, aunque se machaque en el gimnasio, que seguro que lo hace, y sea asidua a todos los tratamientos de belleza que existen, que seguro que los ha probado todos; la cara de pájaro no se la quita nadie. A Sergio le hace ilusión pensar en la inseguridad de Dulce mirándose en el espejo por las mañanas, haciendo ingeniería con el maquillaje, ocultando la crueldad de su genética para, en el mejor de los casos, llegar a tener un aspecto de cierto atractivo, lejano y efímero, que desaparece en cuanto prestas una mínima atención a su rostro. Le gusta imaginar a esta mujer inexpugnable sintiéndose insegura, envidiosa de cualquiera, asumiendo su fealdad incontenible. «Me lo pienso y mañana contesto, tengo que hacer cuentas», dice Sergio, levantándose de la silla. «No tientes a la suerte», le replica ella estirándole la mano desde el otro lado de la mesa.

Mihai está en Colón, qué bonito le parece Madrid, ya ha anochecido y hace más frío, se acuerda de la sonrisa de la chica rubia paraguaya y le entra un hormigueo en el estómago, no puede tragar saliva y él también tiene ganas de reír. Si supiera cómo hacerlo, la habría invitado a pasear por esta plaza tan bonita, le encanta mirar los edificios de esta parte de Madrid, Colón, la Castellana, con las ventanas tan grandes y balcones amplios, no como los del piso en el que vive con sus primos. A Mihai le gustan mucho las ventanas grandes, se fija en eso en las reformas que hace con sus primos, en las casas de los ricos. Algún día le gustaría tener un piso en el que las ventanas fueran muy grandes, aunque solo hubiera una. Y quién sabe si en ese piso viviría con la chica rubia de la asociación, quién sabe.

«La verdad es que yo no sabía quiénes eran Love of Lesbian», le reconoce el enfermero a Katy después de terminar un polvo que le ha resultado apoteósico. Dos veces se ha corrido antes de que lo hiciera él y eso no es nada habitual para ella. «Yo pensaba que eran ingleses», le confiesa. A Katy le enternece el gesto de que se haya descargado esa música solo para ella. Es algo muy bonito, tiene virtudes el chico, piensa, y se acurruca en el hombro fuerte de su compañero. Está a punto de pasar casi todo por alto, cuando él, mirando al techo, exclama: «¡Uf, me flipa *to* estar dentro tuyo!». Katy se levanta y se viste precipitadamente. «Tengo que irme, es una pena, pero tengo que irme».

Lorena Rosales sale de la consulta del doctor Cristóbal, que se llama así de apellido, no de nombre, «¿Cristóbal qué...?», preguntó Lorena cuando le hablaron de él. Cristóbal nada, se llama Valentín Cristóbal y es uno de los mejores cirujanos estéticos de España, quizás de Europa, el cirujano de las famosas y más que de las famosas, de las mujeres poderosas y las esposas de los hombres poderosos. Lorena está preocupada porque nota que se le está descolgando la piel debajo de los pómulos, derritiéndose, arrastrando su peso hasta la mandíbula. Los párpados tampoco son los mismos, ese maldito pliegue que se monta encima del ojo, hundiéndolo. El cuerpo lo puede controlar, el ejercicio y las pesas lo mantienen firme y con ropa no se nota que la piel ya no tiene el mismo jugo de hace veinte años. Pero la cara no se entrena y está desnuda todo el día. El maquillaje, las cremas, las vitaminas, los tratamientos de radiofrecuencia, el ácido hialurónico, el poliláctico, los tensores..., tampoco las aplicaciones de filtros para subir las fotos en Instagram solucionan ese momento ante el espejo que devuelve la noticia de que ya no es lo que era y que mañana será peor: la verdad. Lorena es la envidia de las mujeres de su edad, qué más quisieran, de espaldas en mallas podría tener veinte años menos, podría.

Y ella sufre desnuda ante el espejo, pensando que alguien pudiera descubrir que la realidad que hay debajo de la ropa no es tan esplendorosa como aparenta ser. El que sí lo sabe es Luca y ella tiene miedo. A él también se le notan los años, claro. No tiene mucha barriga, pero sí michelines por los lados y unos bultos que se marcan en la camisa a la altura de los riñones. Pero en los hombres es distinto, a nosotras no nos importa tanto y hay demasiada buscona jovencita dispuesta a todo. Ellos se sienten jóvenes a través de las mujeres, nosotras con un joven nos sentimos viejas.

«¡Estoy embarazada!», Carolina se lo ha dicho a Luis sin rodeos. Han quedado en el hotel de siempre como casi todos los jueves a mediodía. Después de un beso largo, ella no ha querido seguir y le ha parado antes de que le quitara la camiseta, «Espera, tengo que decirte algo…». Luis escucha la noticia que le da Carolina, suspira primero y sonríe algo descompuesto después, esa reacción al oír algo que no quieres oír, se sienta en los pies de la cama, dejándose caer, casi desplomándose, vuelve a suspirar. «Esa manía tuya de hacerlo sin condón…», le reprocha ella, él sigue callado. Carolina se sienta a su lado, le acaricia la espalda y se recuesta sobre su pecho, como una niña desprotegida. «¿Estás segura?», pregunta Luis por fin. Ella se lo explica, llevaba veinte días de retraso y esta mañana, nada más levantarse, se ha hecho el test. «¿Qué piensas hacer?», le pregunta él abrazándola más fuerte. «¡Creo que quiero tenerlo!», contesta ella, tímida. Luis se levanta apartando a Carolina de su cuerpo, es casi un empujón, dejándola sola sentada en la cama. «¿Estás loca? ¿Cómo lo vas a mantener?», dice un poco furioso mientras deambula por la habitación. «No sé qué hacer, estoy confundida, quería contártelo y... no sé, la verdad es que no sé», le reconoce, aturdida, con unas inmensas ganas de llorar, le tiembla el labio inferior, siempre le pasa cuando contiene el llanto. «¿Con quién más te has acostado?», pregunta él mirándola fijamente. Lo que siente Carolina ahora es algo de miedo, no le reconoce, nunca le había visto así. «¡Luis, vete a la mierda!», mezcla la pena y la rabia.

«No puedes hacerme esto, engañarme así», se indigna Luis. «Yo no puedo tener hijos, me operé después de nacer los mellizos». A Carolina le entra un escalofrío, le arde ahora el estómago, no sabe qué decir. No se puede tener tanta mala suerte. Piensa que es una maldición lo que le está pasando. Tiembla. Y recuerda aquella noche estúpida con sus compañeros de la clase de teatro, no fue nada, ni siquiera se corrió dentro, a él no le gustan las chicas, a ella no le gusta él. Salieron los de su clase a celebrar el cumpleaños de otra compañera, unos cuantos acabaron en un piso, alcohol, música y poca luz. Se excitó viendo a dos chicos besándose, fueron a la habitación y ella fue a mirar. A ellos les gustó la idea, se desnudaron y ella empezó a tocarse. Uno estaba tumbado boca arriba, el otro chupaba su pene, blanco, grande, recto, bien formado y durísimo. Ella se quitó el pantalón y las bragas, el que chupaba dejó de hacerlo y la invitó a que se subiera encima del chico que estaba tumbado. Lo hizo. Se puso en cuclillas y fue bajando hasta tenerla dentro del todo. Nunca había sentido una polla tan grande, se excitó muchísimo, estuvo un buen rato encima de él, que no paraba de mirar al otro chico tocándose, se besaron y ella empezó a darse cuenta de que sobraba. Salió de la cama y les miró enrollarse mientras se vestía, se marchó de la habitación y del apartamento después de una última copa. Al día siguiente se rieron en clase los tres y Carolina ya casi lo había olvidado aquella noche. «Te juro que creía que era tuyo», definitivamente rompe a llorar.

Cuando Borja vuelve a entrar por la puerta de Urquijo-Prado después de tantos meses siente un poco de vergüenza. A los trabajadores del despacho se les dijo que se tenía que someter a una operación delicada y que tardaría meses en reponerse. Es curioso que sea más conveniente contar que tienes una enfermedad en cualquier parte de tu cuerpo que tenerla en la mente. Un cáncer se asume mejor que la locura y seguramente dé menos miedo. Será que el cáncer puede matarte, pero al menos tiene una explicación. Unas células enfermas se dividen formando un tumor que se extiende y acaba contaminando la sangre, tus órganos, te pudre por dentro hasta que tu corazón deja de latir. Una secuencia terrible, pero lógica, coherente, racional. Los trabajadores de Urquijo-Prado han especulado todo este tiempo sobre dónde estaba Borja, la mayoría ha creído que estaba en una clínica de desintoxicación de la cocaína o del alcohol, o de las dos cosas. Alguno ha llegado a sospechar que la clínica era para tratar la adicción al sexo, aunque este rumor no llegó a cuajar. Tampoco el de que el despacho había cometido algún fraude fiscal y Borja había estado este tiempo en la cárcel. La gente se inventa lo que sea necesario con tal de que una historia tenga más interés. Los clientes no han notado su ausencia, la mayoría contratan este despacho para asuntos financieros y fiscales, y para eso hay un equipo que trabaja de manera mecánica sin que se necesite la intervención de los jefes. Además, Luis ha puesto al día a Borja de la mayoría de los asuntos durante el tiempo en el que ha estado con la familia en su casa, así que cuando repasa la agenda de los próximos días con su secretaria tiene la sensación de no haberse ido, salvo por las miradas de incertidumbre de los trabajadores del despacho, poco más.

Cuando la secretaria se marcha y cierra la puerta, Borja se queda solo en el despacho, pasea por la moqueta granate, mira por la ventana que da a la acera de los impares del paseo de la Castellana con las manos en los bolsillos del pantalón de su traje, ve a la gente pasar, imagina que van a reuniones importantes, al médico, quizás alguno vaya a una cita con un amante o puede que alguien tenga que presentarse a una entrevista de trabajo que le cambiará la vida si le dicen que sí o si le dicen que no. Se pregunta quién de ellos hizo anoche el amor, cuál de todos morirá más viejo, si a alguno le duele la cabeza, cuál de las mujeres tendrá la regla, quién tiene hambre, quién habrá hecho caca esta mañana o si alguno tiene ganas de hacerla en este instante, qué hombre la tendrá más grande, si hay alguien al que los zapatos le hagan daño, qué música irá escuchando el chico de los cascos, si alguno está a punto de casarse, si alguno morirá hoy mismo. En todo esto piensa Borja mirando por la ventana de la que aparta la vista para ir un momento a la mesa a coger el móvil. Está contento y nervioso, los nervios son una buena noticia para alguien depresivo, la inquietud le recuerda que le importa lo que pase y eso le hace sentirse vivo, tanto como las personas que no paran de pasar debajo de la ventana de su despacho. La mano izquierda sigue dentro del bolsillo y con la derecha busca en la lupa de su iPhone el nombre de Carlos. Es el único Carlos que tiene en la agenda sin apellido, aunque tampoco se ha atrevido nunca a escribir Carlos hijo.

Carlos Urquijo está en la cafetería de la Facultad de Ciencias de la Información, ahora tiene una hora libre. Le va bien, estudia comunicación audiovisual, aunque lo que le gusta de verdad es escribir, quizás algún día dirigir las películas que escribe. Susana, su madre, le había recomendado estudiar derecho o dirección de empresas o, mejor aún, ir a ICADE para hacer las dos a la vez. Mucho mejor futuro, porque lo del cine no da demasiada seguridad. Tenía nota suficiente para entrar a cualquier carrera y el dinero tampoco era un problema. Su padre, al que apenas conoce, siempre les ha mantenido. Él se ha criado con su madre y con su abuela, los tres han vivido en un piso en la calle Eloy Gonzalo, muy cerca del metro de Iglesia. De pequeño creía que su padre vivía en Australia, cree que fue su abuela la que se inventó aquel destino, se supone que porque era el que más lejos estaba. Más tarde, cuando tuvo edad de comprender, le dijeron que estaba enfermo y que eso le impedía venir a verle, qué más da, el caso es que nunca ha estado. Carlos ha visto a Borja tres veces, siempre que a su padre se le antoja recuperarlo para volver a desaparecer, la última fue hace cuatro años, en su quince cumpleaños, cuando le regaló el último modelo de iPhone. Desde ese día Borja guardó en la memoria de su teléfono el número de Carlos sin llegar a escribir nunca Carlos hijo. Se pide un café y una napolitana de chocolate en la cafetería de la facultad, se sienta en una mesa y abre el ordenador, en sus ratos libres escribe relatos sueltos que a lo mejor un día se convierten en un guion para una peli o quizás en una novela. Le gusta observar lo que le rodea y tiene mucha imaginación, es posible, le ha escuchado decir a su madre, que eso lo haya heredado de su padre, la genética es caprichosa, aunque siempre concluía: «Lo mejor es que no te parezcas en nada a ese señor», así ha llamado siempre su madre a Borja Urquijo: «Ese señor».

Blefaroplastia, técnicamente, ese es el nombre de la operación de párpados. El doctor Cristóbal le explica que le hará la completa, que incluye los párpados superiores y los inferiores. Estará dos horas en el quirófano y no será preciso que duerma en la clínica. No necesita anestesia total, solo sedación; ella ha pedido no enterarse de nada. Puede estar tranquila, está en las mejores manos. Luca le da un beso antes de que su mujer vaya a la habitación para prepararse, dice el doctor Cristóbal que la operación va a empezar más o menos en una hora. El postoperatorio tampoco será complicado, aparecerán hematomas alrededor de los ojos que apenas se notarán en dos semanas. Ya tienen en mente el doctor Cristóbal y ella la intervención de pómulos que se va a hacer dentro de unos meses, también van a darle un estironcito a la piel del cuello, que nunca está de más. Luca los ha escuchado hablar sin meterse en la conversación, «son sus cosas», Lorena es así, se resigna el exfutbolista.

Tumbada en la camilla, a Carolina le cuesta soportar los nervios, ella tampoco necesita quedarse ingresada esta noche, lo suyo se hace con anestesia local. No se acuerda del nombre de la doctora que va a acabar con su embarazo, le ha explicado que le pondrán un pequeño tubo de succión en el útero y a través de él extraerán al feto, algo así, tampoco ha querido entrar en detalle de las explicaciones. Al escuchar que a través del tubo iban a aspirar al feto, se le ha revuelto un poco el estómago. Carolina ha venido sola, pero la están atendiendo de maravilla, se nota que es una de las mejores clínicas de Madrid. Está completamente desnuda dentro de las sábanas, solo con una de esas batas azules de papel que siente cómo se arruga en su espalda, está esperando que un enfermero se la lleve al quirófano. Luis reaccionó muy bien cuando le contó la forma en la que se quedó embarazada, él le ofreció la ayuda necesaria para que abortara y le ha pagado todos los gastos, si lo hacía, tenía que ser en el mejor sitio. A Carolina le parece insoportable el silencio de la habitación, piensa en su padre, en cómo se sentiría si la viera en este momento. Mariano, tan fuerte, tan duro, se pondría a llorar como un niño si la viera en esa camilla esperando a que un enfermero la baje al quirófano. Carolina no había querido conectar el móvil esta mañana, pero lo necesita para salir de esta soledad, de esta habitación que parece aislada del mundo. Pasa un rato por Instagram, repasa algunos WhatsApp del grupo de teatro, otro de las compañeras de universidad, uno de Luis deseándole suerte y pidiéndole que le llame en cuanto termine. Mira otro de su padre en el que le propone comer juntos el domingo, «...si tú puedes, cariño». Una enfermera abre la puerta, lleva unos papeles en la mano izquierda y un bolígrafo en la derecha, «Esto es un consentimiento para la interrupción voluntaria del embarazo, léetelo tranquila y lo firmas. En diez minutos te bajamos a quirófano».

Borja pulsa la llamada en su iPhone, Carlos ve en la pantalla de su móvil «Papá». Siente una mezcla extraña de alegría y nervios, tiene la tentación de no contestar, que sepa que estoy enfadado, pero no puede resistirse. «Dígame»...

La blefaroplastia se ha realizado sin problemas, le informa el doctor Cristóbal a Luca, que ha estado en la habitación haciendo llamadas mientras esperaba a que terminase la operación. No ha podido comunicarse con Luis Prado sobre un contrato para el traspaso de un futbolista del Girona al Betis, es importante dejarlo cerrado lo antes posible, se trata de un buen negocio porque es el primer contrato en primera división para ese chico y todo tiene que salir perfecto. Es raro que no conteste, Luca ha notado un poco nervioso a Luis en los últimos días.

«Tengo muchas ganas de verte», le dice Borja a su hijo después de ponerse un poco al día en lo insustancial, han pasado cuatro años desde la última vez y casi toda la vida sin saber el uno del otro. Carlos cree que debe decirle que no, eso es lo que debería hacer, castigarle, no puede volver cuando él quiera para luego desaparecer una vez más.

«Necesito que me perdones», Borja le cuenta a su hijo que quiere recuperarle, esta vez para siempre, se le nota emocionado al otro lado del teléfono, quizás esta vez sea de verdad. El chico duda, «Yo también tengo ganas de verte», admite por fin. Cuando cuelgan, Borja vuelve a mirar por la ventana de su despacho a la gente pasar imaginando sus vidas. Carlos termina su café y abre un nuevo documento de Word en su ordenador para empezar un nuevo relato, tiene una enorme necesidad, pero no tiene ni idea de lo que quiere escribir.

Lorena tiene los párpados perfectos, no hay rastro de sus patas de gallo ni de las grietecitas en forma de media luna que comenzaban a rodear su boca, a su cuello terso no se le adivinan pliegues, la piel suave y luminosa no se deforma, ni siquiera cuando sonríe seductora a todo el personal del hospital, los hombres la desean, la imaginan desnuda, y las mujeres cuchichean unas con otras sobre su belleza, envidiándola. Se agolpan pacientes en la puerta de la habitación, mujeres y hombres queriendo entrar a ver ese milagro de belleza y juventud, algunos productores de cine y televisión están llamando a la recepción del hospital con una oferta para que sea la chica protagonista de alguna película o alguna serie... «Estará confusa hasta que despierte del todo de la anestesia», le informa una enfermera a Luca sobre el estado de su mujer. Ya le dijo el doctor Cristóbal que los próximos días tendrá los ojos morados y el rostro inflamado, poco a poco se irá deshinchando.

«No lo he hecho, voy a tenerlo», Luis no puede creer lo que Carolina le cuenta por teléfono. No llegó a firmar el consentimiento, se levantó de la cama, se vistió y tiró la bata de papel azul a la papelera. Llamó a su padre y le dijo que sí, que comerían juntos el domingo. Mariano le contará que va a casarse con Carmen y ella le dirá que va a ser abuelo. «Tienes que abortar, Carolina, no puedes tenerlo». Luis se desespera en el teléfono, ella no lo entiende. «De qué vas a vivir…, cómo le vas a mantener…, eres una inconsciente… Conmigo no cuentes».

Clara Zúñiga espera tomando un café en la cocina de su casa recién estrenada. Hoy tiene una mañana maravillosa por delante, tienen que venir a traer bastantes de los muebles que ha comprado para decorar el salón que acaba de reformar. Marcos se ha ido a trabajar temprano, en la agencia han estado investigando las últimas semanas un caso importante, se trata de un político con bastante proyección al que algunos de su propio partido querían encontrar algo turbio. Pretenden eliminarlo políticamente de cara a suceder al actual líder de la derecha, cada vez más cuestionado y que con casi toda seguridad dimitirá en el próximo congreso nacional del partido. La guerra por la sucesión hace meses que comenzó y cualquier cosa vale para eliminar a los rivales. Alguien contrató a Marcos porque sospechaban que Sebastián Marina, que así se llama el político al que debía investigar, había cobrado algunas comisiones cuando fue alcalde de uno de los pueblos del norte de Madrid. Marcos siguió la pista sin encontrar ninguna prueba contundente de corrupción, pero mientras investigaba descubrió algo todavía mejor. Sebastián Marina, aspirante a líder conservador, casado con una mujer muy guapa de Santander y con tres niñas preciosas, está liado con la actriz protagonista de una de las series más vistas de la televisión, una activa feminista que ha apoyado públicamente a los partidos de izquierdas. Eso solo serviría como material para el chantaje, pero lo definitivo es la afición de Sebastián a distintas drogas que consume junto a la actriz y, de vez en cuando, junto a una compañera de esta en sus relaciones sexuales. Marcos tiene controlado a su camello, él sigue llamándolos así, aunque ahora, sobre todo en entornos de más nivel económico, se les denomina en inglés, *dealer*. El *dealer* se llama Gervasio y es un indeseable que ha dado toda la información a Marcos a cambio de que este no contara a la policía sus trapicheos. El tal Gervasio surte a Sebastián Marina de todo tipo de alucinógenos, combinaciones psicodélicas con nombres y siglas que Marcos ha tenido que grabar porque no era capaz de retener: GHB o éxtasis líquido, ketamina, un cóctel con LSD y MDMA llamado Candyflip, ibogaína y, por supuesto, cocaína y cannabis. Sebastián Marina estará acabado en el mismo momento en que Marcos le pase esta información a la persona que le ha contratado y de la que, una vez más, nadie se enterará. Alguien llamará a Sebastián a un despacho y le dirá que lo mejor para que nada se sepa es que se retire de la carrera por el liderazgo del partido. Seguirá como miembro de la ejecutiva y siendo diputado, quién sabe si algún día llegará a ministro, pero ahora tiene que abandonar esa lucha por el liderazgo. Sebastián se indignará en ese despacho y dirá que él no admite chantajes y gritará y, seguramente, golpeará la mesa con su puño intentando intimidar al que le está sugiriendo que abandone y le insultará y se irá del despacho dando un portazo, asegurando que no va a tragar, que con él las coacciones no valen. Hará todo eso, pero pasados los días obedecerá y anunciará públicamente que no valora presentarse a la presidencia y que su única intención ha sido siempre servir al partido y a España desde el puesto que decida para él la nueva directiva. Y después sonreirá a las cámaras y hará alguna broma a los periodistas que le preguntan en la entrada de la sede del partido. Más o menos a esa misma hora, Marcos Espinosa cogerá un sobre repleto de billetes de cincuenta y cien euros por los servicios prestados en el mismo despacho en el que se amenazó a Sebastián Marina.

Clara Zúñiga atiende a los señores de la tienda L. A. Studio que le traen algunos muebles para poner en el salón, aunque no se les llame muebles, sino piezas, al aparador francés de palisandro de los años cincuenta, una *lounge chair* de Eames original y un sillón azul marino de Gigi Radice años cincuenta. Esta mañana también vendrán dos alfombras, una azul y gris de Helena Rohner de gran tamaño para la entrada y otra marrón incluso más grande para la mesa del comedor de Paola Lenti. Esta semana llegarán más muebles, «piezas», de decoración y algunas obras de arte que a Clara le parecen imprescindibles para la nueva casa: «El arte siempre es una inversión». Justo encima del sofá irá colgada una fotografía de Gregory Crewdson de dos metros y medio por uno y medio. Es una fotografía inquietante, como todas las del artista norteamericano, en la que un hombre esconde algo debajo del suelo de su cocina, podría ser un cadáver o puede que simplemente sea leña, no se sabe, solo se intuye. Es una obra algo siniestra que es imposible dejar de mirar. Marcos, como casi todo lo que Clara ha ido comprando, no la ha visto y no lo hará hasta que esté colgada en su salón. Tampoco conoce su precio ni el de los muebles, «piezas», con los que su mujer ha decidido decorar el salón. Clara vio esa foto en una galería de arte y quedó fascinada, una mujer le explicó con detalle la biografía de Gregory Crewdson y los pormenores de lo que hacía, preparaba el escenario minuciosamente con una iluminación propia de una producción de Hollywood antes de cada disparo de su cámara. La mujer de la galería conquistó a Clara, que compró la foto por cuarenta mil euros. Se sentaron en el despacho para acordar el método de pago y la dirección de entrega. La mujer sonrió cuando Clara le dijo que vivía en Delparaíso. «Somos vecinas —afirmó, con una sonrisa—, me llamo Eli». Clara le contó que acababan de mudarse y Eli se ofreció para lo que quisiera. Se cayeron bien, a Eli le alegró tener una vecina con tanto sentido estético, «no como la mayoría», y a Clara le encantó ser reconocida como alguien con criterio artístico. «Nos veremos en Delparaíso», dijeron las dos al despedirse.

Don Julio Urquijo se ha quedado en el despacho hasta tarde. Suele hacerlo los viernes. Aprovecha que ese día los empleados se van a las tres para estar solo y ordenar papeles, repasar cuentas y compararlas con meses anteriores. Los números van bien, será otro buen año. Su notaría de la calle Velázquez es una de las más importantes de Madrid, fruto de su esfuerzo durante muchos años, el prestigio que tanto le obsesionaba. Repasa su agenda del lunes, será un día tranquilo, apenas un par de firmas de dos clientes habituales, unos empresarios importantes con los que trabaja desde hace años. Don Julio, hombre serio, poco dotado para la emoción, de intachable conducta, está a punto de jubilarse. Lo hace porque la ley le obliga, no se puede seguir ejerciendo como notario a partir de los setenta. Tener que abandonar le entristece, siente nostalgia cuando piensa que cada vez le queda menos en este trabajo al que ha dedicado su vida. Tiene que traspasar el piso de la calle Velázquez, se lo quedará otro notario. Mira a su alrededor, los muebles, la mesa de despacho y su sillón de cuero, sus libros, esas pinturas que compró como inversión, ojalá se hayan revalorizado. También sabe que su influencia se irá difuminando, dejará de contar, perderá la importancia que tienen los hombres cuando tienen capacidad para hacer favores. No sabe cómo ocupará sus días cuando se jubile definitivamente. Está el golf, sí. Y podrá jugar cuando le apetezca, poco más. No tiene relación con sus nietos, con su hija se ve poco y con su hijo nada. Él no siente que tenga un hijo. Eso le salió mal, el chico vicioso maricón, la niña sin fuerza para enfrentarse a nada, consentidos los dos.

El ruido de la puerta de la calle le sorprende, olvidó cerrar; unos pasos hacen chirriar la tarima del pasillo. «Llega un poco antes de lo previsto», piensa. Habían quedado dentro de quince minutos. Don Julio es riguroso también con la puntualidad, ni antes ni después. «Que se espere un momento». Quiere terminar de repasar las cuentas en la pantalla de su ordenador, el número de hipotecas de viviendas, las nuevas empresas constituidas, los testamentos de los que ha dado fe en las últimas semanas. Siempre ha sido un hombre estricto en las cuentas y en la vida. Todo siempre bajo control, de eso es consecuencia su prestigio, sus amistades con gente relevante, haberlo sido también él. Don Julio deja de mirar la pantalla cuando llaman a la puerta del despacho. Pasan unos segundos sin que la persona que está al otro lado se decida a entrar. Está a punto de levantarse de su silla cuando el picaporte se mueve y desde afuera se abre la puerta.

Patrick ha decidido celebrar varias ventas importantes en la galería en las últimas semanas, incluyendo la fotografía de Gregory Crewdson, invitando a comer a Eli en el Kabuki que está cerca del Bernabéu. Llevan años trabajando juntos, pero los dos saben, sin compartirlo, que todo ha cambiado entre ellos en los últimos meses. Ninguno está seguro de que lo que le pasa a uno le esté pasando al otro, pero ni las miradas ni las palabras ni el café de media mañana son como siempre, la rutina ha empezado a ser extraordinaria. Eli se esmera más cada mañana maquillándose delante del espejo, y al elegir la ropa e imaginarse con ella puesta, piensa en Patrick mirándola, en si esta blusa estampada le favorece más o si con el pantalón azul se le notan menos los kilos que le sobran. Hay cierta emoción cada mañana por llegar a la galería, alegría los días en los que se ve guapa y algo de desasosiego los que cree que no lo está. Ella ve a Patrick siempre igual, aunque le parece especialmente atractivo cuando se pone camisa blanca.

Patrick nació en Burdeos, estudió arte en París, si bien él nunca ha tenido ninguna inquietud como artista, salvo su afición a tocar el saxo para los amigos. Lo que tiene Patrick es un ojo sensacional para descubrir nuevos artistas y es uno de los mejores tasadores de obras de arte de

Europa, además de experto en falsificaciones. Al margen de llevar su galería, Patrick hace trabajos para distintas instituciones, museos e incluso la policía, para los que a menudo elabora informes sobre la autenticidad de obras de arte. Eli está nerviosa e intuye que a Patrick le sucede lo mismo. Los platos de Kabuki están deliciosos y el vino francés, cómo no, que ha elegido Patrick está poniendo a Eli algo eufórica. Por un momento imagina que su jefe se abalanza sobre ella y la besa apasionadamente, eso la hace retorcerse un poco encima de la silla. Patrick no parece una persona de impulsos, es más bien contenido, se emociona hablando de arte, contando historias y anécdotas de pintores de cualquier época. Eli se pasaría horas escuchándole, tiene la sensación de que cuando ella interviene no está a la altura de la conversación, eso a veces la avergüenza un poco, no ser suficientemente interesante para su jefe es algo que preocupa a Eli desde que le conoció.

—Me gustaría que las cosas fueran de otra manera —dice Patrick con su atractivo acento francés, antes de beber un trago de su copa de Burdeos.

—¿Disculpa? —contesta Eli, que se da cuenta de que había desconectado de lo que decía Patrick porque estaba pensando en Patrick.

—Que creo que estoy sintiendo cosas por ti que… —Patrick se detiene y mira al vacío.

Eli nota que se acaba de perder.

—Perdona, Patrick, ¿a qué te refieres? Estaba un poco distraída.

—No, nada… —dice él con una mezcla de alivio y decepción—. ¡Cógelo!

Alguien está llamando a Eli desde hace rato. El móvil está en silencio, pero la pantalla se ilumina parpadeante, es la cuarta vez.

—Puede que sea algo importante, deberías contestar —le recomienda Patrick.

—¡Diga! Sí, soy yo. ¿Cómo? ¿Qué ha sucedido? ¡No puede ser! ¡Voy ahora mismo para allá!

Basilisa, la señora que limpia la notaría desde hace veinte años, los lunes entra un poco antes a trabajar y siempre empieza por el despacho «del señor notario», ella lo llama así. A Basilisa, a la que todos llaman Basi, le extrañó que la puerta de don Julio estuviera cerrada con llave, no es lo normal. La mujer golpeó con los nudillos, pero nadie contestó. Continuó recogiendo y limpiando el resto de los despachos, los baños y la cocinita donde está la cafetera y en la que se quedan a comer algunas secretarias. Antes de ir a por la llave al cajón de la recepción, Basi golpeó de nuevo la puerta del despacho de don Julio, le daba la sensación de que había alguien dentro. Basi fue a la recepción, caminando lenta como siempre —«Cada vez estoy peor de los huesos»—, balanceando sus caderas con esfuerzo, cogió la llave y volvió sobre sus pasos para abrir el despacho y limpiarlo antes de marcharse a la planta de arriba, donde también trabaja en la consulta de un médico endocrino desde hace bastantes años. Basi sueña con la jubilación, pero todavía le quedan por lo menos tres o cuatro años.

El grito de la limpiadora se oyó lejano desde el portal y al salir corriendo, se llevó por delante, derribándolo, el carrito en el que tiene las bolsas de basura y todos los productos de limpieza, incluida la fregona y el cubo con agua que se derramó por el suelo de tarima del pasillo de la notaría. «¡Socorro, es don Julio, es el señor notario!». El portero, que también estaba pasando su mocho en la escalera de servicio, subió de tres en tres los escalones hasta la notaría, mientras Basi se quedó llorando en el descansillo. El portero llamó al 112 mientras contemplaba la escena desde el umbral de la puerta con los zapatos mojados del agua del cubo de la fregona que Basi había derramado del susto hacía un instante. Don Julio estaba recostado en su sillón de cuero con los ojos entreabiertos, a su espalda la librería, repleta de gruesos volúmenes de legislación y economía y, delante, la mesa de escritorio de madera y el tablero de piel verde con gotas de sangre. Basi seguía llorando en la puerta cuando llegaron, minutos después, una pareja de policías que no debía de estar muy lejos. «¿Qué es toda esta agua?», dijo el policía más alto a punto de resbalar en el pasillo. «A la señora de la limpieza se le ha caído el cubo del susto», contestó el portero con aparente tranquilidad, como si viera una escena así habitualmente. Hasta él se sorprendió de que le salieran las palabras. Dos sanitarios entraron un poco después, aunque los policías les indicaron con la mirada que no había nada que hacer. Dos policías más, que se quedaron en la puerta de la notaría diciéndoles a los trabajadores que se marcharan a casa, llegaron al mismo tiempo que un inspector de paisano, que al portero se le antojó demasiado joven para ser el jefe. «¿Alguien puede recoger esta agua?», fue lo primero que dijo al ver cómo se le empapaban sus zapatillas blancas de tela. Se acercó al cuerpo de don Julio y examinó su cabeza sin tocarla. A la altura de la sien, una herida cubierta por la sangre seca. «Hay que llamar al juez —ordenó el inspector—. Y no se os ocurra tocar nada».

A Dolores le cuesta contener el temblor de sus manos cuando entra en su casa. Tiene que ser hoy. Lola está en su habitación, como siempre. La música estridente inunda el pasillo y en la puerta del salón se mezcla con el sonido a todo volumen de la televisión donde se emite un concurso que Pascual mira hundido en su sillón con sus pantorrillas rechonchas y sus pies pequeñitos estirados encima del reposapiés que se extiende automáticamente cuando se reclina la espalda. «Capital de Afganistán», pregunta el presentador, y en la pantalla aparecen unas casillitas que indican que la respuesta tiene cinco letras. Dolores apoya su bolso en la mesa del comedor sin que Pascual quite sus ojos huevones de la pantalla.

—Un poco tarde, ¿no? —refunfuña, reclinándose aún más en su sillón que acompaña el movimiento de su dueño gracias a su mecanismo articulado.

—Kabul —acierta el concursante.

—¡Correcto! —se alegra el presentador.

—¡Está muy alta! —dice Dolores señalando a la tele—. Bájala un poco.

—¿Cenamos o qué?

—Río del que se dice que aparece y desaparece, ocho letras.

—Se ha terminado —dice Dolores, que se sorprende al descubrirse tranquila.

—¿El qué? —pregunta Pascual, que todavía no ha mirado a su mujer desde que entró en el salón.

—¡Guadiana!

—¡Correcto!

—Quiero separarme.

A Dolores se le acelera el corazón, ya está dicho. Pascual se incorpora del asiento, el respaldo se pone de nuevo en posición vertical mientras que el reposapiés se esconde perpendicular al suelo, a veces parece que el sillón tiene vida propia, más incluso que su dueño. A Pascual le hubiera encantado decir algo importante, trascendental, alguna frase brillante a la altura del momento, pero no se le ocurre nada. Es muy posible asegurar, sin que esto sea una exageración, que Pascual nunca ha dicho una frase brillante en toda su vida. Así que solo acierta a tartamudear: «¿Qué… qué… qué significa eso?».

Dolores separa de la mesa del comedor una de las sillas y se sienta casi en el borde. A Pascual parece que le van a estallar sus ojos huevones, su expresión es muy absurda, aturdido como el niño al que de forma inesperada le acaban de dar un balonazo en la cara.

—Lo único que quiero es que esto se acabe. —Dolores remata la frase, con un suspiro algo forzado.

—Que te lo has creído.

—No lo hagamos más difícil, no quiero seguir contigo. Me ahogo.

—¿Te ahogas? ¿Te crees un personaje de esas novelas estúpidas que lees?

Dolores no contesta, le da igual lo que él le diga. Hace tiempo que su marido le es indiferente, esa indiferencia aburrida, espesa, que te protege del dolor como te protege del deseo, de la emoción, de la vida entera. Esa indiferencia que hace que todo dé igual, esa que deben de sentir los muertos si los muertos sintieran. Dolores se marcha del salón camino de la habitación de Lola y Pascual se tumba casi horizontal en su sillón orejero. «Qué se habrá creído la gilipollas esta», murmulla con la respiración agitada. Dolores entra sin llamar en la habitación de Lola, que da un respingo al ver a su madre. No acierta a darle al *pause* de la canción que suena en su móvil con el porro en la mano y se le caen las dos cosas al suelo. «Tranquila», dice Dolores. Lola se rehace y logra apagar la música antes de sentarse en un extremo de la cama buscando el cenicero para dejar el porro. «¿Me das una calada?», le pregunta la madre, que, sin esperar contestación, se lo roba de entre los dedos y se lo lleva a la boca para aspirar mirando al vacío, una calada honda que retiene en sus pulmones uno, dos, tres, cuatro segundos, antes de expulsarlo lentamente hacia el techo de su habitación; debe hacer unos veinte años que no prueba uno. A Lola le entra la risa, más por los nervios que por la complicidad. Dolores le da otra calada, igual de intensa que la anterior, y mientras expulsa el humo de sus pulmones devuelve el porro a su hija, que duda si fumar delante de su madre.

—Acabo de decirle a tu padre que me quiero separar.

Lola, que no se atreve a llevarse a la boca el porro que tiene en sus dedos, no tiene claro si lo que acaba de escuchar es una buena noticia o no, pero es algo que le inquieta, lo sabe por la electricidad que se acaba de apoderar de su estómago. Tiene miedo.

—¿Y yo?

Dolores roba de entre los dedos el porro a Lola y se lo queda definitivamente, las dos siguientes caladas acaban con él. Mientras esparce el humo por la habitación, llenándola, prefiere no pensar en que le habría encantado que la pregunta de su hija hubiera sido otra.

—Yo no me pienso ir de aquí —concluye la chica.

Dolores se marcha de la habitación sin decir nada más, un poco mareada a consecuencia de la maría. Pascual ha abandonado su sillón y está en la cocina calentando unas albóndigas de lata, Dolores le mira desde el pasillo camino de su habitación, Lola sale de la suya sin saber muy bien adónde ir. «¿Qué hay de cena?», pregunta al vacío, una pregunta sin destinatario claro. «Pregúntale a tu padre», responde Dolores antes de cerrar por dentro la puerta de su cuarto. Lola y su padre no se dirigen la palabra mientras se mueven torpemente por la cocina. Las albóndigas de Pascual chasquean con fuerza en el microondas, salpicando con violencia gotas de salsa por su interior. Pascual no sabe que hay que poner un plato encima para que eso no ocurra. Y si lo sabe, le da igual. Lola saca una barra de salchichón de la nevera mientras pone aceite en la sartén para freírse un par de huevos.

Dolores baja una maleta pequeña del altillo del armario, la pone encima de la cama y comienza a llenarla sin demasiado criterio. Confundida, mete y saca y vuelve a meter un pantalón, una falda, dos camisetas, coge cinco bragas, deja unas que cree que le sobran y mete una camiseta más, después cambia una falda por otra, vuelve a meter las bragas de antes, retira ahora la camiseta y mete un vaquero. Le da la risa viéndose poner y quitar cosas de la maleta, bastante risa. El porro está empezando a hacer su efecto en tres vertientes, la risa cada vez más incontenible, el hambre que le está entrando y al mismo tiempo muchas ganas de ir al baño, al sentir cómo la tripa se va soltando por dentro.

Lola, con un pedazo de pan en cada una de las manos, revuelve los huevos fritos que va comiéndose una vez deshechos, nada le quita el hambre a la criatura. Su padre divide en dos mitades cada una de las albóndigas mediante un corte con el canto del tenedor para después pincharla y mojarla en la salsa espesa antes de metérsela en la boca. Dolores siente alivio sentada en la taza del váter, el mismo que al desprenderse de este hombre al que hace demasiado tiempo dejó de amar y por el que ha empezado a sentir un poco de asco, en eso piensa mientras vacía líquidamente su cuerpo. «Una metáfora», piensa, y le vuelve a entrar la risa. Pascual y Lola no han cruzado ni una sola palabra, el padre finge indignación y la hija, indiferencia, pero la verdad es que están muertos de miedo. Dolores arrastra su maleta de ruedas por el suelo de madera que golpea con sus tacones, pisa fuerte, desafiante y un poco risueña. El porro le ha quitado también los nervios, de momento. «Me voy», dice desde la puerta de la cocina. «Lola, cariño, te llamaré mañana para hablar», se acerca a su hija para besarla, que espera a tragar el último trozo de salchichón antes de devolverle el beso. «¿Te has vuelto loca?», pregunta Pascual elevando el tono. «Mañana también te llamaré a ti para ver cómo arreglamos todo», contesta sin contestar.

Mariano y Carmen han decidido dar la noticia de su boda a cada uno de sus hijos por separado. En un principio pensaron hacerlo juntos, pero la idea fue descartada al no estar ninguno de los dos demasiado seguros de la reacción de Carolina y Cristóbal. Lo mejor era que Mariano se lo dijese a su hija y Carmen le diese la noticia a Cristóbal. Mariano espera bebiendo su segunda cerveza y va a por el segundo platito de patatas fritas que el camarero le ha puesto de aperitivo, a este paso se le va a quitar el hambre. Carolina no se ha arreglado demasiado para ir a comer con su padre, tiene el pelo encrespado y demasiado pegado a la cara, se nota que no lo ha peinado con secador después de la ducha, tampoco se ha maquillado, ni siquiera una raya en el ojo, y a Mariano se le antoja pálida cuando le da dos besos. Ella hace un esfuerzo por sonreír, pero los nervios le impiden comportarse con naturalidad.

—¿Una cervecita? —le propone el padre.

—Una sin alcohol.

Un camarero les dice que pueden pasar a la mesa, que ya está preparada. Él mismo les llevará las cervezas mientras piensan lo que quieren comer. Mariano también está nervioso, está deseando darle la noticia de su boda con Carmen. Lee en voz alta algunos entrantes para que Carolina elija cuáles quiere compartir, jamón, croquetas, humus, ensaladilla rusa, anchoas con tomate, un tartar de atún…

—Tiene todo una pinta buenísima —dice Mariano animado.

—Papá, estoy embarazada.

Mariano tarda en reaccionar, se calla. En el tiempo de masticar un par de patatas fritas y dar un trago a su cerveza su estado pasa por el enfado, la preocupación y, de fondo, un poquito de ilusión.

—¿Quién es el padre?

—Un chico.

—Joder, claro.

—Un chico de la escuela de teatro.

—¿Es tu novio?

—No, él es gay. Está saliendo con otro compañero de la escuela.

Mariano se pone nervioso, no sabe qué decir ni lo que debe preguntar. Carolina tampoco sabe muy bien qué contarle, hasta dónde llegar en el relato.

—¿Y él qué dice? —se atreve Mariano.

—No lo sabe… Es que yo pensaba que era de otro.

—¡Por Dios, Carolina! ¿Tienes otro novio?

—No tengo ningún novio, papá. Lo importante es que quiero tenerlo.

A Mariano le entran ganas de levantarse de la silla, ir hacia el otro extremo de la mesa y abrazar a su hija. Sin embargo, opta por quedarse en el sitio y decir lo que cree que debe decir: «¿Y cómo piensas mantenerlo?». Carolina no contesta, podría decirle que no tiene ni idea y que se siente sola, pero decide no hablar. A Mariano se le acumulan las preguntas: «¿Por qué te acuestas con un gay? Tampoco será tan gay». A Carolina le hace gracia la conclusión de su padre, que sigue preguntando sin saber muy bien si quiere conocer las respuestas. «¿Y el otro? ¿Quién es el otro? ¿Y por qué sabes que es del gay y no del otro?». Carolina tiene la tentación de contarle que el otro es Luis Prado. Como una especie de venganza por su último desprecio, por abandonarla en este momento, pero, por supuesto, no dice nada. «Si se entera, lo mata», piensa ella. Y lo que piensa Mariano es que a su niña de veintiún años se le ha jodido la vida, aunque tampoco lo dice. «Cariño, todo va a salir bien y a ese niño no le faltará de nada», eso es lo que acaba diciendo.

Mihai se planta enfrente de la secretaria de la Asociación de Sordos y la saluda llevándose la mano a la sien, a modo de saludo militar, es «hola» en el lenguaje de signos. Fue lo primero que aprendió y solo le falta cuadrarse delante de Liliana para hacer el signo que acompaña con una sonrisa desbordada. Liliana le devuelve el «hola» también con su mano en la sien y un guiño que no termina de dominar bien. Liliana es la chica paraguaya rubia en la que Mihai piensa cada día desde que pisó la Asociación de Sordos hace unas cuantas semanas. Piensa en ella cada día y cada noche, mientras trabaja, mientras come, mientras se toca y mientras se arregla precipitadamente en la obra para ir a la clase y poder verla a la entrada y a la salida dos veces por semana. Liliana algunas veces también ha pensado en Mihai, en su espalda ancha y en su sonrisa tierna, igualita que la de un niño. Y en sus brazos fuertes, en sus ojos negros y en sus manos grandes. A Liliana pensar en Mihai no le parece una buena idea, aunque no lo pueda evitar. Sordo, sin estudios y sin dinero, Mihai no tiene futuro, ella necesita otra cosa. Liliana es la que más suerte tiene de su familia, incluida su prima Luisa, que trabaja limpiando en una casa de Delparaíso, la de Pablo y Gloria, y gracias a la que Mihai conoció la asociación. Liliana ya tiene la nacionalidad española, aprendió el lenguaje de signos hasta dominarlo y compagina su puesto como secretaria en la asociación con algunos trabajos de intérprete; además, intenta sacar un grado en empresariales, a pesar del poco tiempo que le queda. Liliana es guapa y tímida, quizás demasiado. Eso le frena siempre con los chicos, de los que se cuida «porque solo van a lo que van». Y ella no es así, no piensa acostarse con el primero que aparezca y mucho menos un día con uno y otro día con otro, como hacen algunas de la facultad; hasta su prima Luisa últimamente no para de tener novios. A Liliana le da un poco de vergüenza decir que todavía es virgen con casi veintitrés años, así que cuando sale el tema del sexo con las amigas, ella no hace ningún comentario. A veces tiene ganas de dejar de serlo, saber lo que se siente, pero tiene que llegar el día, ella sabrá cuándo es ese día. A Liliana le gustan los chicos, claro, se ha besado con seis o siete, les ha tocado y se ha dejado tocar. Ha sentido un cosquilleo, como un calambre, y a veces le ha costado parar y no seguir hasta el final. Mihai le da ternura, aunque también piensa en su fuerza de hombre y en las manos que imagina duras, aun que no las haya tocado. El jueves pasado, Mihai le dibujó una copa en un folio cuando terminó la clase e hizo el gesto de beber sin quitarse de la cara esa sonrisa que es una invitación a abrazarle. «¿Me estás proponiendo salir a tomar algo?», Liliana le dijo que no, aunque puso cara de sí, devolviéndole la sonrisa. Eso le pareció a Mihai, que hoy, nada más terminar la clase, tiene pensado preguntarle su nombre. Ya se ha aprendido el abecedario dactilológico, que así se llama dibujar en el aire las letras con las manos. La verdad es que Liliana también está más inquieta cuando viene Mihai, siente más ilusión que el resto de tardes. No quiere que le pase, pero le pasa. Elige con más cuidado la ropa que se pone y cinco minutos antes de que termine la clase, pasa por el baño a repasarse el maquillaje antes de sentarse en su mesa para despedirse uno a uno de los alumnos, por supuesto también de Mihai, que se hace el rezagado para salir el último del aula y así poder detenerse más tiempo delante de la mesa de Liliana. Hoy lleva un polo rosa y un pantalón color marrón, una combinación horrible, se le antoja a ella, que también se da cuenta de que el desastre estético de Mihai pasa a un segundo plano con su sonrisa de ilusión al preguntarle por gestos cuál es su nombre. Se lo ha aprendido bien, los movimientos le salen sin esfuerzo. Liliana le deletrea dactilológicamente la L, la I, la L otra vez y de nuevo la I: Lili, que es como la llaman sus amigos. La sonrisa de Lili llena el pecho de calambres a Mihai, que se anima y vuelve a dibujar por segundo día una copa en un *post-it* que coge de la mesa. Y al lado de la copa, una interrogación. Lili vuelve a sonreír. «Menudo estás tú hecho», dice de viva voz esta frase que no significa nada, ni siquiera cuando puede oírse. Mihai espera a que Lili termine de recoger mientras se van el resto de los alumnos para acompañarla hasta la calle; él sabe que es ella la encargada de cerrar la oficina cuando termina la última clase. Lili le dice que no hace falta, pero Mihai finge que no la entiende. Está nervioso, claro; ella también. Lili sale de detrás de su escritorio y empieza a apagar las luces, coge su bolso, mete su móvil dentro y le hace un gesto a Mihai para que la acompañe. «Vámonos», dice en voz alta. Mihai no puede oír el ruido de los tacones pequeñitos de Lili golpeando el parquet, pero los ojos se le van a sus piernas no demasiado largas pero con apariencia de duras, brillantes, tersas, de piel muy blanca. Mihai las imagina suaves, si las pudiera tocar, seguro que son como la seda. El blanco de la piel desaparece a la mitad del muslo por dentro de una minifalda negra que Lili rellena sin dejar holgura entre su anatomía y la tela. Lejos de estar gorda, tiene formas contundentes, cadera ancha y un culo alzado y hermoso cubierto por la ropa interior que se le marca a través de la falda. A Mihai se le van los ojos y a Lili le encanta, aunque finja que no se da cuenta. Cierran la puerta de la oficina y se dirigen hacia el ascensor. Ella está un poco inquieta, él bastante nervioso, él imagina que la besa cuando se monten en el ascensor, a ella le encantaría que pasara justo eso, él no se va a atrever a hacerlo, ella tampoco le dará ninguna pista, los dos se sonríen un poco avergonzados mientras el ascensor desciende. En el portal, Lili se despide y Mihai se acerca para darle dos besos, ese instante le acelera el pulso, le remueve una emoción casi desconocida, toca con sus manos los brazos de ella, que también siente una inquietud agradable. Se juntan sus mejillas, quizás más tiempo de lo necesario, los dos desean con todas sus fuerzas besarse en la boca, ninguno da el primer paso. Se separan, se dicen adiós con la mano, cada uno coge una dirección opuesta en la acera de Santa María de la Cabeza. Cinco, diez, veinte pasos evitando no girarse hasta que la tentación se hace más fuerte, los dos se sorprenden con la cabeza vuelta para mirar al otro. Lili se para y sonríe, Mihai empieza a desandar lo andado y Lili también avanza hacia él. Primero un abrazo y los labios que se juntan, Mihai está temblando, solo había besado a una mujer en su vida. Nada que ver, la otra fue en el club al que sus primos le llevan una vez cada dos meses. Aquellas chicas son otra cosa, no lo hacen de verdad y, salvo Yanela, una brasileña morena que es la más mayor del club, no besan en la boca. Yanela sí, al menos a Mihai, al que trata con mucha ternura. Lili acaricia con sus dedos la nuca de él que tiene las pulsaciones desbordadas. Los labios juntos, las lenguas jugando y la emoción. Al separarse no se dicen nada, claro. Un beso más, esta vez se lo da ella en su mano y se lo envía. Ahora sí, cada uno se marcha por su lado sin saber bien lo que les ha pasado. Mihai se va feliz, paseando por Santa María de la Cabeza camino de Atocha y luego por avenida Ciudad de Barcelona, todo recto hasta el puente de Vallecas y sube un poquito por Albufera hasta tomar Monte Igueldo y perderse por las calles dando vueltas más de una hora hasta que llega a su casa, aunque daría igual que fueran tres o tres mil porque no hay nada mejor que pasar el tiempo pensando en ella. Si pudiera tocarla, y besarla otra vez, comer con ella y, por qué no, tener hijos y una familia. Liliana, que ya es Lili para Mihai, también piensa en él en el metro y después en el autobús que la lleva a Getafe, donde vive desde que llegó a España siendo una adolescente. Se acuerda de la sonrisa de Mihai, de su mirada casi infantil y tierna, también de su espalda y sus brazos fuertes y morenos. No es el hombre que había imaginado para ella, no era lo previsto, seguro que no, pero es la primera vez que siente algo así. Y de repente, llega una ilusión inesperada que le provoca ganas de llorar y de reír al mismo tiempo. Mira por la ventana, suspira y se pregunta si a lo mejor es él, el chico que estaba esperando.

Sergio acaba de correrse en el suelo del salón de Ama Susanne. Lo hace cuando ella se lo permite, es una parte del juego. Ama Susanne lleva un vestido de cuero ajustadísimo sin ropa interior y unos botines de tacón fino de doce centímetros. Su pecho abundante e inmóvil gracias a la silicona asoma por el escote que llega hasta donde ella quiere bajar la cremallera que atraviesa por delante el vestido entero. Sergio le pidió que se maquillara mucho, con los labios rojos, la sombra de los ojos oscura y la raya muy ancha. Susanne ni siquiera se ha desnudado. Desde su sillón ordenó a Sergio que se quitara toda la ropa y viniera completamente desnudo a gatas a lamer sus botines, después ha sujetado sus muñecas con unos grilletes a una barra de hierro que cruza el techo del salón de extremo a extremo, le ha vendado los ojos y le ha golpeado con una fusta en los glúteos, en los muslos y le ha dado golpecitos en los testículos y el pene, suaves al principio, luego no tanto. Esos golpes vuelven loco a Sergio y se nota en la erección, que va siendo más potente a medida que aumenta la intensidad de la fusta. Coloca una pinza metálica en cada pezón que une por una cadenita de metal que Ama Susanne estira poco a poco hasta que a Sergio le da la sensación de que se los va a arrancar, alguna vez se le han saltado las lágrimas, le encanta eso, lo necesita. Susanne sabe los días en que cada uno de sus clientes tiene más tolerancia al dolor, no siempre es la misma. Hay momentos en los que Susanne tiene que poner los límites antes de que el dolor se convierta en lesión. A Sergio le gustan la humillación, los insultos, sentirse ridículo: tiene más esa tendencia. Hoy es de esas ocasiones en que Susanne percibe que Sergio es capaz de aguantarlo todo, casi ni se inmuta, ni cuando está a punto de hacerle heridas en el culo azotándole con la paleta encima del potro. Parece anestesiado. Ama Susanne se apiada de él y se detiene, tampoco resulta excitante para ella tener la sensación de estar golpeando a un muñeco. Después de eyacular, Sergio nota que se extingue y vuelve el agobio, la incertidumbre, la ansiedad. Cuando está con Susanne es libre, sin problemas que solucionar, como si saliera de su vida llena de dificultades a una vida inventada, donde ni siquiera es él.

—¡Tienes que irte! —le invita Susanne al ver que él tarda en levantarse del suelo—. Dúchate antes si quieres.

Sergio se va reincorporando poco a poco. Susanne le pide que deje el dinero en la mesa, tributo se llama. Sergio no contesta, no puede hacerlo. No tiene dinero, no le queda nada. Tampoco tiene adónde ir cuando salga de casa de Ama Susanne. No aceptó la oferta que le hicieron los holandeses a través de Dulce Naranjo. Puede que fuera por orgullo o por esa manera de autodestruirse cada vez más presente en todo lo que hace. Cuando llegó la policía con una orden, se enteraron todos los vecinos, el juez fue comprensivo y les dejó unas horas para recoger la ropa, aunque los muebles siguen dentro. Si hubiese sido por el banco, los habrían echado a la calle nada más abrir la puerta. En eso no ayudó Pascual Ramírez, el responsable de la sucursal donde está la hipoteca y que, según cree Sergio, ese día disfrutó mucho con lo que estaba pasando. El «maldito gordo hijo de puta» sonreía desde la puerta cuando la policía precintó la entrada con unas cintas de plástico. Alfonsito y Cayetana se han ido a vivir con Mayte a la casa de al lado, esa mujer maravillosa, si no hubiera sido por ella, habría sido el abismo, aún más abismo, si cabe. «Así me hacéis compañía, que estoy muy sola. Borbón ya empieza a chochear», se ríe como si no pasara nada. A Sergio también le ha dejado una habitación, pero siente vergüenza cuando se queda. La vergüenza es una de esas sensaciones a las que es imposible acostumbrarse, el ridículo, como perder, defraudar, fracasar... Todo eso junto es la cabeza de Sergio, que termina de vestirse en el baño de Susanne antes de marcharse. Los tacones de los botines de su Ama suenan por el pasillo de tarima esperando para despedirle antes de recibir al siguiente sumiso.

—¿El dinero? —pregunta ella.

—No tengo, lo siento —contesta él con la voz temblorosa, como un perro callejero esperando una patada.

Susanne siente compasión por él, pena más bien. Muy lejos del rol que los clientes buscan en ella. «Estricta, sin piedad...», son cualidades que pueden leerse en la web donde anuncia sus servicios. Fiodora, aunque lleva el disfraz de cuero de Ama Susanne, pasa la mano por el hombro de Sergio y le tranquiliza.

—No tienes buen aspecto, deberías cuidarte.

Sergio se sorprende de la reacción de Susanne, él no sabe que se llama Fiodora, no sabe nada de ella, ni siquiera la ha visto hasta este instante como a una mujer, más bien era para él un ser sin alma, un personaje de ficción, distante y poderosa.

—Te pagaré en cuanto pueda —acierta a decir.

—¿Quieres hablar?

—¿Hablar?

—Cuídate. Nunca te he visto así.

Sergio no sabe qué decir, ni siquiera sabe si le gusta que su Ama se convierta en persona, poder comunicarse con ella sin humillación, ni golpes, ni sexo.

—Perdona —dice huidizo mientras camina hasta la puerta—. La próxima vez traeré el dinero.

Fiodora le deja ir, aunque justo en ese momento tiene el presentimiento de que no habrá próxima vez.

Borja y Eli se abrazan en el tanatorio. Eli llora, Borja no. No lo hizo ni en el depósito de cadáveres, ni declarando ante la policía, ni seguramente lo hará en el momento de la incineración. El juez ha tardado en autorizarla, quería tener el informe de la autopsia de don Julio firmado por dos forenses distintos. Hay algo indiscutible: don Julio Urquijo murió la tarde o noche del viernes por un golpe seco en la sien con un objeto contundente, es posible que fuera un accidente o algo premeditado, pero el autor se marchó de allí y se llevó con él el objeto con el que le golpeó. La policía les ha dicho que están investigando, que no tienen ninguna pista de momento. Agustín Moreno es el nombre del inspector de las zapatillas blancas que llegó al despacho de don Julio y el que ha ido informando a Borja y a Eli de lo que saben sobre la muerte de su padre. Informar es quizás mucho decir, es de esos tipos que da la sensación de callarse tres frases por cada una que pronuncia. Su aspecto es demasiado juvenil, más bien parece un universitario en su último año o un profesor interino haciendo prácticas en un instituto de bachillerato. «No soy tan joven como aparento», les dijo a los dos hermanos, hijos de don Julio, nada más sentarse en su mesa sin que estos hayan hecho ninguna alusión a su aspecto aniñado. La conversación, quizás por ser la primera, no tuvo tono de interrogatorio y además se la hizo a los dos juntos. Qué estaban haciendo la tarde y la noche del viernes, cuando la autopsia revela la hora aproximada en la que murió el señor Urquijo, dónde estuvieron y con quién... Eli contestó con más seguridad que Borja, que estuvo un poco nervioso, más dubitativo. Cree que estuvo viendo una serie de HBO, dijo no recordar bien qué más hizo. También conocía esa serie el inspector Moreno, que es muy fan y pareció olvidarse del interrogatorio para ponerse a hablar de ella un buen rato. *Succession* se titula. Eli estuvo incómoda mientras Borja y el inspector nombraban a algunos personajes, no le parecía apropiado estar hablando de una serie sabiendo que su padre había sido asesinado. «¿Podemos irnos ya?», preguntó cuando comprobó que la conversación se alargaba más de lo necesario. «Sí, pero si tienen pensado salir de España, díganmelo», les despidió el inspector.

Por el tanatorio han pasado todos los trabajadores de la notaría de don Julio, gente del despacho de Borja y Luis, que, por supuesto, también está, al igual que Katy, que ha venido a dar un beso a Borja, y Patrick, que lo ha hecho para saludar a Eli, que no para de llorar en los brazos de su hermano. Él, queda dicho, sigue sin llorar. Casi nadie pasa a la sala contigua en la que está el féretro con el cadáver de don Julio. Ninguno de los que han venido tiene información sobre cómo fue la muerte del notario, aunque especulan con hipótesis de lo más variadas; la moda de las novelas policiacas no ayuda a la prudencia en estos casos. También especula Luis. Pensar que han asesinado a su suegro le ha dejado fuera de sí. Desde el momento en que Eli le dio la noticia, Luis está nervioso, ha imaginado de todo. Tiene miedo, aunque esa palabra no ha llegado a pronunciarla. ¿Es algún ajuste de cuentas? ¿Y si hay más cuentas pendientes? ¿Y si el asesinato de don Julio es solo el primero? ¿Hay algún asesino en la familia? ¿Será alguien cercano? Lleva varias noches sin dormir apenas, está inquieto, el miedo es de las pocas cosas de las que es imposible huir. Todo el mundo que ha entrado en la sala del tanatorio le parece sospechoso, incluido Borja. No quiere ni pensarlo. Borja lo sabe, sabe que Luis sospecha de él y que también sospecha el inspector Agustín Moreno que él pudo haber matado a su padre.

Todos se van yendo de la sala, el momento de la incineración es solo para los más íntimos, en este caso sus hijos. Luis ha preferido no entrar. Dos operarios de la funeraria sitúan el ataúd encima de una bandeja que, tras pulsar un botón, se desplaza hacia una ventana en la que arderá el cuerpo del prestigioso notario de Madrid don Julio Urquijo. Los dos hermanos se preguntan si el muerto se incinera solo o se quema también la caja, mezclando madera, huesos, piel y pelo. ¿De qué están compuestas exactamente las cenizas que se entregan después en la urna? Los dos se hacen las mismas preguntas, pero no las comparten en voz alta. La ventanilla mecánica se cierra cuando desaparece el ataúd y Borja y Eli salen de la sala. Se despiden con besos y abrazos. «Eli, si hubiera tenido valor, lo habría hecho yo, lo deseé muchas veces y durante mucho tiempo». Su hermana no le contesta. Vuelven a abrazarse y a darse besos. Eli vuelve a llorar, Borja no.

Eli piensa en Patrick, Patrick en Eli, Luis piensa en Carolina, Carolina piensa en su bebé, Carmen en Mariano, Mariano en su nieta sin padre —no sabe por qué, pero no imagina que pueda ser un niño—, Dolores en su hija Lola, Lola en ver películas gore, Pascual piensa en Pascual. Mihai piensa en Lili, que sueña con Mihai, y Lorena piensa en Luca mientras elige un conjunto de Agent Provocateur rosa palo y negro. Se imagina con él puesto esta noche en la que van a celebrar su aniversario de boda, diecisiete años ya. Se siente guapa, la operación de párpados y el «toquecito» que se hizo en el cuello para estirarlo han salido de maravilla. Luca ha llamado a Razvan, el mayor de los primos rumanos que hacen reformas. Los dos llevan tanto tiempo aquí que al principio les cuesta hablar en rumano y se saludan en español. Dura poco, en cuanto hacen referencia a su país les atrapa cierta nostalgia y vuelven a su lengua materna. Jimena, la hija de Luca y Lorena, se siente más cómoda hablando en español, aunque con su padre a veces usa el rumano. Al ver que Luca está con un señor en el jardín, aprovecha para acercarse y pedirle permiso, es un buen momento ahora que está ocupado. Luca habla con Razvan de las obras que quiere hacer en el jardín. Tiene que ampliar el porche cambiando el actual pavimento de cerámica por otro de madera para exteriores. También quiere hacer una barra de bar en el jardín, con grifo de cerveza, y modificar toda la iluminación. Jimena saluda al hombre desconocido y le da dos besos a su padre. Luca se la presenta a Razvan en rumano y este le contesta sonriente: *«Salut ce mai faceţi»*. La joven replica educada *«foarte bine»,* antes de volver al español para pedir permiso a su padre para dormir en casa de una amiga del insti. «Háblalo con tu madre», dice Luca, que se queda con ganas de preguntar más cosas a su hija, que ha interpretado que eso es un sí. Jimena se marcha del jardín hacia su cuarto y los dos hombres vuelven a hablar de la reforma. Razvan traerá a sus tres primos y entre los cuatro podrían hacerlo en un par de semanas, aunque no dispondrán de todo ese tiempo hasta el mes que viene. La otra opción es ir haciéndolo los fines de semana y en cinco o seis puede estar todo acabado.

Jimena manda un WhatsApp a Cristina: «*M hn dicho que si, tia*». Cristina le contesta: «*Oka digo a Javi que vamos*». Este es el plan: Cristina y Jimena tienen decidido dejar de ser vírgenes esta noche. Ha sido un pacto entre las dos, quieren dejar de ser dos niñas a la misma vez. Cristina lo hará con Javi y Jimena con Óscar, un amigo de este con el que ya se ha enrollado algunas veces. Fueron unos cuantos besos y no estuvo mal. No es que sea el chico de sus sueños, pero no es feo y parece sensible, no como esos que van de duros. Jimena está nerviosa, tiene miedo a que le duela y Cristina le dice que tarde o temprano habrá que pasar por eso, así que cuanto antes, mejor. Las dos han contado que van a dormir con una amiga de Jimena del instituto, saldrán de casa con ropa normal, pero antes de llegar a la de Javi se cambiarán en algún bar y se arreglarán para la ocasión; a través del Facetime están eligiendo qué ponerse. Apilan en sus camas minifaldas, vestidos, pantalones, tops, camisetas y las enfocan con sus móviles para que su amiga les ayude a elegir el modelo definitivo. Es divertido, los nervios, en las dos habitaciones suena reguetón, mezclándose las canciones y las risas, de vez en cuando algún grito. Cristina lo está deseando, Jimena duda y calla su secreto cuando su amiga le enseña la ropa y siente que es con ella con quien más le apetecería estar, cuando la ve medio desnuda probándose conjuntos se pone nerviosa, prefiere no mirar, ni siquiera pensarlo. Además, le gusten las chicas o los chicos, hay que dejar de ser virgen en algún momento, así que cuanto antes, mejor, en eso lleva razón Cristina.

Luca le explica a Razvan el último trabajo que quiere que hagan él y sus primos. Se trata de una caja fuerte de obra, incrustada con hormigón en la pared. Los dos suben a la planta de arriba para buscar el mejor sitio dentro de la habitación principal. Lorena no está, sigue en la tienda, está pagando el modelo de ropa interior que estrenará esta noche para celebrar su aniversario, finalmente ha elegido uno azul turquesa. Después de cenar estarán solos en casa porque Jimena se va con Cristina a dormir con una compañera del instituto. Con la casa entera para ellos pueden hacerlo en cualquier parte, en la cocina, en la alfombra del salón, en la ducha..., como al principio. Con eso fantasea Lorena, aunque últimamente ve a su marido más distante, un poco mecánico en el sexo. Cenarán en Dstage, un restaurante de nueva cocina al que Lorena estaba deseando ir y que tuvo que reservar hace más de un mes. A él no le gustan mucho esos locales, prefiere los más tradicionales, asadores, mesones..., donde haya buena carne, jamón ibérico, mariscos y, para quien quiera, el mejor pescado. Hoy, sin embargo, ha accedido al capricho de su mujer. Luca ama a Lorena desde el primer día que la vio en Londres, cuando él jugaba en el Tottenham. La ama de verdad, y eso, para él, es darle lo mejor, que tenga lo que desee, una buena casa, tiempo para ella, sus masajes, el yoga, el gimnasio, comer con las amigas, una tarjeta para gastar en ropa, él la hace feliz así. Es cierto que a veces en los viajes para ver partidos por Europa o hablar con futbolistas no se puede resistir a la tentación de otras mujeres bellas más jóvenes que Lorena, pero nunca la ha dejado de querer. «Una cosa no quita la otra», piensa siempre que alguna chica está a punto de llamar a la puerta de su habitación en cualquier hotel de cualquier ciudad donde Luca cierra algún traspaso. Lorena es feliz, se cuida y su marido la protege. Tiene todo lo que desea y es lo suficientemente inteligente como para entender que sería incapaz de vivir de otra manera. Le gusta el lujo y hace tiempo que superó cualquier problema de conciencia respecto a eso. A veces duda de si Luca se liará con otra de vez en cuando —«Hay mucha buscona»—, pero prefiere dejar de pensar cuando esa imagen le viene a la cabeza. Es cuando se siente mayor, en inferioridad de condiciones respecto a otras que son su espejo de hace veinte años, cuando su cuerpo era perfecto y su cara no necesitaba inyecciones para que brillase. Ella sería incapaz de hacerle eso a su marido, a pesar de que pueda pensar en otros hombres guapos que ve en el gimnasio. Da igual, ni siquiera se le pasa por la cabeza y, por supuesto, no da pie a que ninguno le haga la más mínima insinuación. Sería incapaz de estar con otro, ni imaginarlo siquiera.

Pablo y Gloria caen bien en Delparaíso, sobre todo por la simpatía de él. La opinión, en general, es que son unos buenos vecinos para todos aquellos que los conocen. Aquel robo que sufrieron en su antigua casa impacta a cualquiera que lo escuche y ellos lo han compartido con casi todos. Dejan claro siempre lo a gusto que están en Delparaíso y, sobre todo, lo seguros que se sienten aquí, donde los robos no pueden existir. Tienen buena relación con Luis y Eli y han sido muy generosos con Marcos y Clara cuando se han venido a vivir aquí, ella está encantada con sus vecinos, siempre dispuestos cuando se les necesita. Sintieron mucho la muerte de Yolanda —llamó la atención al resto de los vecinos lo afligida que estaba Gloria en el entierro— y se ofrecieron a Sergio para lo que quisieran él o sus hijos. A Mayte, la verdad, tanto llanto le pareció un poco sobreactuado. Mariano es otro de los que tiene mucha simpatía por el matrimonio de Pablo y Gloria, en eso coincide con Andrés y con el resto de los vigilantes. Andrés incluso les ha hecho algunas chapuzas en su vivienda, le gusta lo respetuosos que son y lo bien que tratan a todo el personal de Delparaíso; no se puede decir lo mismo de todos los vecinos, algunos son excesivamente altivos.

Carolina, la hija de Mariano, también va de vez en cuando a quedarse con Miguel, el hijo de siete años de Pablo y Gloria, y que, según ella, es un niño demasiado inquieto. Carolina se quedará esta noche con él porque el matrimonio irá a cenar con Marcos y Clara. Marcos, resignado, no quiere evitar la incipiente amistad de su mujer con su nueva vecina. Carolina ha pasado deprisa por la garita de seguridad para no cruzarse con Luis, hace mucho tiempo que no habla con él. No entendió su reacción cuando decidió seguir adelante con el embarazo. No lo entendió en aquel momento y lo sigue sin entender ahora. Piensa que es la demostración de que solo la quería para acostarse con ella y que con la tripa se le acabó el capricho. Ella pensaba que lo suyo era otra cosa, sabía que era imposible estar con él, no es tan tonta, pero creía que había más cariño entre los dos. Ella llegó a estar perdidamente enamorada de Luis. «Perdidamente enamorada», una manera de describir ese sentimiento tan de comedia romántica de serie B, pero que para Carolina define con precisión lo que sintió por Luis. Él le enseñó todo: a amar, a disfrutar del sexo, a sentirse libre. Se utilizaron el uno al otro en el concepto más bello de esa expresión. Él le mostró el camino del placer, ella le hizo sentirse poderoso, sabio y vivo. Carolina todavía se excita al recordar algunos momentos, todo lo que aprendió con él. Aquellos juegos al límite, dominada, aquel poder que Luis ejercía sobre ella, esa manera en la que parecía saber lo que su cuerpo pedía casi antes que ella misma. «¿Y por qué este final?». Ella no le pidió nada, él no tiene ninguna responsabilidad. Solo fue la casualidad de aquella noche, de aquella fiesta con sus compañeros de teatro. Las copas de más, la excitación… Carolina pensó en su «mala suerte» las primeras semanas, ahora se avergüenza de haberlo calificado así. Ya ha escuchado el latido del corazón de su hijo, ya es una parte de ella y opina que el azar de aquella noche loca y estúpida con ese chico gay aspirante a actor fue lo mejor que le ha pasado en su vida. Gloria la besa al entrar a casa y le dice que Miguel ya ha cenado, solo tendrá que entretenerlo un rato antes de dormir y esperar a que ellos regresen a casa. El niño está viendo en la tele un canal de dibujos y no devuelve el saludo de Carolina cuando se sienta a su lado en el sofá del salón.

Jimena y Cristina terminan de ultimar su maquillaje en el espejo del ascensor del portal de Javi, que las espera arriba junto a Óscar. Las dos se han pintado los labios de rojo, minifalda negra Cristina y plateada de lentejuelas Jimena, muy de Nochevieja, no pueden desprenderse de una imagen de niñas disfrazadas jugando a ser sus propias madres. La sombra de los ojos, el carmín de los labios, el colorete, el rímel en las pestañas, los tacones. A Jimena, además, las medias le quedan grandes y se le bajan, las dos están incomodísimas.

Lorena brinda con Luca. «Volvería a casarme contigo una y mil veces, mi amor», dice él. Ella disfruta con los platos del restaurante, sofisticados de mezclas imposibles. Él recibe con más reservas la descripción de los platos de combinaciones rarísimas que narran los camareros, aunque acaba reconociendo que la mayoría están muy ricos. Lorena le recuerda que esta noche estarán solos en casa, él sonríe y finge tener ganas, pero no es cierto. Está seguro de que al final de la noche acabarán teniendo sexo, pero, si por él fuera, verían una serie y se quedaría dormido. No se puede permitir ese lujo, no precisamente hoy, el día de su aniversario. Lorena sabe que Luca la quiere, no duda de que sea verdad eso de que se volvería a casar una y mil veces, pero la tristeza se va apoderando de ella en la cena cuando nota la ausencia de deseo. Lorena se levanta para ir al baño, paseando se siente más guapa que sentada en la mesa. Cualquier hombre del restaurante querría acostarse con ella, perderían la cabeza por follársela en cualquier lugar. Ojalá Luca siguiera sintiendo eso por ella, como cuando su única intención era darle placer de esa forma tan potente, tan masculina, en la que en cada instante se sentía poseída y llena. Lorena nunca tenía nada que hacer cuando Luca se excitaba, solo dejarse llevar. Y le encantaba ser dominada por el ímpetu de su marido, casi siempre desde atrás, con esa fuerza en los brazos y en todo el cuerpo. A ella le volvía loca la excitación de Luca, su potencia. No era importante estar en una cama o en un baño, en la ventana, cualquier pared servía para que ella se apoyara y sintiera el vigor de Luca en su espalda. Lorena se acuerda de esto mientras regresa del baño y se vuelve a sentar en la mesa, su marido le sonríe e intenta disimular un pequeño bostezo que humedece el lagrimal de sus ojos.

Cristina y Jimena llevan dos ron con Coca-Cola cada una; Javi y Óscar, cuatro. Las chicas no paran de reírse, están nerviosas. Cuchichean entre ellas, grititos y más risas, eso está sacando un poco de quicio a los chicos, aunque hacen un esfuerzo para que no se les note, no quieren que se fastidie el plan. Javi, la pareja de Cristina, tiene dieciocho y Cristina será la segunda chica con la que se acueste; su primera novia y él lo dejaron hace unos meses. Él le ha contado a Cristina que ha estado con más chicas, pero no es verdad. Diecisiete años tiene Óscar y solo lo ha hecho una sola vez, que además resultó un desastre. Bueno, en realidad y siendo sincero consigo mismo, no lo ha hecho ninguna vez porque no llegó a metérsela a aquella chica que se ligó en una fiesta el año pasado. Esa es la verdad, aunque sus amigos no lo saben porque como le vieron irse con ella a la habitación, pensaron que se habría consumado «del todo». Eso fue lo que contó él, pero no era cierto. Se puso tan nervioso que no hubo manera, aunque ella lo intentara todo. Hoy está seguro de que será diferente, o eso espera. A Óscar le preocupan sus granos, que no terminan de desaparecer de su cara por muchas cremas que le compre su madre, tiene el pelo rubio y un flequillo algo incontrolable que se mueve con vida propia, al margen de su dueño. A Jimena no le termina de gustar del todo Óscar, ni le gusta ni le deja de gustar, le da igual. A Cristina sí le gusta Javi, es flaco pero fuerte, tiene los abdominales marcados y además es moreno de ojos azules. Si te fijas bien, no es tan guapo, pero tampoco es necesario fijarse tanto. Javi es el de más experiencia de los cuatro, así que decide tomar las riendas de la situación, apaga casi todas las luces del salón y sube un poco la música reguetonera antes de ir en busca de Cristina, a la que agarra por la cintura y besa, casi antes de que se le pase la última risita nerviosa que ha empezado con Jimena. Óscar y Jimena ven a sus amigos y se miran entre sí, desconcertados. Jimena está incómoda con las medias, Óscar se aparta el flequillo de la frente con un soplido y mira de reojo cómo su amigo Javi ya tiene su mano por dentro de la camiseta de Cristina.

Carolina está descalza con los pies encima del sofá acariciando el pelo de Miguel, que hace un esfuerzo por no quedarse dormido mirando la tele, a ella también le entra sueño. Es la primera vez que hace de canguro desde que está embarazada, piensa que cuando su hijo nazca no tendrá con quién dejarlo. Mariano no se apaña, es un hombre antiguo, su madre es como si no existiera y como el padre nunca lo sabrá, tampoco hay más abuelos. Se siente sola, lo está. Para cuidarlo y para mantenerlo. Mariano puede ayudarla, pero no gana lo suficiente para hacerse cargo de dos personas, ella tendrá que buscar trabajo; «¿De qué? ¿Con quién dejaré al bebé para trabajar? ¿Cómo vamos a vivir?». Los nervios del estómago le quitan el sueño que le había entrado y se levanta inquieta del sofá, Miguel se ha quedado definitivamente dormido. El salón de Pablo y Gloria es insustancial, parece el de una familia que está de paso, son esas casas en las que están los muebles precisos para vivir, pero no hay nada que la haga confortable, ni un detalle, ni una mínima concesión en la decoración. Los sofás, la mesa del comedor, la mesa auxiliar, la pantalla de la tele colgada de la pared. Apenas hay un par de cuadros, no hay ningún libro y lo único que parece tener vida dentro del salón es una mesa de escritorio con un ordenador portátil que sí está abarrotada de papeles. Es evidente que el sitio de trabajo es el salón. Carolina va a hacer pis, está haciendo pis constantemente, le han dicho que es normal en su estado. También le han dicho que las embarazadas tienen mucho sueño, pero ella no duerme bien. Cuando vuelve del baño se fija en la mesa llena de papeles, tiene curiosidad por saber a qué se dedican Pablo y Gloria. Una agenda prácticamente vacía, facturas, cartas de los bancos, nada relevante. Carolina se sienta en la silla del escritorio, que en su parte derecha tiene un cajón cerrado con llave. Se levanta a comprobar que el niño sigue durmiendo y vuelve al escritorio. Remueve algunos papeles y mira dentro de una taza en la que hay algunos bolis, dos lapiceros, una goma de borrar, dos clips y en el fondo, una llave. Duda si cogerla y abrir, más que la curiosidad es el aburrimiento lo que la anima a cotillear, es una forma de no pensar en todo lo que la agobia.

Luca y Lorena han hablado de la cena en el coche de vuelta a casa. Los dos coinciden en que la comida ha sido sensacional, Luca lo reconoce, a pesar de volver a dejar claro que sus gustos en la cocina son otros. Cristina y Javi han ido a una habitación y Óscar y Jimena, con menos prisas, se están besando en el sofá del salón. El chico es delicado y Jimena va cogiendo confianza. Carolina comprueba que la llave encaja en la cerradura del cajón. De repente imagina que dentro habrá una pistola o a lo mejor algún juguete sexual, lo más seguro es que lo único que haya sean más papeles sin importancia. Luca y Lorena se besan al entrar en su habitación, ella lleva pantalón negro de pinzas de cintura alta y una camisa blanca metida por dentro. El beso les va entonando, ella tiene ganas, él las está buscando. Cristina está totalmente desnuda encima de la cama y Javi la besa tumbado encima de ella, hace un rato estaba muy excitada, pero ahora que llega el momento está tan nerviosa que mantiene tensas sus piernas cerradas. Jimena se descalzó para liberarse por fin de las medias que se le caían y Óscar se siente mucho más a gusto de lo que estuvo la primera vez en la que no pudo consumar con aquella chica. Coge de la mano a Jimena y se van a otra habitación. Jimena está dispuesta, Óscar besa muy bien y es educadísimo. Luca desabrocha los pantalones de Lorena, que caen al suelo por su propio peso, y le besa su cuello, ella se excita, suspira con un jadeo leve y va a desabrochar los pantalones de su marido para meter su mano por dentro. Carolina gira la llave y abre el cajón. Ni pistola ni juguete sexual, solo papeles divididos en varias carpetas, nada interesante aparentemente. «No puedo, espera un poco», dice Cristina zafándose de Javi y cubriéndose con una sábana. Lorena mete la mano por dentro del calzoncillo de Luca y Jimena, su hija, la mete en el de Óscar. Luca no ha logrado excitarse, Óscar está sobreexcitado y le cuesta contenerse cuando le roza la mano de Jimena. Lorena se frustra un poco, pero insiste. «¿Te gusta mi conjunto?», se separa de él mostrándole las bragas y el sujetador azul turquesa que ha comprado esta mañana. Javi vuelve a la carga acariciando a Cristina, que ahora ya está un poco más receptiva. Jimena y Óscar se han desnudado apresuradamente y ya están tumbados en la cama. En una carpeta azul que hay en el cajón pone «Alquiler». «¿Alquiler?», se sorprende Carolina. Pensaba que la casa era suya, todo el mundo cree que son propietarios. En el interior de la carpeta, efectivamente, un contrato de alquiler de esta casa, la número 32 a nombre de Pablo Revilla. Debajo, otros papeles en los que hay números indescifrables y dos carpetas más en las que pone «Delparaíso». Jimena siente cómo Óscar está a punto de entrar en su cuerpo, cierra los ojos y se concentra en los besos olvidándose un poco del dolor que está empezando a sentir ahí abajo. Cristina respira hondo y acelerada cuando nota que Javi logra abrir sus piernas, piensa que ya no hay vuelta atrás, si ha llegado hasta aquí, tiene que hacerlo por mucho que le duela. Lorena busca con su boca a Luca, que está tumbado en la cama. Le acaricia con la lengua y con las manos, Luca mira cómo su mujer le contempla con cara de vicio desde abajo y comienza a excitarse. Ella se aplica con ganas, se nota que está disfrutando de lo que hace, sin apartar sus ojos de él. Luca le recoge el pelo para ver mejor el desempeño de su mujer. Carolina abre las carpetas sin entender muy bien lo que está viendo. Lorena se pone a cuatro patas y Luca se sitúa detrás agarrándole fuerte por las caderas. Lorena siente placer y una especie de felicidad de ser de nuevo deseada. Cristina y Jimena, con un tabique de por medio, están sintiendo por primera vez, y al mismo tiempo, la emoción de ser mayores, incertidumbre y alegría. El dolor, el escozor y la mancha en la sábana es lo de menos. Los jadeos, más bien gritos, de Lorena excitan aún más a Luca que está al límite, él también está feliz de haberlo logrado, quiere aguantar para esperar a que Lorena termine antes, no queda mucho. Javi la saca casi al final y Óscar, que hace tiempo que se corrió, estaba dentro disimulando un poco. Finalmente, se tumba al lado de Jimena y la abraza cariñoso. Ahora sí puede decir que ha estado «del todo» con una chica. En las carpetas hay planos de Delparaíso, los nombres y fotografías de los propietarios y una descripción de las familias y de las profesiones de los dueños. En los papeles están Luis y Eli, el futbolista Luca Sandovich y su mujer, Mayte, que al lado de su nombre, María Teresa Cebollero, tiene una nota en rojo que pone «prioridad»; aparecen igualmente los nombres de otros vecinos que Carolina no identifica. Asimismo, el personal de seguridad con una foto de su padre, al que una nota define como «Mariano, jefe de seguridad, hombre eficaz y confiado». Suena la puerta de la calle, Carolina cierra el cajón a toda prisa y deja la llave en la taza de donde la sacó. Lorena da un último gemido y Luca la sigue segundos después quedándose un rato inmóviles, tumbados, cogidos de la mano. Jimena y Cristina están en el baño contándose lo que les acaba de pasar, las dos dicen que les ha dolido menos de lo que esperaban, se abrazan, se sienten hermanas y de nuevo la risa, esta vez menos nerviosa y más emocionada. Javi y Óscar las esperan en la cocina, los cuatro se van a hacer unas *pizzas* antes de irse a dormir, las chicas lo harán juntas, lo prefieren y además están doloridas como para volverlo a hacer. «Ni de broma», se confiesan cómplices. Lorena le dice a Luca que le quiere, «Yo también me casaría contigo una y mil veces». Pablo saca dinero de su cartera y paga a Carolina, que se despide hasta que la vuelvan a necesitar. Gloria y Pablo la acompañan hasta la puerta, tan amables como siempre, tan generosos como siempre y con su sonrisa de siempre.

El inspector Agustín Moreno repasa los informes forenses, las declaraciones de los testigos, los clientes que tuvieron que ir a firmar en el último mes, a cada uno de los empleados, las empresas que hicieron algún cambio sustancial en sus escrituras y, sobre todo, a los dos familiares vivos de don Julio, sus hijos Borja y Elisa. La relación de don Julio con ellos no era muy frecuente, algo que se refleja también en el registro de llamadas del móvil del notario. Con Borja no hay llamadas; con Eli, muy pocas y la mayoría muy cortas. Agustín Moreno es un buen policía, así está considerado en el cuerpo. Es intuitivo, eficaz y trabaja bien en equipo. Fue un chico de barrio —nació y se crio en Orcasitas—, que coqueteó con las drogas, consumiendo y trapicheando, y con raterillos con los que cometió robos menores en centros comerciales y rompió las ventanillas de algunos coches si él y sus amigos veían que había algo de valor en su interior. La buena influencia de un tío suyo con el que pasaba los veranos en Torrevieja le hizo abandonar las peligrosas amistades de su barrio y ponerle empeño a los estudios. Se convirtió en un alumno brillante en el instituto y más tarde en la carrera de Derecho antes de aprobar las oposiciones para entrar en la policía. Conviviendo con aquellos aprendices de delincuentes de barrio,

Agustín desarrolló una habilidad muy útil en su profesión, la de saber cuándo tiene delante a un mentiroso. Tuvo que detener a algunos de aquellos compinches de la adolescencia años después. Su intuición no es una prueba que presentar ante ningún juez, pero Agustín es muy preciso averiguando si la persona que está ante él dice o no la verdad. La coartada de Borja es la más débil, más bien no existe, pero después de sus declaraciones, Agustín sigue confundido. Está seguro, eso sí, de que Borja le oculta algo sobre lo que hizo esa noche, su declaración no es coherente, que estuvo viendo una serie y que no se acuerda de nada más no es creíble, pero por el momento prefiere no apretarle, ya habrá ocasión para eso.

Dolores ha aprovechado que Pascual está en el banco para ir a casa a recoger algunas cosas y ver a su hija Lola, que, como siempre, está en casa comiendo, fumando y viendo películas en las que la gente muere casi siempre con las tripas colgando. Como es habitual, nada productivo. Pascual llama todos los días a Dolores con preguntas absurdas sobre la casa, dónde está esto o aquello, y después le pregunta cuándo va a volver. Con ella en casa es más cómodo todo. Ella a veces duda si hacerlo. De momento se aloja en una habitación de una compañera del ministerio que vive sola, aunque no puede prolongar mucho su estancia allí. No debe abusar. En casa de sus padres duró solo una semana, tampoco se sentía apoyada por ellos. «¿Qué necesidad de complicarte a estas alturas?», fue la frase de su madre cuando le contó que se quería separar porque no era feliz con Pascual. «¡A estas alturas!» es una frase que le duele a Dolores, no quiere sentir que su vida se ha acabado a los cincuenta años, resignada a estar viviendo con ese hombre hasta que uno de los dos muera. En ocasiones casi deseaba que su gordura le provocara un infarto que acabara con él. Una especie de sonrisa se le dibujaba en su cara cuando fantaseaba con esa escena, pero rápidamente se sentía culpable de esos pensamientos tan horribles. Una vez leyó en una novela la conclusión de que algunas muertes solo traían felicidad y desde entonces esa idea la persigue cada vez que piensa en Pascual. Ella no lo sabe, pero su hija Lola también se ha regodeado muchas veces en la muerte de su padre. Es curioso que las dos, esposa e hija, hayan imaginado que sus vidas mejorarían después de morir Pascual.

Pascual ha presentado los resultados de su sucursal en la central del Banco Europeo y son inmejorables. Es posible que sea la más rentable de toda España. Esto es consecuencia de que corresponde a una de las zonas con mayor renta per cápita del país. La mayoría de los clientes que tienen cuenta en la sucursal son propietarios en Delparaíso, pero también tiene que ver en el éxito la gestión de Pascual Ramírez, que la dirige con total eficacia; eso fue lo que le dijeron en la convención del banco donde fue felicitado en público delante de sus compañeros. Pascual Ramírez no se equivoca en la gestión, ni con sus empleados ni con los clientes. Sabe los que tienen futuro y los que no, a quién debe hacer algún favor y con los que no debe ceder. Todos los que están en dificultades no encuentran en él un apoyo, los que andan sobrados están encantados con su eficacia, es un experto en facilitar la vida a los buenos clientes, tal vez muchos de ellos le seguirían a cualquier otra sucursal o incluso a otra entidad de la competencia. Las cosas le van muy bien a Pascual Ramírez.

Lola recibe a su madre con un aspecto que representa la dejadez más absoluta. Camiseta negra dada de sí, pantalón de chándal gris con manchas de muchas cosas distintas, unos calcetines blancos ennegrecidos en la planta como si hubiera caminado por una carretera recién asfaltada. La media melena rubia con las raíces negras recogida con una pinza de la que caen mechones desordenados. Seguro que esta mañana no se ha lavado el pelo, posiblemente ayer tampoco, quién sabe si anteayer. Ni una pizca de maquillaje, ni una raya, ni una sombra, ni un color, el cigarro liado en la boca y ese permanente cansancio con el que se mueve, incapaz de arrastrar tantos kilos de desidia. Dolores intenta disimular su desolación al verla. «¡Hola, cariño! ¿Qué tal?», le sale con un tono compasivo, y Lola le contesta que bien, quitándose el pitillo de la boca. Se besan en una sola mejilla antes de pasar al salón. Dolores no reconoce la casa como propia; en realidad, no lo es. Pascual la puso a su nombre y también se encargó de hacer separación de bienes. «Si yo la pagué, es mía. Así es la vida», es algo que ha repetido más de una vez a su mujer desde que la compraron. De las muchas cosas que Dolores detesta de Pascual hay algunas importantes y otras más pequeñas, pero que también influyen para convertirse en un ser odioso, por ejemplo, que muchas de sus frases las acabe con ese «Así es la vida». Dolores se ha mordido muchas veces el labio cada vez que la repetía.

—¿Quieres agua o algo? —le ofrece sin entusiasmo Lola a su madre.

—No, vengo a coger una maleta de ropa. ¿Me ayudas?

—No me apetece —dice Lola antes de dar la última calada al cigarro y apagarlo.

—Podrías tener otra actitud.

—Sí, ya…

—Sí, ya, ¿qué?

—Es que estaba en mi cuarto viendo una película y quiero volver allí.

—Lola, ¿tú te has visto? No haces nada y…

—¡Qué coñazo de tía!

—¡No me llames tía! —se desespera—. Deberías tenerme más respeto.

—¡Déjame en paz!

Lola se da la vuelta y se marcha a su cuarto. Dolores la observa y escucha el ruido que emiten al rozarse el uno contra el otro los muslos de su hija mientras camina, ese ruido que hace daño a Dolores, y el de la respiración dificultosa que emite cada vez que desplaza su cuerpo obeso.

—¿Qué vas a hacer con tu vida, Lola? —dice con tono de derrota.

—Ni que a ti te importara.

—Eres mi hija. ¿Cómo no me va a importar?

—Uy, qué buena madre —se burla. Lola vuelve sobre sus pasos de nuevo hacia el salón. De repente ha cambiado su expresión indolente por una que refleja ira—. ¡No soporto tu tonito de víctima! Como si solo te pasaran cosas a ti.

—No sé de qué hablas.

Lola saca del bolsillo de su pantalón gris de chándal sucio un paquete de tabaco, papel y empieza a liar un nuevo pitillo. Mira a su madre un poco desafiante y continúa:

—No finjas que te preocupas por mí, yo te importo una mierda.

—¿Qué dices?

—¿Qué soy yo para ti, mamá? —Dolores está desconcertada, no contesta. Lola se lleva el cigarro recién liado a la boca y lo enciende—. Yo para ti soy una gorda de la que te avergüenzas. Siempre te he dado vergüenza como hija, desde que era una niña. ¿Te crees que no me daba cuenta? ¿Te crees que no me doy cuenta ahora del asco con el que me miras?

Lola para de hablar, respira hondo. Le falta el aire como casi siempre, ahora se suma que tiene ganas de llorar. Dolores nota cómo le pellizca el estómago de pena al escuchar a Lola. No sabe qué decir, Lola tampoco puede continuar, quiere evitar el llanto a toda costa. Silencio de las dos, solo se oye el ruido de los coches de la calle. Lola fuma, Dolores siente algo parecido a vergüenza. El silencio incomoda a las dos, que son incapaces de mirarse la una a la otra…

—Y ahora te vas y me dejas con él —dice por fin Lola, esta vez sin evitar que los ojos se llenen de lágrimas. Traga saliva, siente un poco de ahogo. Dolores también empieza a llorar—. De niña tardabas mucho tiempo en decir que era tu hija cuando te saludaba alguien, ¿no te dabas cuenta? De adolescente, a veces hasta te ponías delante para taparme si te cruzabas con alguien… Y esa cara de desprecio cada vez que me comía un helado. Siempre me has mirado con desprecio. —Lola hace una pausa y se levanta camino de la puerta para volver a su habitación—. Y ahora la señora se pira porque no es feliz… Pues haz lo que te dé la gana, pero no finjas que te importo.

Mihai y Lili caminan por el Retiro. Es domingo y hace sol. El parque está abarrotado de niños, familias, perros ladrando, corredores, ciclistas y parejas de novios, como lo son ellos. «¿Lo somos?», se pregunta a sí mismo Mihai, Lili quiere darse un tiempo para decidir si lo son, pero no tiene problema en dejarse coger de la mano. Le gustan las de Mihai, grandes y un poco ásperas, muy de hombre. De vez en cuando se miran si ven algo que les llama la atención: una ardilla trepando por el tronco de un árbol huyendo de nada; un niño que tropieza en su carrera y arrastra sus rodillas por la arena, dejándolas sin la primera capa de piel, su llanto desesperado hasta que su mamá llega corriendo a consolarle. Es el ruido de un domingo por la mañana en el Retiro para Lili y silencio para Mihai, que no sabe que es silencio. Llegan al estanque y lo bordean mirando a las barcas. Tienen ganas de montarse, pero ninguno lo dice; si cualquiera de los dos lo hubiera propuesto, el otro habría aceptado encantado. Puede parecer demasiado tópico, mejor tomarse algo en algún quiosco. Mihai hace el gesto de beber imitando la forma de una botella estirando el dedo gordo y el meñique, llevándose el pulgar a la boca. A Lili le hace gracia, se ríe y a Mihai se le iluminan los ojos. Lili se pide una Fanta de limón, Mihai, una cerveza. Practican palabras de la lengua de signos, ella juega a ser maestra y él, alumno. A veces, Mihai sabe lo que significan los signos que hace Lili, «pájaro, mamá, silla, bebida...», pero finge desconocerlos y se burla ante los esfuerzos de ella por hacerle comprender. Lili se da cuenta de que le está tomando el pelo y le da un golpe en el hombro, «Tonto», Mihai se ríe enseñando todos sus dientes. Él nota un cosquilleo desconocido cuando mira a Lili, esa emoción que le hace reír a destiempo, y a ratos le entran ganas de llorar y se le eriza la piel cuando roza la mano de ella y le mira las piernas y su culo, tan prieto dentro de la falda, y su escote tan blanco y tan terso, con esa milagrosa redondez. Mihai disimula, mira sin que se note y Lili, provocativa, hace como que no se da cuenta. Ella está a gusto con Mihai, parece un sentimiento menor que el que ella le provoca a él. Pero estar a gusto es algo que Lili valora más que nada. Está tranquila, pasan las horas sin enterarse y seguiría junto a él todo el tiempo que queda del día, de la semana, todo el que haga falta. Mihai no es como los demás chicos con los que siempre hay que estar en guardia; en el rostro, en la mirada y en el cuerpo se refleja su ternura y su fuerza, su inocencia y su sufrimiento, su deseo y su necesidad. Lili piensa en una vida con él, pero están los demás, su prima, sus amigas de la facultad o su tía, la que la acogió en su casa de Getafe cuando vino de Paraguay siendo casi una niña. «¿No había un chico normal?», dirán, o lo pensarán, que es aún peor. Mihai coge la mano de Lili por encima de la mesa del chiringuito, la acaricia y acerca su cara a ella, que cierra los ojos esperando un beso. Juntan los labios, abren las bocas, se tocan sus lenguas. Estando juntos, cualquier lugar es el mejor lugar del mundo. Lili se separa, no es cuestión de llamar la atención, hay niños alrededor. Mihai mueve sus manos y en el aire dibuja en la lengua de signos por primera vez en su vida las palabras «Te quiero».

Carlos, el hijo de Borja, no conoció a su abuelo, el notario don Julio Urquijo. Hay una foto de su bautizo en el que está sosteniéndole en los brazos, es la única vez que estuvieron juntos. El abuelo está serio, como siempre al parecer, luciendo un bigote con aire marcial al lado de la pila bautismal. Cuando Borja se separó de su madre después de diez meses de matrimonio tormentoso, se acabó para siempre el contacto con la familia paterna, empezando por el propio padre. Susana, su madre, le ha contado a Carlos que esa familia está enferma, que son dañinos, la única que se salva, dice, es la tía Eli, la más normal. Susana era una joven poco agraciada, hija de un matrimonio humilde pero muy tradicional, casi de misa diaria. Ser fea era su principal característica, si bien el cociente intelectual tampoco era, digamos, envidiable. Borja apareció huyendo de los hombres en los cuartos oscuros, de su deseo y de sí mismo, y se cruzó con la pobre Susana, a la que sus padres querían casar a toda costa, un empeño que no estaba resultando fácil. A veces la vida parece un chiste, un guion costumbrista que hace gracia, salvo que sea real. Y la vida de Borja y Susana era real, los desprecios de él, el dolor de ella, las broncas desproporcionadas. Susana se quedó pronto embarazada, fue en las primeras semanas en las que Borja intentaba no ser lo que era. Duró poco aquel empeño, Borja entró en depresión, cuando salió de ella comenzó un periodo de ira desmedida hacia Susana y hacia el bebé que iba creciendo de forma cada vez más visible en su vientre. Borja nunca pegó a Susana, pero los gritos, el desprecio y la humillación eran permanentes. Un día, embarazada ya de ocho meses, se encontró a su marido con un hombre en su cama de matrimonio. Borja a cuatro patas y el otro por detrás, lo hacía con la puerta abierta, provocando sin duda que le pillaran. Nació el niño, unos meses después lo bautizaron con el nombre de Carlos y a las semanas Borja decidió marcharse para siempre. Pidió sinceras disculpas a Susana por todo y se fue. Dejó su apellido y una buena asignación mensual para que no les faltara de nada a ninguno de los dos. Carlos es un chico sociable, inteligente, imaginativo, alegre y que ni un solo día de su vida ha dejado de pensar en su padre.

Desde la última llamada que Borja le hizo a Carlos después de salir de la clínica, padre e hijo tenían pendiente verse. Borja le prometió que no sería como las anteriores, esta vez no desaparecería a las primeras de cambio otros cuantos años. Carlos no sabe si creerle, pero qué más da. Es su padre, y aunque es consciente de que no le quiere, nunca le ha dejado de interesar. Ya ha logrado que no le duela, así que el chico mira a su padre con una profunda curiosidad. Desde la última vez han pasado bastantes años. Al principio, Borja se siente un poco intimidado por el físico de Carlos. Es más alto que él, se ha dejado algo de barba y, aunque en su rostro se nota la juventud, es evidente que su hijo ya no es un niño. Se saludan dándose la mano, es la primera cosa que entristece a los dos, pero no tendría sentido darse dos besos. Han quedado en la cafetería del Círculo de Bellas Artes, un buen sitio para hablar. Será la primera vez que lo hacen siendo los dos adultos. La genética tiene una enorme fuerza y, sin apenas haberse visto, el parecido de los dos es impactante. No solo en el físico, que eso tiene cierta lógica, incluso en los gestos, idénticos los de ambos, algo que hace dudar si el movimiento, la mirada o la sonrisa tienen que ver con los genes o con el hábito, con las personas que tenemos cerca. Viendo a Borja y a Carlos no hay duda de que los genes son demasiado poderosos para que la distancia les reste influencia. «Llevo toda la vida pidiendo perdón a todo el mundo y a ti nunca te lo he pedido..., precisamente a ti que es al que más se lo debo». Borja tiene su discurso muy elaborado y suena sincero para Carlos. «Habrás oído a tu madre hablar de mí barbaridades y seguramente la mayoría son ciertas». Carlos asiente con la cabeza, no tiene mucho que decir, prefiere escuchar. «... Soy homosexual, he sido adicto a las drogas, al alcohol y he tenido, tengo todavía, problemas psiquiátricos... Estoy intentando rehacer mi vida y eso pasa por pedirte perdón, y ojalá algún día podamos tener una buena relación...». Borja se detiene, ha soltado todo lo que llevaba preparado, lo ha logrado hacer sin emocionarse. Carlos desea ponérselo fácil a su padre, su mirada amable está muy lejos de ser la de un joven resentido, no hay rencor hacia él, Borja lo percibe así y tiene la tentación de levantarse a darle un abrazo. Se reprime.

Carlos le pregunta por su padre, su abuelo, ese hombre de bigote que aparece sosteniéndole en brazos el día de su bautizo. «¿Qué ha pasado?», Carlos tiene curiosidad, el caso salió en los periódicos, dieron la noticia en los informativos e incluso, en los primeros días, se le dedicó un espacio en los programas de las mañanas, hasta que nuevos delitos desviaron la atención y en la tele se dejó de hablar de don Julio. Borja no entra en detalles: «No sé nada, la policía nos dice muy poco». A Carlos le sorprende la frialdad con la que su padre habla de la muerte de su abuelo, asesinato más bien. Borja se da cuenta e intenta explicarse «... Yo no le quería, creo que le odiaba, no lo sé, pero de lo que estoy seguro es de que no lo siento». A Carlos le impacta esa sinceridad o la manera de reconocer la indiferencia hacia una muerte, aunque tan solo fuera por el morbo, la incertidumbre o la curiosidad por saber lo que pasó, por si alguien cercano es el asesino, por conocer si su padre estaba metido en algún asunto turbio. «Supongo que tendría enemigos», es todo lo que llega a especular Borja delante de su hijo sobre la muerte del abuelo.

Los camareros hacen sonar la tarima al caminar hasta el punto de que parece que se va a romper, van y vienen con su chaquetilla blanca y sus bandejas en equilibrio; una señora mayor vestida de adolescente, casi disfrazada, con minifalda, top y chaqueta de cuero con flecos, mira por la ventana hacia la confluencia de las calles Alcalá y Gran Vía, en su rostro la huella de varias cirugías estéticas; a simple vista se adivinan una de labios, otra de pómulos y un estiramiento de piel, como poco. Dos hombres beben una cerveza sentados uno enfrente del otro, serán compañeros de trabajo y posiblemente no sean de Madrid, habrán venido a alguna convención. Se les nota de buen humor, es posible que tengan algún plan esta noche, aprovechando que están lejos de su casa. Dos parejas extranjeras, británicas parecen, están merendando porque alguien les ha recomendado que es aquí donde hay que merendar, da la sensación de que están aburridos.

Carlos y Borja contemplan a los habitantes de la cafetería del Círculo y coinciden en lo que cada uno imagina sobre lo que ven. Ambos se confiesan esa manía, esa observación casi enfermiza de lo que les rodea, y se sorprenden al comprobar que cada pensamiento de uno es similar al del otro, o una parte de él, la manera en la que los dos enfocan su mirada exactamente a las mismas cosas, una taza de café, el zapato cuarteado por desgaste de un camarero, el broche brillante del bolso de la señora operada que mira por la ventana, la sonrisa forzada de uno de los ingleses ante los comentarios del otro. A Borja y a Carlos les sorprende esta conexión y por un momento sienten nostalgia por todo lo que se han perdido. También lo comparten. «¡Una pena!», se sinceran los dos. «No volverá a pasar», promete el padre. Y de nuevo pide perdón. Borja se siente culpable, Carlos sabe que lo es, pero qué importa el pasado. Se encuentra feliz estando donde está, teniendo durante un rato a su padre, pareciéndose a él, mirando sorprendentemente de la misma manera y a las mismas cosas. Su madre, Susana, no tiene razón, Borja no es malo y él no quiere vivir con rencor, probablemente no sea solo por bondad, quizás, sin saberlo, por el deseo de que no se vuelva a repetir la historia. Si alguna vez tiene un hijo, quiere que tenga muchas fotos con su abuelo. «Nos parecemos un montón», dice Carlos con la ilusión y la sonrisa de niño, es la primera vez que muestra ese aspecto desde que se han saludado. Borja recuerda su niñez, cuando él también quería ser como su padre. Hubo un tiempo en el que sintió que su padre estaba orgulloso de él, en el que aquel hombre severo le sonreía con ternura y le besaba antes de irse a dormir. Luego todo se rompió, primero el rechazo, después la distancia, el rencor, el odio. Carlos y Borja quedan en volver a verse, quizás coman el fin de semana. El padre quiere ponerse al día, saber de sus estudios en la facultad, de lo que quiere hacer con su vida, de la relación con su madre, de cómo está su abuela, de cómo son las historias que escribe, de si hay alguna novia seria. «Novio seguro que no», los dos bromean, tampoco se parecen tanto. Se despiden, primero se dan la mano, pero deciden al tiempo arrastrar al otro hasta darse dos besos que prolongan con un abrazo. Carlos se marcha al metro y Borja camino de su casa. No recuerda haber estado tan contento desde hace mucho tiempo. Le ha emocionado la generosidad de su hijo, definitivamente es mucho mejor que él. «Carlos no sabe odiar», es el pensamiento que le llena de felicidad justo cuando está a punto de abrir la puerta del portal de su casa. Sonríe él solo sin reparar en que dos hombres se le han acercado y se han situado cada uno a un lado.

—¿Borja Urquijo?

—¡Sí, soy yo!

—Queda usted detenido por el asesinato de su padre, don Julio Urquijo.

Mariano y Carmen entran al juzgado de la mano. Les siguen Carolina y Cristóbal, el hijo de Carmen, que ha hecho un esfuerzo poniéndose un traje y una corbata. Es la primera vez en su vida que la utiliza y Mariano ha tenido que hacerle el nudo. El traje le queda como les queda siempre a las personas que nunca se ponen traje: muy mal. Aunque se lo hayan comprado —que no es el caso porque este era de su padre—, siempre parece que es prestado. Cristóbal tenía la misma talla de su padre y por eso Carmen pensó que para una vez que se lo iba a poner no era necesario hacer tanto gasto. Ancho de espalda, corto de brazos, largo de tiro, pesquero y con las solapas del cuello muy lejos del cuerpo. Raro. A Carolina empieza a notársele un poco la tripa. Ser delgada es peor para ocultar un embarazo, pero a ella le hace ilusión que se note. «¿Por qué no?». Mariano está radiante de felicidad, si bien el traje tampoco le queda, digamos, perfecto. Se lo encargó un poco justo porque, al tomarle las medidas, se comprometió a adelgazar antes de la ceremonia los cuatro o cinco kilos que le sobraban. Un tres piezas azul marino, con chaqueta, pantalón y chaleco con el que imaginaba verse impecable. Lamentablemente, no los adelgazó, sino que engordó otros cuatro kilos. Esta mañana se produjo una crisis al comprobar que era imposible que abrochara el chaleco por mucho empeño que le pusiera. Carolina intentó convencerle de que desistiera de ponérselo, algo que enfadó mucho a Mariano. Ese enfado propio de cuando sabes que el de enfrente tiene razón. Aun así, Mariano, a base de meter tripa y reducir su ingesta de aire, logró abrocharse el chaleco y encima se colocó la chaqueta, también dos tallas menos de lo razonable. Tampoco Carmen parece muy convencida de su imagen. Lleva un vestido naranja que se ha comprado en una boutique del barrio, la única que queda. Ella limpiaba allí hace más de veinte años, cuando aquel negocio tenía cierto esplendor. Hace tiempo que dejó de ser así y ella posiblemente sea con diferencia la clienta más joven de las pocas que se visten allí. En todo caso, el vestido naranja, aunque un poco antiguo, sí es de su talla. Lo malo ha sido el peinado, en qué hora decidió hacerse «algo especial» para casarse. Puri, la peluquera que tiene nombre de peluquera, es la que le da el tinte cada tres semanas, que es cuando aprovecha para peinarla y, cuando toca, cortarle un poquito las puntas. De ahí no pasa, así que también era un experimento para Puri hacer «algo especial» en el pelo de Carmen. Quizás el adorno floral era demasiado grande para una sola cabeza, al menos para la de Carmen. La idea era un recogido sujeto por el tocado de flor natural, aunque Puri, que es peluquera de vocación como su propio nombre indica, lo encargó demasiado grande y lo que debería ser un adorno sutil parece más un centro de mesa pegado a la coronilla.

Una amiga de Carmen y Andrés, el compañero de Mariano, que hacen las veces de testigos, son los únicos invitados al evento, así que suman un total de seis, que más tarde irán a celebrarlo a un restaurante elegante de las afueras. Mariano y Carmen, a pesar de los inconvenientes, están felices y con la ilusión de dos adolescentes. Andrés y la amiga de Carmen han hecho buenas migas y Carolina está sobrellevando bastante bien a Cristóbal, al que también hay que valorar su empeño en que no se note su incomodidad y una cierta vergüenza ajena al ver a su madre de nuevo enamorada. A Cristóbal nunca le ha gustado que su madre tuviera un nuevo novio, lo ha ido aceptando poco a poco, pero no le gusta pensar en ciertas cosas —«Sí, en esas cosas», su madre en la cama con un hombre, tan mayor, tan gorda, con esas carnes de vieja y él encima aplastándola—. Y ahora, para rematar, casándose como si tuvieran veinte años, «Son ridículos». Él tampoco había pensado mucho en eso, pero alguno del barrio lo ha hablado. Fue el Charly, con ese comentario cuando estaban sentados en la plaza: «El tío ese se está follando a tu vieja». Todos rieron. Él también, y le dio una calada al porro y un trago a la litrona, como si no le importara, pero le hizo daño, le dieron incluso ganas de llorar. Hasta ese momento Cristóbal no había caído, pero desde esa maldita frase del Charly no se lo quita de la cabeza, piensa en ello cada vez que ve a su madre, y le entra una mezcla de rabia y de vergüenza imaginándosela desnuda en la cama con Mariano encima aplastándola. Hace un esfuerzo por sonreír cuando los novios salen del juzgado y los otros tres invitados les tiran arroz, él también se apunta sin mucho entusiasmo. Mariano se ha desabrochado los dos botones de arriba del chaleco, siente algo de alivio. Carmen está contenta, a ratos se le olvida «la corona de muerto» que lleva en la cabeza, hasta a ella le ha hecho reír la ocurrencia. Además, no tiene solución, tendrá que estar con las flores hasta que esta noche se las quite en casa, así que es mejor asumirlo. Lo bueno es que en las fotos no se nota porque siempre se posa de frente. «Una sonrisa, por favor», dice el camarero al que Mariano ha dado su móvil para que haga una foto de los seis en la mesa. Carolina también le pasa su teléfono, que tiene mejor cámara, para que haga unas cuantas fotografías, y luego poder elegir. Todos sonríen, incluido Cristóbal, con más esfuerzo que el resto.

El restaurante es de los caros, aquí comen hombres de negocios de la zona norte de Madrid. Mariano se ha quitado definitivamente el chaleco y la chaqueta y le dice al camarero que le traiga una cerveza, todos piden una caña mientras leen las cartas. Mariano coge el pan de la amiga de Carmen, que está a su derecha, su hija quiere avisarle de que el suyo es el del otro lado, pero comprueba que ninguno de los comensales coge el pan que le corresponde, un lío de panes. El camarero les anuncia lo que hay fuera de carta, pero a ninguno les atrae. Eligen jamón, ensaladas de ventresca con tomate, chipirones y, de segundo, chuletón para todos. Mariano selecciona un vino poniendo cara de conocerlo, es uno de los más baratos, el tercero más barato, para que no se diga. Todos están desubicados, salvo Carolina. Ella ha estado con Luis en bastantes restaurantes como este, y mejores. Y en los hoteles más lujosos, tanto en Madrid como en las escapadas que de vez en cuando hacían a Sevilla, a Barcelona, a San Sebastián aprovechando que él tenía que ver a algún cliente, o eso decía en casa. Una vez fueron a París, solo fue una noche, pero Carolina lo recuerda como uno de los momentos más divertidos de su vida, esa sensación tan emocionante de sentirse furtivos. Un vuelo a primera hora, un restaurante de lujo en los Campos Elíseos, compras, cena, hotel, sexo y vuelta al día siguiente. Carolina piensa en esa vida que jamás podrá volver a vivir. Mariano se emociona en el brindis: «Es uno de los días más felices de mi vida...», no puede seguir, así que todos juntan las copas y Andrés se levanta y le da dos besos a su amigo, «Te quiero, amigo», se dicen los dos a la vez. El vino ayuda a la exaltación de la amistad. «¡Vivan los novios!», grita efusivo Andrés, y los demás lo secundan tímidamente. Los comensales del resto de las mesas sonríen. «Y por mi nieta, que también ha venido a la boda de su abuelo», señala Mariano la tripa de su hija.

La sobremesa es entretenida, Carolina está contenta de ver a su padre feliz. Además, Carmen le cae bien, es imposible que detrás de esa mirada haya otra cosa que bondad. Cristóbal parece más participativo y ha encontrado tema de conversación con Andrés, del Atleti de Madrid uno y del Real Madrid el otro, discuten animadamente.

Carmen se ríe con su amiga de nada en concreto y de todo a la vez, esa risa que da el vino, del que ya se han acabado dos botellas y la tercera está por la mitad, a pesar de que Carolina no ha bebido y Cristóbal se ha puesto solo una copa. Él el vino lo prefiere mezclado con Coca-Cola. Carolina no le ha comentado a su padre nada sobre los papeles que encontró en el escritorio de Pablo y Gloria, se enfadaría tanto si se enterase de que ha abierto esos cajones que no la dejaría seguir hablando de lo que aparecía en los documentos. Duda si contárselo, le gustaría saber la opinión de su padre sobre por qué tienen documentación de un montón de vecinos de Delparaíso, pero prefiere callárselo.

—No te he contado el último cotilleo de Delparaíso —comenta Mariano.

Todos atienden, Andrés sabe lo que va a decir. Carolina piensa que a lo mejor ellos también saben algo sobre Pablo y Gloria.

—¿Qué ha pasado? —se interesa Carolina.

—Ah, sí, lo de estos —interviene Carmen, que también lo sabe.

—¡Menuda se ha liado! —Andrés le da más suspense.

—¿Lo cuentas o no? —se impacienta Carolina.

—Que Eli ha pillado a Luis Prado con otra.

Carolina no reacciona. Si se supiera que es ella misma, su padre no lo contaría de esa manera.

—Con la chica que limpiaba en su casa, una colombiana muy mona. Y Eli la despidió en el acto, claro.

—¡Y en la habitación de invitados!

—Follando como locos —añade Andrés de su cosecha.

—¡Qué cabrón! —comenta la amiga de Carmen.

—Hija, menuda cara que se te ha quedado.

—¡No me lo esperaba! —es lo único que acierta a decir Carolina.

El móvil de Sergio le despierta de madrugada, estaba soñando con algo bonito, hacía meses que no le pasaba. Mira la hora en la pantalla. El que llama es un número desconocido. Son las tres y veintitrés de la madrugada. «¿Sergio Goikoetxea?», dice una voz femenina y amable. «¡Sí, soy yo!», contesta sobresaltado. «¿Su hijo es Alfonso Goikoetxea?», pregunta la mujer. «Sí, es mi hijo, ¿qué ha pasado?». Las pulsaciones se le aceleran. «Tranquilo, ya está estabilizado, pero le informo de que hace unas horas su hijo ingresó en el hospital con un coma etílico». Sergio salta de la cama y se viste apresuradamente, sale de la habitación y entra en el baño, el abrir y cerrar de puertas despierta a Mayte, que asoma por su dormitorio, inquieta. Sergio se la encuentra en el pasillo y le cuenta lo sucedido. «No te preocupes, seguro que se pondrá bien», le intenta tranquilizar ella. Menos mal que Cayetana está en casa, duerme plácidamente en su habitación. «No conduzcas, mejor llama a un taxi», le recomienda Mayte al comprobar que Sergio está muy nervioso. Él no le hace caso y coge su coche, Mayte baja a la cocina y se prepara un café. Ya no será capaz de volver a dormirse, así que se quedará esperando noticias.

Sergio arranca el coche y va camino del hospital en el que su hijo está en la cama de un box de urgencias semiinconsciente donde a través de una vía le están suministrando suero y distintas vitaminas. Alfonsito cayó desplomado en la calle donde estaba bebiendo con unos amigos. Lo estaba haciendo de forma compulsiva, como hace siempre últimamente, según la chica que llamó a urgencias. Estaba apostando a ver cuánto ron era capaz de beber en cada trago. «Me encanta estar pedo», era la frase que repetía constantemente y cada vez con más dificultad, hasta que no fue capaz de terminar la última: «Me encanta...», y al suelo. La llamada de la chica y la rapidez del SAMUR evitaron que la cosa fuera a mayores. Sergio entra acelerado por la puerta de urgencias, le dice a la recepcionista el nombre de su hijo y esta le pide que espere, cuando la doctora que atendió al chico se libere de trabajo saldrá a hablar con él. Sergio se desploma en uno de los asientos de una sala de espera en la que, a pesar de la hora que es, hay bastante gente aguardando su turno. No debe de haber ningún caso grave y, en general, reina el silencio, toses, algún suspiro no demasiado intenso; hay un chaval acompañado de su madre que da la impresión de tener fiebre.

Sergio cierra los ojos y se pone a llorar, necesita liberar del pecho esa presión, no puede más. Es dolor, mucho más intenso que el dolor físico. El resto de los habitantes de la sala le miran con inquietud. «A saber lo que le pasa», especula cada uno sin compartirlo con nadie. En ese mismo instante, en la cocina de su casa, Mayte da otro sorbo al café y también comienza a llorar. Sergio está agotado, Mayte está triste. Sergio siente que se ahoga, desbordado, incapaz de superar todo lo que ha sucedido con su vida en los últimos años, la ruina, el suicidio de Yolanda, su adicción al sexo, y ahora es incapaz de hacerse cargo de sus hijos, de ayudarles. En realidad, se siente incapaz de todo. Culpable de todo lo que ha sucedido, de la muerte de su mujer, de haber perdido su casa, de que Alfonsito esté tumbado en una cama de urgencias. El llanto le ha provocado un fuerte dolor de cabeza, insoportable. Mayte tampoco encuentra consuelo sentada en una silla de la cocina de su casa. Ella nunca tuvo una familia, lo asume porque ni lo quiso ni lo supo hacer de otra manera. Debería haber sido con Fermín Vázquez, el torero al que quiso más que a nadie. Pero se equivocó. O no, quién sabe. Fermín ha sido el hombre de su vida, de una vida en la que hubo decenas de hombres. Ahora, sola en su cocina, llora por Sergio, Cayetana y Alfonsito. Y por Yolanda. Ellos son mucho más que vecinos, mucho más que amigos. Mayte les ha elegido como su familia y ahora se está deshaciendo.

La doctora informa a Sergio de que su hijo ha tenido mucha suerte, estos casos pueden quedar en nada o ser fatales. Ella es optimista y, si reacciona bien en las próximas horas, podría irse a casa. «Ahora está durmiendo, en cuanto haya alguna novedad le avisamos», le cuenta la doctora. Sergio, con los ojos inflamados del llanto, le agradece la atención a su hijo, «... y perdone, ¿no tendría algo para el dolor de cabeza? Es insoportable». La doctora le pide que le siga y manda a una enfermera que prepare un paracetamol para inyectárselo, así hace más efecto y más rápido. «Tome estas bolsas, es la ropa que llevaba su hijo», le explica la enfermera un poco después de pincharle. Le da una bolsa dentro de otra, quizás haya tres, la ropa está en la de más adentro. «Huelen muy mal, no las abra hasta que llegue a casa, el chico se cagó encima con la borrachera», le informa con poca delicadeza. Sergio vuelve a la sala de espera, la tristeza se ha convertido en agotamiento, le cuesta caminar, mantener los ojos abiertos. Este maldito dolor de cabeza, ojalá haga pronto efecto el paracetamol. Se recuesta en el asiento y cierra los ojos sosteniendo entre sus manos las bolsas con la ropa de su hijo.

Está amaneciendo. Mayte se pone otro café y enciende su ordenador portátil, ella también ha dejado de llorar. «Esto no puede seguir así», exclama en voz alta a pesar de estar sola. No es raro que Mayte hable sola, a menudo se dice cosas a sí misma, a veces en serio y otras en broma. «¡Qué vieja estás, jodía!», por ejemplo, es algo que suele decirse cuando pasa al lado de un espejo. Mayte entra en una aplicación del Banco Europeo para revisar sus cuentas. «¡Qué coño! ¿Si no lo saco para esto, para qué lo voy a sacar?».

Las obras en el jardín de Luca y Lorena están en el peor momento, ese en el que todo se tira abajo para luego arreglarlo con los nuevos materiales. Encima las primeras semanas solo avanzaban sábado y domingo, aunque en las últimas también van desde el jueves. Aunque no lo parezca en este momento, y no lo parece con todo levantado, la obra progresa según lo previsto. Razvan y Ferka están trabajando exclusivamente en el jardín de los Sandovich, mientras que Cosmin y Mihai también se encargan de la caja fuerte que Luca quería empotrar con hormigón en un lugar del vestidor de la habitación. Ese trabajo es más fino, sobre todo por ensuciar lo menos posible el vestidor, y para que quede perfectamente oculta tras uno de los armarios. Luca maneja bastante dinero en metálico, a veces parte de los traspasos y las comisiones se cobran así. Es frecuente que con ese dinero compre joyas y, a menudo, relojes de enorme valor. A Luca le fascinan los relojes, es casi siempre lo primero que mira de una persona cuando la ve, dice que a través del reloj llegas a saber muchas cosas de la gente, lo primero su dinero, pero también si es presumido, si le gusta aparentar, si es ambicioso… Antes era más sencillo utilizar ese dinero negro de las comisiones, podías comprar con billetes un reloj de ciento cincuenta mil euros y no había ningún problema. Al cambiar las leyes en España, hay que buscar los países en los que sean posibles esas compras, ya que aquí todas las que superen los tres mil euros en metálico generan muchos problemas.

Lorena está deseando que Cosmin y Mihai terminen con la parte de arriba, es incómodo que estén en su habitación tan cerca de sus cajones con su ropa, sus cosas personales; es una invasión de la intimidad que lleva bastante mal. A Jimena le caen bien los cuatro obreros rumanos, en especial Mihai, al que sonríe con mucha ternura cada vez que se lo encuentra por el pasillo o subiendo o bajando las escaleras. Con los otros tres bromea y, cuando puede, se suelta con ellos hablando en rumano, esto le encanta cuando su madre está delante porque no se entera bien de lo que están diciendo y en el fondo le molesta. Es una forma de hacerla rabiar con la que disfruta. A Lorena no le importa que tarden más en la obra del jardín, pero necesita que aceleren con la caja fuerte para que terminen antes de que Luca haga un viaje que tiene pendiente en los próximos días. Al menos que ya no tengan que entrar dentro de la habitación cuando él no esté en casa.

Eli abraza a Patrick un rato largo, casi interminable, al llegar a la galería. Patrick ya sabe todo lo que ha pasado. La detención de su hermano acusado del asesinato de su padre, sobre todo eso, y el haber descubierto a Luis en la cama con la chica de la limpieza. «Un episodio grotesco», es la forma en la que lo definió Patrick, siempre correcto en las formas y con su suave acento francés, *gotesco*. Él fue la persona a la que Eli decidió llamar para compartirlo, a nadie más. Lo de su hermano lo sabe más gente porque los programas matinales han tratado el caso, tiene morbo lo del asesinato de un hijo en una familia de clase alta. Eso dura poco, justo hasta que encuentran otro nuevo suceso para entretener a la audiencia y dejan de hablar del anterior. Eli solo encuentra paz cuando está con su jefe, posiblemente su único amigo. Ya no tiene a Luis, aunque de momento sigan viviendo juntos. Salvo el despido de la chica que limpiaba y que Luis ha ido a dormir a la habitación de invitados, ninguno de los hijos ha notado nada. Que Luis duerma allí no es tan extraño, a veces también lo hacía cuando trabajaba hasta tarde o se quedaba leyendo o viendo una peli si Eli tenía que madrugar. Los niños no tienen ninguna sospecha de que entre sus padres haya cambiado algo. Es algo que Luis le pidió y que Eli aceptó hasta que les den la noticia de la separación en un mejor momento, cuando se aclare todo lo que está pasando con el tío Borja. Patrick escucha a Eli, es algo que hace muy bien. Le aconseja poco y no la juzga, eso se nota. A Eli, Luis no le genera odio, le produce asco. No tiene rabia, sino desolación. La rabia es más rentable, porque te activa; la desolación te deja inmóvil. El grito, el insulto o la violencia hacen que la ira vaya hacia el otro, pero la tristeza no se arroja contra nadie, no puede ser otra cosa que íntima. Cuando descubrió «el espectáculo *gotesco*», no pudo ni siquiera alzar la voz, ni un insulto contra él, solo vergüenza. Se dio la vuelta y se fue a la habitación. Luis se vistió deprisa, le pidió a la chica que hiciera lo mismo y fue en busca de su mujer. Le pidió perdón, le dijo que solo había sido esa vez, que no volvería a ocurrir, que ella es la única mujer importante en su vida... Eli le escuchó sin contestar, aguantó las lágrimas y, quién sabe por qué motivo fisiológico, se le revolvió el estómago y le entraron unas ganas incontenibles de vomitar. Llegó al váter de milagro, mientras Luis seguía con el discurso del arrepentimiento y el perdón, que a Eli se le antojaba tan vacío y falso. Liberó momentáneamente sus nervios a través del vómito y le pidió a su marido que se fuera de la habitación y no volviera a entrar si ella estaba dentro. Fueron las únicas palabras que pronunció desde que vio cómo Luis estaba desnudo encima de la chica de servicio. Y a partir de ahí, el asco hacia él. No en sentido figurado, no ese «me das asco» como insulto, sino un asco real, una repulsión que le remueve el estómago y la obliga a ir en busca de un baño precipitadamente si piensa en él follando.

Lorena mira cómo trabajan Cosmin, Ferka, Razvan y Mihai, en cierto modo les persigue y cada vez le cuesta más ser amable con ellos. No le gustan. No le gusta que hablen en rumano, que hagan bromas con su hija, que se rían, que hablen alto, que estén deambulando dentro de la casa, que pisen la moqueta de su vestidor. «¿Y cómo quieres que hagan la obra?», se enfada Luca, que considera que su mujer está siendo injusta. Lorena se defiende, no es capaz de dar ningún motivo, pero justifica su inquietud: «No me fío de ellos».

Katy no se volvió a acostar con el enfermero. Él se lo ha propuesto muchas veces y ella lo ha pensado otras tantas. La verdad es que el chico es bueno en la cama, eso hay que reconocerlo, pero cada vez que abre la boca, a ella se le pasan las ganas, su discurso provoca una disuasión del deseo que está al nivel de la halitosis o del micropene. Ha habido algunos chicos más en este tiempo, de esos que ella imagina como el hombre de su vida y el padre de sus hijos. Cada vez le dura menos esa fantasía, ya no se engaña tan fácil idealizando a cualquier hombre con el que se toma un *gin-tonic.* Cuando Katy cumplió treinta años se sintió vieja, con todo por hacer; ahora con treinta y dos, cree que está empezando a vivir. La manera de mirar lo cambia todo y ella empieza a verse distinta, también ve diferente la vida. Katy convive todos los días con la locura, la conoce y, en cierto modo, padece sus consecuencias a través de su profesión. Sabe lo que es la locura extrema y el sufrimiento atroz de los que la padecen y de la gente que les quiere. Katy convive con miradas perdidas, esa expresión en la que no hay realidad, solo ausencia. Las risas y el llanto sin ningún porqué, la alegría y la pena brotando a destiempo, movidas por quién sabe qué resorte de qué componente químico del cerebro. Cada vez le da menos miedo, muchas veces cree, después de ocho horas trabajando, que la normalidad que se vive dentro del psiquiátrico es la única que existe. Cuando sale de allí entiende que no, que afuera la vida tiene un significado, que las risas y el llanto tienen un motivo, que hay una causa para ese efecto. Lo que sí ha aprendido es que todos estamos más cerca de lo que imaginamos de poder estar dentro de esas paredes, que no es imposible que podamos cruzar al otro lado. Cuando se enteró de la detención de Borja, le costó no acudir a la policía para contarles lo sucedido aquella noche. Borja la llamó desde la comisaría y le pidió que estuviera callada. «De momento —le dijo—. Nadie sospechará que estuvimos juntos, así que no te molestarán».

La jueza ha fijado para Borja una fianza de trescientos mil euros. En cuanto los reúna saldrá de prisión, no será difícil. Como mucho, tendrá que dormir allí dos noches. Es el principal sospechoso, todo el mundo sabe que odiaba a su padre y esa noche no se acuerda de lo que estaba haciendo. Eso dice. La jueza y el inspector Moreno dudan de si es o no el asesino, aunque sospechan de esa amnesia precisamente esa noche. Su detención no ha servido para presionarle. Los dos saben que no hay pruebas que le sitúen en la notaría ese día, nada concluyente contra él, aunque no confiese lo que estaba haciendo en el momento en el que asesinaron a don Julio.

Eli y Luis han tenido que ir juntos a la oficina del Banco Europeo para reunirse con su director Pascual Ramírez con la intención de agilizar la retirada de los trescientos mil euros de fianza que tienen depositados en un fondo. Una vez esté todo arreglado, podrán hacer la transferencia a la cuenta del juzgado para que liberen a Borja lo antes posible; naturalmente, no le han dicho al director de la sucursal para qué necesitan esa cantidad. Pascual, tan amable como siempre, les comunica que el dinero estará disponible en un par de días y que, además, hará todo lo posible para que no exista penalización por sacarlo del fondo de inversión antes de lo previsto. «Son ustedes unos clientes excelentes», argumenta Pascual a Luis y a Eli el motivo de su deferencia. Pascual se ha dado cuenta de que el matrimonio no se ha dirigido la palabra durante toda la reunión, apenas se han mirado. «Será algo temporal, una discusión de hace pocas horas por cualquier nimiedad, o quizás algo más serio que pueda llevarles a la ruptura..., una ruptura que llevaría a una separación..., quizás a tenerse que ir alguno de los dos de la vivienda..., por qué no a otra casa que hipotecarían en esta sucursal». Pascual siempre lo hace todo en beneficio propio, incluso especular sobre los demás. Sabe que el matrimonio Prado-Urquijo tiene bastante solvencia, conoce sus cuentas y sus ingresos. Es consciente de que el despacho de Luis es un negocio boyante y que ella, con sus comisiones en la galería, también puede llevar una buena vida, quién sabe si esa posible separación puede llegar a ser un buen negocio para él.

—Aprovechando que están ustedes aquí, evitan que les haga la llamada que tenía pensado hacerles. Quería contarles una oportunidad de la que vamos a informar solo a clientes muy especiales.

Pascual saca unas carpetas de unos apartamentos de lujo muy cerca de Delparaíso.

—Se trata de unas viviendas excepcionales y nos hemos quedado con la promoción en esta sucursal. Se las estamos ofreciendo solo a clientes exclusivos.

—Nosotros ahora no necesitamos nada —dice Luis.

—Quizás sí —le corrige Eli.

Pascual Ramírez sabe que ha atinado en el tiro. Será un miserable, pero no es tonto. Les explica exactamente de qué tipo de apartamentos se trata, están muy cerca de Delparaíso. Fue una promoción con algunas dificultades de financiación, les informa Pascual, que se ha quedado el Banco Europeo. Primero se las ofrecerán a los mejores clientes con condiciones muy ventajosas y las viviendas que queden, «si es que quedan», las pondrán a la venta más caras. El matrimonio se despide de Pascual con la carpeta en la que están las características de los apartamentos. Eli se ilusiona con que Luis se vaya y Luis se ha visualizado viviendo solo en uno de esos apartamentos, siendo libre, sin tener que dar explicaciones de lo que hace. Además, está cerca y los niños también podrían quedarse con él en cualquier momento. «Los niños, habría que decírselo a los niños», Luis se entristece al imaginar su reacción, sobre todo la de los mellizos. Ahora no es el momento de considerar todo esto, aunque los dos lo piensan sin decirlo. Hay que solucionar primero lo de Borja; afortunadamente, en un par de días estará en la calle hasta que llegue el juicio. Eli se alegra de que sea tan poco tiempo, pero Luis teme que su cuñado haga alguna locura en la cárcel. A ambos les provoca cierta angustia que Borja esté dentro. Él quiere mucho a su cuñado, es su mejor amigo, casi un hermano al que proteger. No es capaz de imaginar que sea un asesino. «Es inocente y todo lo que está pasando es un enorme malentendido», ninguno de los dos lo duda. O eso es lo que dicen.

Mihai besa despacio a Lili y los dos se ponen tan nerviosos que casi no pueden respirar. Hoy es el día. Lo ha decidido Lili y Mihai lo sabe. Son novios y van a hacer el amor. Para ella es la primera vez y para él también, la primera de verdad, porque las chicas del club no cuentan. Esto es amor, no tiene nada que ver con el dinero, nada puede ensuciarlo. La habitación del hostal no está mal, ella la ha buscado por internet. Tiene dos camas individuales juntas, una mesita de madera de pino a cada lado, una cómoda a juego que hace las veces de armario, porque armario no hay. Una silla solitaria en una de las esquinas de la habitación completa el mobiliario. El baño no está mal, muy limpio, que es lo importante. Antiguo, de azulejo cuadrado de color verde hasta media pared y luego pintura blanca hasta el techo. No hay toallas de baño, solo dos de mano y una chiquitita al lado del bidé. Mihai y Lili han caminado juntos desde la plaza de Alonso Martínez, donde han quedado a la salida del metro. Cada uno viene de su casa, aunque a él apenas le ha dado tiempo a darse una ducha rápida porque ha estado hasta tarde trabajando en casa de Luca y Lorena. Ya están terminando esa obra, cuando lo hagan podrá librar los domingos. Lili ha tenido tiempo de sobra para arreglarse, aunque todo lo que había decidido lo ha cambiado a última hora y al final ha sido Mihai el que ha tenido que esperar. El vaquero por una minifalda, una camisa por otra, el jersey por una chaqueta, el pelo suelto por un recogido, unos zapatos por otros. Han venido de la mano por la calle Fuencarral hasta la Gran Vía. En una tarde así es mejor cogerse de las manos que hablar con ellas. Mihai está avanzando mucho con la lengua de signos. No solo en clase, sino que Lili hace de profesora particular todos los ratos que están juntos. A ella le enternece la alegría que él muestra cada vez que aprende algo nuevo, cada vez que mueve las manos con más soltura, cuando es capaz de decir lo que ve, lo que le pasa y lo que desea. Si ella le dice bien, a él le brota esa sonrisa de niño que a ella le fascina, le hace sentir segura de tener delante a un hombre bueno. A las personas se les adivina la bondad por la sonrisa, las hay que denotan sabiduría, otras son malvadas, las hay inocentes y las hay honestas. Así es Mihai para Lili, bueno y honesto, idéntico a su sonrisa. Los dos tiemblan al besarse de pie al lado de las dos camas, que juntas son una sola. Mihai se anima a desabrochar un botón de la camisa y luego otro y otro hasta el último. Mihai ve los pechos redondos y blancos escondidos en un sujetador de encaje granate. No se atreve a tocarlos, Lili le mira esperando que lo haga mientras ella le quita la camiseta para descubrir su torso fibroso, como el de un atleta. Ella es la que le desabrocha el cinturón, el botón del pantalón y le baja la cremallera. Lili cada vez más animada, Mihai cada vez más paralizado. Es ella la que tiene que tomar la iniciativa definitivamente. Con las manos acaricia su cara y le da un beso en los labios mirándole fija a los ojos. «Te quiero, Mihai», él lo lee con claridad en sus labios. Asiente con la cabeza, más tranquilo, y ella le acerca las manos a sus pechos para que los acaricie. Lili cierra los ojos y echa hacia atrás la cabeza mostrando su cuello. Mihai lo besa con los labios y la lengua y le quita la camisa que cae al suelo. Se aceleran los movimientos y las pulsaciones, ella toca a Mihai al que nota duro, se baja la falda que deja caer al suelo, él le desabrocha el sujetador, al menos lo intenta, porque después de hurgar un rato largo en los corchetes se acaba rindiendo, nunca había desabrochado ninguno, ella tiene que terminar el trabajo, Mihai se lo quita de los hombros y lo lanza hacia la silla solitaria de la esquina. Por supuesto, no atina y el sujetador cae al suelo. Él se desnuda del todo y empuja con suavidad a Lili a la cama para ponerse encima. «Despacio, Mihai», le ruega ella. Él la besa suave, es su forma de decirle que tendrá cuidado. Le quita las bragas granates de encaje y las lanza a la silla, tampoco atina esta vez y van a parar al suelo al lado del sujetador. No pasa nada. Al descubrirla totalmente desnuda, Mihai apenas puede contenerse, teme incluso acabar antes de hacerlo. Busca los preservativos que llevaba en el pantalón, la caja recién comprada es bastante difícil de abrir, no hay manera de quitarle el plastiquito pegado, Mihai lo muerde, ella interviene también con poco éxito. A los dos les entra la risa, entre la torpeza y los nervios. Por fin saca uno de la caja, muerde su funda y de un bocado le arranca un piquito que escupe al suelo, poco espacio para que salga el condón, hay que morder un trozo más. Por fin sale, no sabe muy bien cómo se pone, en el club se lo ponen las chicas. Primero lo coloca al revés y la goma no se desenrolla, está nervioso, ella también. Atina finalmente, es el momento. Los dos cierran los ojos mientras se besan. Todo pasa sin dejar de abrazarse, ella le nota dentro con más emoción que placer, él no puede aguantar y a los pocos segundos siente cómo se vacía sin poder evitarlo. Lili le abraza más fuerte, imaginando que son un solo cuerpo, así lo quiere vivir ella, como si fuera la protagonista de la letra de un bolero, de una película romántica de argumento tan bonito como improbable. Lili le besa los labios y la cara y la frente y Mihai se siente tan querido que se pone a llorar y con él también empieza a llorar ella. No de tristeza, tampoco de alegría, sino de algo más fuerte aún. «Estamos llorando de amor», dice ella, aunque él no la entienda. Ninguno de los dos querría abandonar esa habitación nunca, pasan las horas en la cama, desnudos, riendo, hablando, besándose y haciendo el amor hasta que se hace demasiado tarde y cada uno tiene que volver a su casa. Ella prefiere pedir un Cabify, no quiere ir en el metro a estas horas; él se va caminando hasta Atocha para coger la línea 1 hasta su casa. Ninguno se cambiaría por nadie en el mundo, Lili escucha música a través de sus cascos mientras el conductor la lleva hacia Getafe, Mihai está tan contento que nota por la tripa eso que provoca la bajada en una montaña rusa. Quizás él también escuche en su cabeza música sin saber que lo es, quién sabe. También le da la sensación de que son los protagonistas de la letra de un bolero que jamás ha escuchado mientras recuerda el momento en el que se han despedido en la pensión, el más bonito que ha vivido en su vida. Los dos ya vestidos antes de abrir la puerta de la habitación, Mihai ha movido sus manos: «¿Te quieres casar conmigo?». Lili sabe que es pronto, que es una locura, que será difícil... «Sí, y mil veces sí».

Dolores arrastra su maleta por el pasillo desde el ascensor hasta la puerta. Se coloca la falda, echa su melena hacia atrás para que caiga detrás de sus hombros, respira hondo y llama al timbre.

—¿Qué haces aquí? —pregunta Pascual después de abrir la puerta.

—¡Vuelvo a casa!

Han sido meses queriendo ser libre. Buscando recuperar la alegría, el placer, la ilusión, sentirse viva después de años espesos en los que no le sucedió nada interesante digno de ser contado, de una vida opaca y triste. Salir por la noche a bailar, volver a emborracharse, disfrutar de algunas exposiciones —sin padecer ese rechazo acomplejado que a Pascual le provoca cualquier tipo de expresión artística—, ir al cine, al teatro, conocer gente y follar. Descargar una aplicación para ligar y una cuenta en Facebook con la esperanza de encontrar a Lucas, el actor fracasado del que huyó cuando vivió con él en Ibiza.

—Sabía que tarde o temprano ibas a volver —le dice Pascual en el umbral.

—He vuelto por Lola.

—Has vuelto porque no tienes adónde ir.

Sí, Dolores salió a bailar varias noches con la compañera de trabajo que la acogió en su casa y algunas amigas de esta. Se divirtió, se emborrachó y tuvo resaca, un malestar que no recordaba y que le gustó volver a padecer. Visitó exposiciones y se aburrió en casi todas. Fue al cine y al teatro, la mayoría de las veces sin nadie al lado con quien comentar lo que acababa de ver.

—¡Lola! —Dolores llama a su hija golpeando con los nudillos la puerta de su habitación—. ¿Puedo pasar? Soy mamá.

—¿Vienes a recoger algo? —dice Lola, sorprendida y más contenta de lo que quiere aparentar.

—Vengo para quedarme.

Sí, Dolores se descargó un par de aplicaciones para ligar, las más conocidas. Al principio estaba ilusionada, había oído maravillas. Hombres atractivos o interesantes o buenos amantes, o las tres cosas a la vez. Hombres que buscaban relaciones de todo tipo, de una noche, de mayor compromiso o lo que surja. Un atractivo ingeniero de cuarenta y pocos fue con el primero que quedó. A Dolores le preocupaba mucho la diferencia de edad, así que se quitó cuatro, convirtiéndose solo en cinco años mayor. En eso mintió, pero fue en lo único. El ingeniero mintió mucho más, lo primero es que no era ingeniero, sino reponedor en el Mercadona. «A veces hay que decorar un poco el perfil —se justificó con mucha naturalidad—, además soy casi encargado». Lo malo es que tampoco era tan atractivo como en la foto, en la que aparecía con mucho más pelo y la mitad de barriga. Pidieron cada uno un café y el ingeniero, que no era ingeniero, lo acompañó de una napolitana de crema con *toppings* de chocolate por encima, con tan mala suerte que uno de los trocitos se le quedó incrustado entre las dos palas y ahí se quedó toda la tarde. Dolores no pudo dejar de mirar el trocito de chocolate todo el tiempo, así que no atendió a nada de lo que dijo el pobre reponedor, que era casi encargado. Al salir de la cafetería intentó besarla, pero Dolores se fue diciendo que se había olvidado de una cosa que tenía que hacer. El segundo con el que se citó sí tenía la edad que decía tener, el pelo y el cuerpo que anunciaba su foto, y trabajaba, tal cual le dijo en los mensajes, como administrativo en una fábrica de calzado. Lo que no mencionó fue que no pronunciaba la erre y que acumulaba mucha saliva al hablar. El primer problema lo hubiera pasado por alto, el segundo se hacía más complicado de superar, pero sumados ambos también la hicieron huir precipitadamente. El tercero, y último, fue un señor educado, no muy guapo, tampoco feo, cuya única pretensión era acabar en la cama con Dolores, algo que no le ocultó en ningún momento. A ella le pareció bien tanta sinceridad y fue con él a su casa. El señor llenó dos copas de vino y después del primer trago, pasó a la acción. Dolores se comportó de forma mecánica mientras él iba a lo suyo de un modo demasiado evidente, le daba igual que allí estuviera Dolores, cualquier otra mujer o estar solo con su propia mano. Después de acabar, él le propuso charlar un rato, pero Dolores decidió marcharse tan aprisa que se terminó de abrochar la blusa cuando estaba ya dentro del ascensor.

—De momento dormiré en la habitación del fondo, ¿me ayudas a prepararla?

—¿No vas a volver a dormir con él? —pregunta Lola.

—¡Ni loca!

Sí, Dolores encontró a Lucas en Facebook y se vieron. Cenaron en un restaurante de tapas y fue ella la que tuvo que pagar. Él malvive haciendo de extra en algunas películas y en anuncios, va de público a programas de televisión y cada año le llaman para hacer falsos testimonios en las teletiendas, que si ha adelgazado con no sé qué producto, que si estos cuchillos cortan como ninguno, que si con esta crema las rozaduras de tu coche desaparecen, que por la compra de uno te regalan tres y que si compras tres te mandan cinco. Se rieron de algunas cosas y se entristecieron del fracaso de los dos, eso sobrevolaba constantemente sobre la mesa, aunque no lo compartieran. Fueron a casa de Lucas, un bajo interior cerca de Legazpi, se tomaron una copa y se acostaron. Estuvo bien, muy bien comparado con el sexo que tenía, y dejó de tener, hace años con Pascual, pero cada beso, cada caricia tenía un poso de tristeza del que era difícil evadirse. Esa nostalgia de cuando ambos tenían sueños y la amargura de saber que nunca se cumplirán.

—Lola, me gustaría hacer las cosas mejor. Eres lo único que tengo.

—Mamá, ¿por qué has vuelto?

—Por ti.

Lola se pone contenta, ella también tiene ganas de hacerlo mejor con su madre. Y Dolores no sabe si esa respuesta es la única verdad. En realidad, no sabe por qué ha vuelto, es posible que no sepa estar en ningún otro sitio, que sea incapaz de ser feliz o que le dé miedo serlo. Ser libre es demasiado difícil, hay algo de reconfortante en la queja, una liberación cuando existe alguien a quien culpar de tu tristeza. Pascual abandona su sofá y se va a la cocina a calentarse una lata de albóndigas para cenar. Lola se lía un porro en su habitación y se pone los cascos para ver en el ordenador una película de gente descuartizada, y Dolores se tumba después de cambiar las sábanas de su nueva cama. La única cosa que le apetece en el mundo es ponerse a llorar.

Mayte le prepara a Alfonsito un café con leche condensada y galletas María y a Cayetana unos huevos revueltos con un poquito de jamón york. Ella se pone una tostada de pan de centeno con aceite y sal Maldon. Alfonsito superó sin ninguna secuela el coma etílico, le está costando mucho más recuperarse de la vergüenza por lo que ocurrió, y de cierta tristeza que le acompaña desde que salió del hospital. Los médicos le dijeron que hubo suerte, pero que lo que hizo podría haberle generado daños neurológicos para toda la vida. El chaval se imaginó como un vegetal, sentado en una silla de ruedas, cayéndosele la baba y con pañales el resto de sus días. Cayetana le consuela, le anima y pasa mucho tiempo con él. Está cómoda en el papel de hija buena, en el rol de ganadora en esa competición que libran todos los hermanos. Desde ese lugar es más sencillo ser generosa. Borbón también quiere su desayuno y ladra a Mayte mientras se come sus tostadas. Los dos chicos se encuentran bien con ella, se están acostumbrando a vivir en la casa de al lado de donde se criaron con esta señora a la que empiezan a considerar de la familia, una especie de abuela excéntrica y tierna, con facilidad para la risa y para la caricia.

—¿Y a ti por qué te seguimos llamando todos Alfonsito? —le pregunta Mayte con tono burlón—. Ya tienes edad de llamarte Alfonso.

—Yo no podría llamarle Alfonso —confiesa Cayetana—. Él es Alfonsito.

—Alfonso solo me llaman los profesores y cuando voy al médico. Y a veces me cuesta contestar.

—Pues yo creo que Alfonsito, a tu edad, es una ridiculez.

Borbón, que está mayor para hacer esfuerzos, se ha cansado de ladrar y deja por imposible a su dueña, asumiendo que él desayunará cuando ella se acuerde.

—¿Adónde ha ido papá?

—Tenía que hacer unas gestiones en Hacienda… A lo mejor podéis dejar de vivir aquí.

—¿Y eso? —se sorprenden los dos hermanos.

—Es posible que vuestro padre solucione parte de sus deudas.

—¿Y qué va a hacer, pintar el dinero?

—Bueno, ya os lo contará él.

—Aquí estamos bien —dice cariñosa Cayetana, dándole un beso a Mayte—. Te echaríamos de menos a ti y a Borbón.

—¡Borbón! —se alarma Mayte—. Pobrecito mío, si no ha desayunado.

Mayte saca de la nevera una tarrina de paté con carne de buey y pavo para perros sénior y lo mezcla con un pienso de ingredientes naturales. Borbón se mueve lento a consecuencia de su artrosis, igual que su homónimo, pero se lanza al plato donde mete la cabeza y empieza a devorar la comida con ansia. Los tres se ríen.

—¡Qué viejos estamos, rey! —le habla la dueña al perro.

—¿Al siguiente perro también le llamarás Borbón? —pregunta Alfonsito, que sabe que es el tercero que tiene con ese nombre.

—Todavía le queda mucho a este —dice riendo—. No le mates tan pronto.

Cayetana se marcha a clase besándoles a los dos. Alfonsito y Mayte se quedan solos. Ella se pone otro café y él le pide si puede prepararle uno con un chorrito de leche condensada.

—¿Tú cuándo vas a volver a clase?

—Pronto, supongo.

—¿Qué te pasa? —le pregunta Mayte con cariño—. A mí puedes contármelo.

El chico remueve su café con leche condensada. Tarda en hablar, no porque no quiera, es que no sabe contestar muy bien a esa pregunta. Ella le deja su tiempo bebiendo un par de sorbos en silencio, Borbón se ha quedado dormido después de haber limpiado su plato de comida.

—¡Tengo miedo!

—¿Miedo a qué?

—¡Miedo a todo! Miedo a ser pobres, miedo a que mis amigos se rían de mí… —Mayte se mantiene en silencio. Es la primera vez que oye a Alfonsito hablar así. Decide no interrumpirle—… Miedo a que mi padre se suicide como hizo mi madre, miedo a estar solo.

—Nada de eso va a pasar, cariño.

—¡Cariño! Mi madre siempre me llamaba cariño…

Alfonsito abraza a Mayte y se pone a llorar en su hombro. Borbón levanta la vista y vuelve a cerrar los ojos para seguir durmiendo hasta la hora de la comida.

Lorena grita furiosa nada más comprobarlo. «¡Lo sabía! ¡Lo sabía!», exclama, fuera de sí. «¡Hijos de puta!», vocea desencajada. «¡Luca, llama inmediatamente a la policía!». Luca la escucha mientras ve un partido de fútbol repetido en el salón y baja a toda prisa al sótano donde su mujer sigue chillando enloquecida. «¿Qué pasa?», pregunta alarmado. Lorena, al borde de un ataque de ansiedad y con dificultad para respirar, le señala abiertos y vacíos los cajones donde guardaban todo el dinero en metálico, los relojes de Luca y todas las joyas de Lorena. «¡Nooo!», también grita Luca llevándose las manos a la cabeza. «¡Hijos de puta! —repite Lorena—. Han sido ellos, han sido los obreros. ¡Lo sabía!».

Borja ha preferido que Eli no vaya a recogerle a la prisión de Soto del Real. Esta mañana le han avisado de que podría salir en unas horas, después de que su hermana y su cuñado depositaran la fianza que exigió la jueza. Han sido pocos días y, además, ha estado en un módulo de privilegio dentro de una prisión moderna que en algunos espacios ni parecía una cárcel. Él conocía lo que es estar sin libertad en un psiquiátrico, así que la prisión en estas condiciones no le ha resultado tan traumática. En esta ocasión sabía lo que estaba pasando, eso no siempre sucedió cuando ingresaba en el psiquiátrico después de alguna recaída. Le han devuelto sus pertenencias en una bolsa, tal cual las dejó, setenta euros en efectivo, el reloj, la cartera y el móvil. Desde el taxi ha llamado a Eli, que se ha puesto a llorar nada más decirle que acababa de salir. Borja le ha prometido que la verá pronto. La siguiente llamada ha sido a Luis para tratar algunos asuntos del despacho, quiere que esta detención le afecte lo menos posible en el trabajo, ahora que se estaba poniendo al día después de su último ingreso en la clínica. Borja no ha querido sacar el tema de lo ocurrido con su hermana, es un problema de pareja y son ellos los que lo tienen que solucionar. A Luis le ha dicho que mañana mismo quiere volver a trabajar. La tercera llamada ha sido para su hijo Carlos, tenía la necesidad de hablar con él para explicarle que su ingreso en prisión es producto de un inmenso error. «Confía en mí, yo no tuve nada que ver». Es importante que su hijo le crea. Todo lo que está recuperando no lo puede volver a perder y Carlos es uno de los pilares de su nueva vida. Su hijo le cree, puede que sea porque tiene la necesidad de hacerlo. A Borja le invade una sorprendente sensación de alegría camino de Madrid en el taxi que le ha recogido en la prisión de Soto. Está contento, extrañamente, una liberación mucho más importante que la que supone el hecho mismo de salir de la cárcel. Mira por la ventanilla, le hipnotiza un poco cómo van quedando atrás los postes que marcan los puntos kilométricos de la carretera. Las extensiones de terreno vacío dejando atrás la sierra, en la que todavía hay montañas con restos de nieve, y Madrid en el horizonte, esa enorme mole de hormigón cubierta por una nube espesa gris oscuro. Está a gusto y toma conciencia de que esa liberación tiene que ver con que su padre está muerto. Es la primera vez que se da cuenta. No está orgulloso de ello, incluso se asusta un poco de tener ese sentimiento, pero pensar un mundo sin su padre le parece un mundo mejor. Le pide al taxista que suba un poco la radio, lleva una emisora que está poniendo discos de los noventa, incluso de los ochenta, mientras repasa todos los WhatsApp acumulados durante estos días. Hay siete de Katy, insistiendo en que quiere hablar con él lo antes posible. Borja piensa a menudo en ella y siempre que lo hace le da alegría, le gusta que sea su amiga. Para ella es la siguiente llamada. Todo ha salido según lo previsto.

El robo en casa de Luca Sandovich y su esposa lo ha hecho alguien que sabía perfectamente lo que iba a buscar y dónde estaba. «Ha tenido que ser alguien de dentro de la urbanización», opina Mariano, que se ha acercado a la casa después de que Luca le avisara de lo sucedido. Andrés y él revisarán todas las cámaras de seguridad para ver los movimientos cerca de la casa y si ha habido alguien que haya entrado en Delparaíso sin autorización. Lorena lo tiene claro, han sido los obreros que están haciendo la reforma. Y además estaban construyendo una caja fuerte. «Qué casualidad que haya desaparecido todo antes de utilizarla», a ella no le cabe duda. Luca le pide gritando que no acuse sin pruebas, él también está muy nervioso.

Mariano les intenta tranquilizar explicándoles que en las cámaras de seguridad se verá lo que ha ocurrido y eso facilitará mucho el trabajo de la policía para detenerlos. Luca duda de si explicarse y Lorena mira hacia otro lado. Está claro que no han llamado a la policía y que no lo harán, Mariano lo entiende a la primera. En la casa no ha habido ningún desperfecto y todo lo que se han llevado está sin declarar. «Yo revisaré personalmente todas las cámaras y le informaré lo antes posible», le promete.

Cristina, Jimena y Cayetana han quedado para tomar algo, hacía mucho tiempo que no salían juntas. Cristina y Jimena, más amigas entre sí, habían querido quedar con Cayetana desde que murió su madre, pero a ella no le ha apetecido hasta hoy. Demasiada tristeza primero y luego la vergüenza porque habían echado a su familia de la casa. Ella, al contrario que su hermano, decidió aislarse después de todo lo que pasó y esta tarde es la primera vez que sale con amigas. Solo ha ido a clase y ha estado en los recreos con compañeras, pero este es el primer día que se arregla desde que murió su madre. La psicóloga del instituto le recomendó que lo hiciera en cuanto le apeteciese y Mayte también la ha animado a ponerse guapa y salir. Han ido a beber algo a una terraza ahora que está empezando a hacer buen tiempo, después quizás vayan al cine y, más tarde, si están a gusto, a cenar a una hamburguesería nueva que han abierto en Pozuelo donde hay hamburguesas buenísimas y enormes a tres euros. Ya verán lo que hacen. Cristina y Jimena también estaban un poco nerviosas por saber cómo estaría de ánimo Cayetana, si sería la misma de siempre. Al principio se muestran cariñosas, quizás demasiado, y ella lo nota. Agradece el esfuerzo, pero no necesita eso. «Paso de la pena», dice encendiéndose un cigarro.

Se han sentado en una terraza en la avenida de Europa, ya estaba casi llena y solo quedaba una mesa en la que daba el sol, aunque con menos fuerza por la tarde. «¿Qué tal tu hermano?», empiezan por ahí. Cayetana pone al día a sus amigas.

—Mejor que nunca, antes del pedo ese que cogió estaba inaguantable.

—Si le sirve para no pasarse tanto…

—Pudo palmar, eso acojona bastante.

—Ya ves…

—Se cagó y todo.

—¡Pobre! ¡Qué vergüenza!

—Ahora casi no sale y está en plan más cariñoso. Y mi padre también está más tiempo en casa.

—¿Y eso es bueno? —bromea Cristina—. Ojalá los míos no aparecieran por casa. Están fatal.

—¿En serio? ¿Tus padres? Si parecía que se llevaban muy bien.

—No se hablan y están durmiendo separados. Creen que no me doy cuenta, hacen como que mi padre se queda en la otra habitación a trabajar, pero es mentira.

—¿Tan mal? ¿O sea, en plan separarse? ¡Tía, qué mal rollo!

—Yo creo que no, en plan por mis hermanos pequeños. A mí me da igual. Mi madre está insoportable, hasta ha echado a la chica que limpiaba, que era majísima.

—¿Y eso?

—Ni idea, tía.

—A ver si es que se ha liado con tu padre.

—¿Qué dices? —Se ríen de la ocurrencia—. Si mi padre es un viejo. Tiene cincuenta y pico. Yo creo que a esa edad ya no se hace nada.

—Oye, ¿y vosotras qué? ¿Ya, o todavía no? —se interesa Cayetana.

—Ummm… —Dudan, se ríen y contestan al mismo tiempo—: ¡Sí, tía!

—¿Y qué tal? ¿Con quién?

—Yo con Javi y ella con Óscar. Ya lo hemos hecho dos veces.

—Yo solo una —confiesa Jimena—. No he repetido.

—¿No te gustó?

—Sí, pero no en plan gustarme, gustarme.

—Bah, tía, ¿te gustó o no te gustó?

—No, la verdad es que no.

—¿Qué pasa? Que el Óscar ese es un soso, ¿no?

—Qué va, tía —dice Cristina hablando de Jimena—. La sosa es esta.

—Yo no soy sosa, imbécil —bromea.

—O sea, no eres sosa, en plan sosa siempre, pero con los tíos un poco sí.

—Lo que pasa es que no me gustan todos, como te pasa a ti.

—A ver si vas a ser lesbiana.

—¿Y si lo soy, qué?

—Pues yo me lo he pensado alguna vez —confiesa Cayetana.

—No jodas, tía —se sorprende Cristina.

—Pues sí, ¿por qué no? —insiste Cayetana. Jimena la mira cómplice.

—Pues yo ni de coña.

—¿Os cuento una cosa? —dice Jimena, que cree que es mejor cambiar de tema—. Han robado en mi casa.

—¡Hostia! ¿El qué?

—Joyas y pasta. Mi madre está histérica, dice que han sido los obreros rumanos que nos están haciendo una reforma. Y mi padre los defiende, en plan diciendo que mi madre les acusa a ellos solo porque no son españoles.

—Claro, tu padre también es rumano…

—Se pasan el día discutiendo y gritándose.

—¡Qué mal rollo, tía!

—¿Y tú qué tal en la nueva casa? ¿La Mayte esa no es un poco rara?

—Sí, es muy rara, pero mola mucho. Es una tía muy guay.

—¿Es verdad eso de que estuvo con el rey?

—Ella dice que sí y será verdad. Al parecer, el pibe ese de joven, aunque fuera rey y todo lo que quieras, debía tener mazo de amantes.

—Eso se lo he oído yo decir a mi madre, que menudo era. En plan golfo.

—Mayte ahora debe de estar con un tío —les cuenta Cayetana—. Lo lleva en secreto, pero yo la he oído hablar por teléfono con él. Supercariñosa, tía. Yo creo que es uno que fue torero, que me contó que estaba muy enamorado de ella y creo que se han vuelto a llamar.

—Tía, no entiendo cómo se puede tener novio a los setenta años. No sé, en plan, ¿qué hacen tan viejos?

—Pues follarán, ¿no?

—¡Qué asco, tía! En plan hacerlo con otro viejo. Tú eres vieja, pero el tío también será viejo.

Las tres se ríen. El sol ha desaparecido por completo de la terraza a la que llega nueva gente que ocupa las mesas de los que se van. Al final, no les apetece el cine, y como tienen hambre es el momento de ir al sitio de las hamburguesas, que está al lado. A ver si están tan buenas como dicen. Están a gusto, antes Cayetana era para Cristina y Jimena un poco distante, quizás porque tenía un año más y eso ya no se nota tanto. Les hace ilusión ser tres y Cayetana también se siente definitivamente aceptada. A Jimena le cae de maravilla y más ahora con eso de que a veces ha pensado en chicas. «Porque ha dicho eso, ¿no?», piensa mientras la mira, más guapa que nunca, reírse de no sé qué cosa con Cristina. «A lo mejor, o ha querido decir eso o yo no la he entendido bien», duda. A ninguna de las tres le apetece volver a su casa. La distancia de los padres de Cristina, las voces entre los de Jimena y la tristeza en casa de Cayetana. El sitio está muy bien, parece un restaurante más lujoso y la decoración es muy bonita. Y las hamburguesas están muy buenas, era verdad lo que decían, y encima son grandes. Lo malo es que las patatas y la bebida van aparte y no es tan barato como parecía.

Hablan de eso, las tres coinciden en que les dan poca paga y hacen planes juntas para los próximos fines de semana. Cristina dice que se va al baño, antes ya han ido Cayetana y Jimena, que ahora se quedan solas por primera vez. De repente, silencio. Jimena se pone un poco nerviosa, Cayetana se da cuenta, pero no se atreve a hacer lo que quiere hacer. «¿Y si me da una bofetada?», piensa mientras la mira a los ojos. Jimena no es capaz de aguantarle la mirada y la esconde. Silencio. Cayetana la coge de una mano, Jimena traga saliva, lo está deseando. Cayetana se pone al lado, Jimena también se acerca a su boca. Cierran los ojos y se besan. Los labios, la lengua breve. Un beso corto, no puede ser de otra forma, están en un restaurante. La excitación, los nervios, lo desconocido. Jimena siente algo maravilloso, Cayetana se excita más que nunca. Si no fuera porque están en un restaurante, no habría parado. Silencio otra vez. Cristina llega del baño tan sonriente como se había ido.

—¿Qué os pasa?

—No, nada.

—¿Qué nos va a pasar?

—Oye, que a mí no me importa.

—No sé de qué hablas.

Cristina se ríe. Ellas se ponen coloradas. Cristina se vuelve a reír.

—Que os he visto desde dentro. No disimuléis.

Cayetana y Jimena se relajan y también se empiezan a reír. Bromean sobre lo que son, Cristina dice que ahora entiende algunas cosas de su amiga y Jimena que de Cayetana no se lo esperaba. El restaurante se está vaciando, es hora de irse a casa. Piden un Cabify y las tres regresan a Delparaíso. Cristina mira cómo sus dos amigas aprovechan el asiento trasero para besarse otra vez. «Tías, que sigo aquí, ¿eh?», protesta. El conductor mira por el espejo retrovisor, «¡Vaya, vaya!», dice. Las tres vuelven a reír. El vigilante de seguridad abre la puerta de Delparaíso al comprobar que se trata de tres vecinas. El coche entra en la urbanización y la enorme puerta de madera vuelve a cerrarse a sus espaldas. Se acaba la noche y se acaban las risas. Las niñas están de nuevo en casa. Ninguna la comparte, pero las tres tienen la sensación de que estaban mucho mejor al otro lado de la puerta.

Luca Sandovich sabía de Marcos Espinosa a través de Mariano. Él y su esposa fueron los últimos en comprar una casa en Delparaíso y la reforma la hicieron precisamente Razvan, Ferka, Cosmin y Mihai. «Me gustaría contratar sus servicios», dice Luca nada más sentarse enfrente de Marcos. El exfutbolista y el detective han quedado en la agencia de este para hablar del robo. A Luca le sorprende la ausencia de lujo del despacho, que tiene estrictamente lo necesario, dando la impresión de estar un poco desangelado. Lo mejor es la ventana que está a la espalda de Marcos y desde la que se ve la Gran Vía. Era uno de los empeños de Marcos, poner la agencia en el centro, donde estaba la del detective Germán Areta, el ídolo de Marcos en el cine. Luca y él se caen bien desde que comienzan a hablar, lo hacen con sinceridad. «No he denunciado el robo a la policía —reconoce Luca— porque nada de lo que se llevaron estaba declarado, ni el dinero ni las joyas». Marcos ni siquiera pone cara de sorpresa, para él es algo habitual. Luca le explica los detalles. Los cuatro obreros rumanos han estado en casa haciendo una reforma en el jardín y podrían haber intuido que había cosas de valor porque también le estaban construyendo una caja fuerte. Luca le cuenta que su mujer está segura de que han sido ellos. «Nunca se sabe, pero a mí no me parece que esos chicos tengan el perfil de cometer ese robo», contesta Marcos. «Además, sería estúpido robar en la casa en la que están trabajando. Si fueran los ladrones, habrían esperado a terminar la obra», asegura el detective. Luca está de acuerdo con él, aunque reconoce que, si no fueron ellos, no tiene la más mínima idea de quién pudo ser. El detective se compromete a investigar el caso. «Lo más importante es que nadie sepa que se ha producido el robo —le recomienda—. Si han sido los obreros, lo sabremos». Antes de que Luca se marche del despacho se invitan mutuamente a sus casas para tomar algo con sus mujeres cualquier fin de semana. «Te iré contando con detalle cualquier avance», le promete Marcos acompañándole hasta la puerta.

Sergio Goikoetxea llamó más o menos a esa hora a Ama Susanne para verse por la tarde. Esta vez la conversación por teléfono fue más escueta de lo normal, sin referencia a ningún juego sexual. Eso sí, Ama Susanne le ha recordado que no le pagó el último servicio, «tributo», que es como se llama en sado. A las siete en punto, Sergio pulsa el telefonillo y ella abre la puerta. Le espera como siempre en su sillón con forma de trono vestida con una minifalda de cuero, un corpiño rojo de encaje y las botas habituales de tacón altísimo con la caña por encima de la rodilla. En la mano derecha lleva una fusta. Sergio entra y cierra la puerta como de costumbre y accede al salón donde le espera su Ama, «mazmorra» en el argot.

—¡Hola, perro!

—No, hoy no. Solo venía para pagarte y si es posible, hablar.

—¿Hablar? —se descoloca Susanne.

Sergio se apoya en el potro que hay a su derecha, piensa en las veces que ha estado encima de él, pero en otras circunstancias. Susanne se levanta de su trono, deja la fusta apoyada en un mueble y se va a otro sofá. Invita a Sergio a que se siente a su lado.

—Esto te lo debía —dice él, dándole trescientos euros en billetes de cincuenta.

—Pensé que nunca volverías.

—La verdad es que he pasado buenos ratos aquí.

—Y yo —le confiesa ella—. Yo también me lo paso muy bien.

—¿Cuántas veces nos habremos visto?

—No sé, unas veinte quizás.

Sergio se levanta y da una vuelta por la sala, mazmorra. Ella le observa, es la vez que más tiempo le ha visto vestido.

—¿Te puedo hacer una pregunta? —Sergio hace el formalismo antes de formularla—. ¿Me puedes decir cómo te llamas?

—Ama Susanne.

—No, en serio. ¿Cuál es tu nombre como mujer, cuando no estás trabajando?

—Ningún cliente sabe mi nombre.

—Me encantaría ser el primero.

Ama Susanne se resiste a decir cómo se llama, es algo que convertirá esa relación en otra cosa de manera definitiva. Es cierto que ningún otro cliente conoce su nombre real, pero también lo es que ninguno se lo ha preguntado antes.

—Fiodora. Mi nombre es Fiodora Góluveva.

—¿Por qué haces esto, Fiodora?

—Porque me gusta, porque gano mucho dinero… y porque hay personas que lo necesitáis.

—Tú eres mejor que un psiquiatra.

—Soy parecida.

—¿Tú crees que esto que hacemos está mal?

—Si lo haces porque te gusta, no.

—A veces siento vergüenza cuando pienso en lo que hacemos aquí. Y me doy un poco de pena. —Fiodora no le contesta, prefiere que siga hablando. Se quita las botas y sube los pies encima del sofá. A pesar de la minifalda de cuero y el corpiño, parece haberse convertido de repente en una mujer normal—. Mi mujer se enteró de que venía aquí, de que hacía este tipo de cosas. Creo que a partir de ahí cambió todo.

—Es algo difícil de aceptar.

—Me dejó de hablar, nunca más volvimos a ser una pareja normal.

—¿Y todavía no lo ha superado? —pregunta de forma inocente.

—Se suicidó. —Fiodora enciende un cigarro y Sergio vuelve a sentarse en el sofá. A ella se le nota conmovida en el rostro. Tan inaccesible siempre, ahora mucho más humana—. Pasaron muchas más cosas —aclara Sergio—. Nos arruinamos, eso no lo pudo soportar. Y estaba sola, porque a mí ya no me tenía.

—¿Cómo estás ahora?

—Una buena amiga me está ayudando y voy a poder saldar mis deudas.

—Eso es fantástico, ¿no?

—Pienso que, si hubiera pasado antes, Yolanda seguiría viva. Se llamaba Yolanda, ¿sabes? Y la echo de menos.

—La gente se suicida porque quiere suicidarse. Nadie tiene la culpa de que otro se quite la vida. Aquí la única que te ha dejado solo es ella a ti.

Fiodora se levanta y le deja en el sofá. Coge por instinto la fusta que había apoyado en un mueble y golpea con ella la palma de su mano.

—No hay nada malo en venir aquí. Es un juego en el que se juega a ser libre.

Sergio se queda pensativo. Mira a Fiodora de pie y la vuelve a ver poderosa. Está descalza y sus pies son bellos, los ha saboreado tantas veces.

—¿Ves como eres mejor que una psiquiatra?

—¿Qué quieres hacer ahora?

Sergio duda. No sabe qué responder, pero vuelve a ver delante de sí a Ama Susanne.

—¿Quieres volver a ser mi perro? —pregunta, haciendo sonar la fusta golpeándola contra un mueble.

—¡Sí, mi Ama!

Marcos está esperando para tomarse una cerveza con Mariano una vez este haya terminado su turno en Delparaíso. El detective ha pasado todo el día hablando con un contacto de la policía para saber lo más posible sobre Razvan, Ferka, Cosmin y Mihai. No hay nada relevante, solo Ferka fue detenido por una pelea en una discoteca al poco de llegar a España, nada más. Están limpios. Hay que mirar también su entorno más cercano. Puede ser que ellos pasen información a algunas bandas sobre las casas en las que trabajan y son estas las que roban dándoles una parte. Pero no, tampoco hay nada de dónde tirar, los cuatro son gente honrada. Trabajan, siempre ingresan el mismo dinero y siempre lo mandan a su país en cantidades similares. No aparece nada que haga pensar que ellos están detrás del robo en casa de Luca y Lorena. Mariano viene un poco alarmado de Delparaíso. Marcos se lo nota en cuanto se sienta. Se pide una caña y el detective la segunda para acompañarle. «Las cintas de las cámaras de seguridad están borradas», le explica. Todo lo que grabaron enfocando la fila de casas en la que está la de Luca y Lorena ha desaparecido. Del resto de cuantas hay en la urbanización está registrado todo en el disco duro donde se mantienen un mes. «Pero justo de esas cámaras y de ese día no hay nada», concluye. El camarero acompaña las cervezas de pepinillos.

—¿Podría llevarse esto?

—¿No le gustan, señor?

—¿A quién coño le gustan los pepinillos? —dice Mariano fuera de sí.

El camarero recoge el plato sin contestar y se va poniéndole cara de asco a Mariano.

—¿Qué te pasa? —le pregunta sorprendido Marcos.

—Nada. Que no entiendo por qué ponen pepinillos como tapa. ¿Acaso a usted le gustan los pepinillos?

—No. A mí tampoco me gustan los pepinillos, pero no me parece tan importante. Y, por favor, Mariano, llámame de tú.

—Es la costumbre con los vecinos de Delparaíso, está en el protocolo.

—Olvida el protocolo, mejor de tú.

—Usted me cae bien desde el principio, tú, perdón. Estoy confundido...

—¿Patatas fritas está mejor? —interrumpe el camarero con un nuevo aperitivo.

—¡Mucho mejor!

—Muchas gracias —dice Marcos, sonriendo al camarero para compensar.

—¡No entiendo lo de las cámaras! —Mariano vuelve a centrarse.

—No pasa nada. Hay que averiguar quién ha podido manipularlas.

—Marcos, tú no dudas de mí, ¿verdad? Te juro que yo no tengo nada que ver.

—Lo sé, tranquilízate. A ver, ¿qué personas han podido acceder a esas grabaciones?

—Ese es el problema. La única persona que tiene acceso a las grabaciones soy yo.

Eli sube en el ascensor del hotel Palace junto a Patrick. No es una venganza por las infidelidades de Luis, después de todo, eso ya no tiene importancia. La muerte de su padre la ha cambiado o quizás ha dejado salir a la mujer que es en realidad. Hace solo unos meses no se reconocería en quien es en este instante. Es verdad, no estaba programado acabar así después de comer en el Asia Gallery, el restaurante chino que hay dentro del hotel Palace. Sin embargo, las casualidades no existen. Patrick propuso ese restaurante, es uno de los de más fama que hay en Madrid, pero que esté dentro del hotel es algo en lo que se piensa. Para ella podía ser una comida más con su amigo, el único que tiene en este momento. Junto a Borja, la persona de la que más se fía. A veces le dan ganas de contarle toda la verdad, a lo mejor lo hace algún día. Esta mañana se ha puesto el vestido azul, el que más le estiliza la figura, y anoche no cenó pensando en que hoy debía estar un poco más deshinchada. Además, se pasó la *epilady* y recortó su vello. «¿Quién sabe? —pensó—, puede ser». Esta mañana, al abrir el cajón de la ropa interior antes de ducharse, no ha cogido la más cómoda, la que suele llevar siempre. Ha elegido un conjunto de encaje negro y, al ponérselo, ha imaginado que Patrick podría vérselo. Se ha peinado dedicándole tiempo con la tenaza a que las ondas quedaran perfectas y se ha maquillado con todo esmero. Seguro que no va a ser una comida más con su amigo. Definitivamente, no. Es tan maravilloso volver a sentirse deseada que tu cuerpo, tu mirada, tu boca pueden provocar a un hombre de forma natural, sin esfuerzo, sin entender que pasa porque ya toca que pase.

El ascensor llega a la planta tercera, Patrick se adelanta buscando en los cartelitos de las paredes los números de las habitaciones que indican el camino hacia la que acaba de reservar hace un momento. Hay un instante en el que ella piensa volverse atrás, está insegura, le encantaría dejar de estarlo. Nunca ha sido infiel a su marido; es verdad que alguna vez ha pensado en otros hombres, en cómo sería acostarse con ellos, algún mínimo tonteo, o sola, cuando ha visitado páginas porno y se ha excitado antes de tocarse. Todo eso sí, pero estar con otro hombre de verdad no había estado jamás en su pensamiento antes de todo lo que ha pasado. Patrick abre la puerta y mete la tarjeta que conecta las luces. Para él tampoco estaba del todo planeado. Nunca se sabe si saldrá bien, si la propuesta iba a ser aceptada o no por Eli. Siente emoción de que por fin vaya a suceder. Él tampoco cenó anoche, lleva una semana sin hacerlo y los últimos días se está esforzando un poco más de lo normal en el gimnasio. También ha tardado más tiempo del habitual en elegir la camisa que iba a ponerse y, por supuesto, ha descartado los slips que siempre suele llevar y se ha puesto unos bóxer a medio muslo.

Él fue quien reservó en el Asia Gallery. Podría haber ido a cualquier otro, pero, en su fantasía, que estuviera dentro de un hotel podría facilitar las cosas. Patrick lleva mucho tiempo pensando en Eli, deseándola. Es su jefe y su comportamiento no podía ser más que respetuoso, ella era inaccesible, tan enamorada siempre de su marido. Los dos se besan nada más cerrar la puerta de la habitación. En el primer momento, tardan en acoplar sus bocas, se chocan incluso los dientes, serán los nervios. Es bonito besar otra boca, rozar otra lengua, tocar otro cuerpo, entregarse a alguien distinto. Los besos empiezan a fluir mucho más naturales, suaves. Solo con sentir que Patrick baja la cremallera de su vestido, Eli nota una excitación como no recordaba. Desabrocha la camisa de Patrick y mete la mano para acariciar su torso. No hay vuelta atrás. Los dos están donde quieren estar. Eli piensa en cerrar las cortinas para que haya un poco menos de luz. No está segura de su cuerpo, de sus muslos blandos ya para siempre, de su pecho grande cayendo pesado sobre su estómago. Patrick no se fija en eso, ni mucho menos, le gusta todo lo que está viendo y tocando. No cambiaría a Eli por ninguna otra mujer de este mundo. Él de lo único que tenía miedo era de no responder, hace mucho que no lo hace y los nervios juegan malas pasadas, pero todo está funcionando muy bien ahí abajo. Eso le da seguridad y le relaja para ocuparse solo de su deseo, no hay de qué preocuparse. Eli también se deja llevar, qué más dan sus defectos, quiere disfrutar de lo que le está pasando. Los dos se terminan de desnudar torpemente y se tumban encima de la colcha que no pierden el tiempo en quitar. Están bien, una especie de alegría en su interior les libera de la conciencia y les excita y les hace felices. Eli siente que está enamorada, aunque sabe que no es verdad, qué más da lo que sea verdad. Patrick por fin está cumpliendo su sueño desde que la conoció aquel día que entró a trabajar en la galería. La entrega es absoluta encima de la colcha de la cama de la habitación del hotel Palace. Eli vuelve a ser la persona que no recordaba ser después de tanta rutina en la cama con Luis. Patrick siente placer provocándoselo a ella. No hay nada que se imaginen hacer que no hagan inmediatamente después, cada vez más seguros de sí mismos, cada vez más seguros del otro. Abrazos, besos, sudor y sexo, ese olor a entrega que lo acaba inundando todo y nos recuerda más que ningún otro aroma que todavía seguimos vivos. Eli y Patrick retoman la respiración encima de la cama desnudos, mirando al techo y mirándose el uno al otro. «Nunca pensé que lo haríamos», le confiesa Patrick. «No será la última vez», dice Eli, satisfecha. Los dos se enzarzan en un nuevo beso.

El día que asesinaron a don Julio, Katy llamó a Borja para verse, se sentía sola y necesitaba hablar con alguien. Lo había dejado con su último novio y de repente le entró miedo, más que ninguna otra vez, de que nunca podría llegar a ser madre y a formar una familia. Le invadió la angustia y la tristeza y una necesidad, casi vital, de que alguien la abrazara, de sentir cariño. Pensó en Borja por su inteligencia y su sensibilidad y porque con él, claro, no había peligro de acabar en la cama como hubiera pasado con cualquier otro. Borja acudió a su casa por la tarde. Hablaron. Él le contó que tenía previsto verse muy pronto con su hijo Carlos, eso le tenía ilusionado. Katy y Borja estaban a gusto. Ella había tomado la decisión de empezar un tratamiento de inseminación para ser «madre de un niño sin padre». Llamarse madre soltera le horroriza. Tenía cita a la semana siguiente. Estaban pasándolo bien, los dos con esa ilusión parecida a empezar de nuevo. Rieron sobre cómo sería el futuro niño de Katy, «que el donante esté bueno es importante», le describieron con imaginación, una mezcla de Bradley Cooper y Brad Pitt con algo del George Clooney de hace unos años.

Katy se fue a la cocina a preparar una bandeja con dos Coca-Colas, aceitunas, patatas fritas, abrió una lata de mejillones, otra de berberechos y cortó una barra de pan en trozos; cuando volvió al salón, Borja estaba ensimismado con el teléfono en la mano. «No tengo hambre», fue lo primero que dijo al ver la bandeja con comida. Ella puso música y retomó la conversación sobre la inseminación, él poco a poco volvió a mostrar interés. Volvieron a sentirse a gusto. Quizás demasiado. Borja descubrió en la cocina una botella de whisky y sintió el impulso de tomarse un chupito. Katy debería haberlo impedido, pero en vez de hacerlo se sirvió otro para acompañarle. Subieron la música, se abrazaron, bailaron y rieron. Los dos lo necesitaban. La botella de whisky fue bajando hasta que no quedó nada de ella. Katy, con menos costumbre de beber, se desinhibió, posiblemente más de lo habitual. Sudaba de tanto bailar y de reír escuchando algunas historias de cuartos oscuros de Borja. Él también se sentía liberado, también más de la cuenta. «Me metería un tirito», estaba muy contento. «¿Sabes? Yo nunca lo he probado», le confesó ella. «Puede que hoy sea uno de los días más importantes de mi vida», le soltó Borja. Era el momento. «Hay que experimentar, hay que vivir», subieron la música un poco más. Era el aleatorio de la lista de canciones de Katy. Desde David Bisbal a Ella Fitzgerald, por supuesto, Love of Lesbian, Bambino, Cole Porter, Los Chunguitos, Earth Wind & Fire, Michael Jackson o Camilo Sesto. Borja cogió su móvil e hizo una llamada. A la media hora, un chico muy pelirrojo llamó a la puerta con cocaína para que Katy se estrenara. Empezó él y le explicó cómo hacerlo. A ella le daba miedo, pero se dejó llevar. Cogió el billete y esnifó las dos rayas que Borja le había dibujado en el cristal de la mesa de centro. Siguieron bebiendo y hablando. Hablando sin parar, claro. De amores, de sexo, de fiestas, del pasado y un poco del futuro. Katy se convirtió en madre de un niño precioso que de mayor sería alguna eminencia en algo, y Borja se convirtió en el mejor padre posible de su hijo Carlos, al que guiaría en todos sus proyectos. Fue una noche maravillosa que acabó de madrugada con unas *pizzas* que Katy tenía congeladas y que calentaron en el horno. Eso fue lo que pasó el día que asesinaron a don Julio Urquijo.

El inspector Agustín Moreno escucha con atención el relato de Katy. Se lo cuenta todo tal cual fue. Desvelar que Borja había vuelto a consumir alcohol y drogas podría haberle metido en un lío con el alta médica y a ella tampoco la dejaría muy bien en el psiquiátrico, es posible que le cueste su puesto de trabajo al mantener este tipo de relación con un paciente al que ha cuidado durante meses precisamente por su adicción al alcohol y a la cocaína. Por eso se calló al principio, eso dice. Y se arrepiente, claro que se arrepiente.

Agustín Moreno mira atentamente a Katy, que le sostiene la mirada sin apartarla, un poco retadora. Hay un esfuerzo en parecer creíble, que su testimonio sea veraz. El inspector Moreno tiene claro que lo que está contando será fácil de comprobar. Katy guarda silencio por un momento y Agustín la amenaza explicándole que, de estar mintiendo, estaría cometiendo un delito de encubrimiento que podría llevarla a la cárcel. Katy ni se inmuta. Ella está segura de que eso no pasará porque Borja estuvo con ella toda la tarde y toda la noche, y por eso es imposible que haya matado a don Julio. Agustín Moreno acompaña hasta la puerta a Katy y le anticipa que seguramente la llamará la jueza en unos días. Se despiden con un apretón de manos. Al inspector le inquieta quedarse sin culpable.

Eli llama a Carolina. Necesita que se quede con los niños el próximo viernes. Luis tiene que ir a Barcelona por un juicio de un cliente importante para el despacho, eso dice. Ella tiene que hacer un inventario de obras nuevas que llegan a la galería y no terminará hasta la madrugada, eso dice. Aunque Cristina podría cuidar a sus hermanos, Eli prefiere que haya una persona adulta para preparar las cenas y hacer que los mellizos se acuesten a su hora. Cristina se encierra en su habitación y no se ocupa de nada, todavía no es lo suficientemente responsable.

—¡No puedo, Eli, lo siento!

—Vaya, esta vez tampoco. —Las últimas veces que ha necesitado a Carolina como canguro no ha podido contar con ella. Lleva sin aparecer por su casa mucho tiempo—. Es que no tengo a nadie con quien dejarlos —insiste Eli.

—De verdad que no. No puedo ir.

—¿Pero pasa algo?

Carolina duda. No sabe muy bien qué responder. No puede contarle que no quiere volver a esa casa.

—Eli, es que voy a dejar de ser canguro.

—¿Y eso? ¿Has encontrado otro trabajo?

—No, de momento no. Y además es que… —Carolina se piensa si darle la noticia—… Estoy embarazada.

Eli se sorprende. «Tan joven», piensa. No sabía que tuviera ningún novio.

—¡Me alegro mucho por ti, Carolina!

—Gracias, Eli.

—No sabía que tenías novio.

—No lo tengo —dice un poco cortante—, pero estas cosas pasan.

La intuición, ese misterio que no lo es tanto, comienza a trabajar en la cabeza de Eli y de ahí pasa a su estómago y, desde allí, por conexiones químicas, da igual cuáles, se produce una especie de escalofrío intenso que recorre toda su anatomía y vuelve al cerebro, donde se proyecta una imagen de su marido con Carolina, muy parecida a la que ya presenció con la chica de la limpieza en su propia casa. «La intuición es eso que sabemos sin saber que lo sabemos», Eli leyó esa frase hace algunos años en un libro, le llamó mucho la atención y luego la olvidó. Ahora vuelve a su mente. Empieza a atar cabos, la presencia de Carolina con los niños, algunas miradas en la piscina, cuando Luis se ofrecía a llevarla a casa después de haber hecho de canguro… Y ahora ha desaparecido de sus vidas. Eli lo intuye. Lo sabe.

—¿Eli, sigues ahí?

—Sí, sí. Aquí sigo.

—Bueno, pues entonces ya hablamos y…

—¡Carolina! —Eli la interrumpe con energía—. ¿Tú has estado liada con mi marido?

Carolina tarda en reaccionar. La pregunta ha sonado a certeza. Hace un esfuerzo por fingir.

—¿Yo? No.

—¿No estarás embarazada de él?

—¿De él?

Esa pregunta es lo primero que se le viene a la cabeza. Una cosa es que pueda sospechar de que hayan podido tener una relación, pero no debería dudar de que su marido puede ser el padre.

—¿Estás embarazada de Luis, sí o no?

Carolina no contesta. A su cabeza regresan de golpe las últimas conversaciones con Luis. Aquel «es imposible que sea mío». El enfado después de no haber abortado, que sonó tan incomprensible para ella. Ahora Carolina confiesa porque quiere saber más.

—Lo siento, Eli, te juro que lo siento muchísimo.

—¿Y el niño? —insiste Eli.

—Me dijo que no podía ser suyo, que se había hecho la vasectomía hace años.

—¡Será cabrón!

—¿No es verdad?

—Claro que no es verdad, Carolina. Te aseguro que Luis no se ha hecho ninguna vasectomía. Es un mentiroso.

Razvan, Ferka, Cosmin y Mihai se están comiendo un kebab en La Gavia, el centro comercial que hay en el ensanche de Vallecas, el más grande de todo Madrid. A los cuatro primos les encantan los centros comerciales, han pasado muchas tardes en ellos. Es una de las cosas que más les llamó la atención cuando llegaron a España, esos enormes pasillos de suelos brillantes y tantas tiendas en las que hay de todo, chucherías, electrónica, ropa, deportes, supermercado, cafeterías y hasta cines. Un lujo. Durante bastante tiempo, un centro comercial era para ellos la máxima representación de lo bueno que tenía vivir en España, el símbolo de todo lo que habían venido a buscar.

Razvan les ha contado su conversación con Luca Sandovich. No pueden volver a su casa. Él les pagará todo el trabajo, pero no pueden ir a acabar la obra. Ha habido un robo y su mujer cree que han sido ellos. Les consuela que Luca esté seguro de que no lo han hecho, pero a los cuatro se les instala un poso de tristeza mientras muerden los trozos de cordero de su plato. «*Nu-i drept*», «Es injusto», se enfada Ferka. Les encantaría que las cosas fueran de otra forma. Cosmin ve la mejor parte de la historia, van a cobrar sin trabajar. A Mihai le ha afectado menos, él está a otras cosas. Él solo piensa en Lili. Sus primos ya la conocen, coincidieron con ellos una tarde en la que estaban paseando cerca de la casa en la que viven. No se lo podían creer, ya les había dicho que estaba saliendo con una chica, pero al verla tan guapa, tan dulce y tan sexi, no se les ocurrió otra cosa que aplaudirle cuando Mihai llegó al piso. Una ovación que a Mihai le hizo reír, aunque, naturalmente, no la oyó.

Ferka no es feliz en España, le ha costado asumirlo, pero cada vez lo tiene más claro. Aquí se vive bien, pero es difícil lograr lo que él quiere, lo que vino buscando. Una mujer, una casa, hijos. Aquí es solo un rumano, un obrero, nadie. La rabia se ha apoderado de una parte de él. No lo dice, no se queja, no lo comparte con sus primos, pero cada noche entra en internet para ver ofertas de trabajo en Bucarest y los precios de las casas en Oltenia, el pueblo donde nacieron. Él no solo es un buen albañil como sus primos, él también es un gran fontanero. Le encanta ese oficio, estudia los nuevos materiales que salen al mercado y las instalaciones más complejas y más sofisticadas. Sin embargo, todo sigue igual que el día que llegó hace más de cinco años, continúa en la misma habitación del piso de Vallecas viviendo con sus primos, ganando prácticamente lo mismo y sin expectativas de que nada vaya a mejorar. Razvan también echa de menos Oltenia, su música, su comida, lleva más tiempo aquí que sus primos. Él fue el primero que llegó, después vinieron Cosmin y Ferka y el último, Mihai. A Razvan le ha dolido que Luca les haya echado de su obra, por mucho que les vaya a pagar el trabajo. Es una humillación. Cosmin no se lo toma tan en serio como sus primos mayores, lo importante es que les sigan ofreciendo trabajos y eso pasará porque, cuando los contratan, cumplen y lo hacen bien.

Mihai está ausente, ha quedado con Lili esta tarde para pasear por la Gran Vía. Es la primera vez que va a ir de compras con su novia, que dice que le va a cambiar un poco el vestuario porque a veces se viste «como si, aparte de sordo, también fuera ciego». El día que le hizo esa broma tuvo miedo de que a Mihai no le sentara bien, pero en cuanto entendió los signos le entró su risa sonora y una extraña sensación de felicidad. Puede que Mihai pensara que reírse es aceptar o a lo mejor no pensó nada y simplemente le hizo gracia. El kebab estaba bueno y han tomado café antes de ir a una heladería del mismo centro comercial en el que hay uno de *stracciatella* que les encanta a todos, salvo a Mihai, que no cambia nunca su tarrina con dos bolas de helado sabor Oreo. Cosmin va con él, como siempre, y unos pasos más atrás Razvan apoya una mano en el hombro de Ferka, a modo de consuelo. *«Vreau sã mã întorc în România»*, dice Ferka con cierto aire de fracaso. Quiere volver a Rumanía. No es por nada concreto y es por todo a la vez, pero que les acusaran del robo le ha hecho daño, ha sido la confirmación de que aquí nunca encontrarán el lugar que buscan. *«Si eu»,* Razvan también. Los dos miran a Cosmin y a Mihai, los más jóvenes. Mihai pensando en que esta tarde volverá a ver a Lili y Cosmin soñando con que alguna chica, cualquier noche, le diga por fin que sí. «Estarán bien sin nosotros», se tranquilizan Razvan y Ferka, que tienen su cabeza en Oltenia. De la melancolía es imposible salir si te atrapa, nunca hay vuelta atrás.

Carolina saca de su bolso la foto de la ecografía que le han hecho esta mañana para enseñársela a su padre. Ha ido a su casa de Moratalaz, donde también se ha instalado Carmen. En realidad, va solo por las noches, porque durante el día ella sigue pasando casi todo el tiempo en su casa con su hijo Cristóbal. Han cambiado pocas cosas desde la boda, salvo que antes eran vecinos que vivían puerta con puerta y ahora se alternan de un piso a otro. Es como si hubieran ampliado cada uno de sus domicilios con el descansillo que tienen en el medio. Los domingos y el resto de los días que libra Mariano suelen comer en casa de Carmen, ella es la que cocina y se siente más cómoda con sus cosas. De momento, van a seguir así, por el día en casa de una y la noche en casa del otro. Mariano podría dejar de pagar el alquiler e instalarse en casa de Carmen, pero sería un poco incómodo especialmente para Cristóbal. Tampoco se han ido todavía de luna de miel, están esperando a que Mariano pueda coger dos semanas seguidas para poder irse a Punta Cana. Esto es una sorpresa que Mariano quiere darle a Carmen, ya lo tiene casi todo apalabrado con la agencia de viajes y el precio por una semana allí es más barato que cualquier hotel de playa de Levante, Baleares o Canarias. Carmen nunca ha salido de España, nunca se ha montado en un avión y solo una vez viajó en AVE a ver a una prima suya que vivía en Sevilla. Las vacaciones siempre las pasaba en el pueblo de Ciudad Real donde nacieron sus padres y allí iba en coche cuando su marido conducía y en autocar después de quedarse viuda. A Mariano le hace muchísima ilusión regalarle ese viaje y pensar que estarán en una playa de arena blanca y en un hotel en el que llevando una pulserita tienes todo incluido y puedes beberte un daiquiri dentro de la piscina. La verdad es que ni Mariano ni Carmen han probado un daiquiri jamás y puede que no les guste, pero eso ahora no tiene ninguna importancia.

Mariano le pone un café solo a su hija y él se lo corta con un poquito de leche fría. Le cuesta distinguir alguna forma humana en ese papel en blanco y negro de la ecografía en el que su hija le dice dónde están las piernas, la cabeza y lo que parecen las manos. Él no ve nada, aunque dice que sí, que lo distingue claramente. Una de las dos noticias es que todo está bien, el bebé se va formando con normalidad y el corazón late con fuerza; esta mañana lo ha escuchado mientras le hacían la ecografía y ha sido emocionante. La otra noticia ya está confirmada: «... Te habías equivocado —le dice—. ¡Es un niño!». Mariano se sorprende y bromea con que hasta que no nazca no estará seguro, que la ecografía puede dar error, que no se fía del todo. Carolina se ríe de la ocurrencia, aunque nota que su padre está algo ausente toda la tarde. «A ti te pasa algo», le dice con ganas de saber. «Estoy preocupado por una cosa del trabajo». Mariano le explica los detalles del robo en casa de Luca Sandovich. Dinero negro y joyas que guardaban en el sótano, precisamente les estaban construyendo una caja fuerte. Ha sido desde dentro y las imágenes de la cámara de seguridad de esa noche en el exterior de la casa han desaparecido. Le aclara que él es el único que tiene acceso a esas imágenes. «Tengo miedo a que alguien pueda sospechar de mí», le confiesa. Carolina le resta importancia a la preocupación de su padre. «Nadie podría pensar que tú hicieras una cosa así», le tranquiliza.

—¿Y cómo vas a llamar al niño? —Mariano cambia de tema.

—Le iba a poner Carolina, pero no va a poder ser —bromea su hija.

—¿Has hablado con el padre? Tiene derecho a saberlo por muy maricón que sea.

—¡Homosexual!

—Eso, perdón.

—El chico homosexual no es el padre.

—¿Cómo que no? Me dijiste que era él.

—Me equivoqué. Es una larga historia…

Mariano no quiere preguntar, aunque en su cara se mezcla la sorpresa y el enfado. Carolina le pide que confíe en ella, lo importante es poder criarlo bien, aunque sea sola, «mejor sola». Mariano le ofrece otro café y su hija lo acepta, esta vez descafeinado. Hablan del futuro, sobre cómo será el niño, si será listo, si jugará bien al fútbol. Bromean, prefieren hablar de cosas agradables. Mariano le cuenta una vez más lo del viaje a Punta Cana, lo de la cara que va a poner Carmen cuando le diga adónde van y lo de los daiquiris en la piscina. «A lo mejor están buenos, ¿por qué no?», especula Mariano.

—¿Dices que ha sido desde dentro? —pregunta Carolina de repente.

—¿De qué hablas?

—Del robo en casa del futbolista.

—Sí. Conocían la casa y sabían dónde estaba el botín.

Carolina se queda pensativa, aunque no dice nada.

—¿Pasa algo? —pregunta su padre.

En ese momento se oye la puerta de la calle y a alguien viniendo por el pasillo.

—¡Hola, Carolina! —dice Carmen al abrir la puerta del salón—. No sabía que estabas aquí.

—He venido para que mi padre viera a su nieto —bromea, mostrándole la ecografía.

Carmen sí la interpreta a la perfección, encuentra la cabeza, los brazos y las piernas. Las dos mujeres se ríen de la torpeza de Mariano, que sigue sin ver nada, aunque se niega a reconocerlo. Carmen se alegra de que sea un niño y recurre al tópico de que lo importante es que venga bien. Ofrece a Carolina quedarse a cenar, estaba en su casa haciendo una lasaña de berenjena; en cuanto termine en el horno, se la traerá para cenar aquí. Es la ventaja de tener dos casas que es ya una sola. Carolina rechaza la invitación, porque quiere acostarse pronto y cenará ligero en casa.

—¿Y ya tienes pensado el nombre? —Carmen también quiere saber.

Carolina se hace la interesante, mirando de un lado a otro, hasta que coge la mano de su padre.

—¡Mariano! Se llamará Mariano, como su abuelo.

Mariano le da dos besos, «Gracias, hija», aunque no quiere emocionarse demasiado. A Carmen también le hace ilusión, en cierto modo, ella está viviéndolo como si también fuera nieto suyo. Ha hablado con Mariano muchas veces de que la chica va a necesitar ayuda, no puede contar con su madre y tendrá que empezar a trabajar muy pronto. Carmen es feliz imaginándose de abuela. Carolina se levanta para irse y le regala la imagen de la ecografía a Mariano, que la vuelve a mirar sin ver otra cosa que una mancha gris. Carmen la pone encima del mueble, apoyada en otro marco. «Es la primera fotografía de tu nieto», bromea. Mariano acompaña a Carolina hasta la puerta para despedirla.

—Papá, creo que sé quién puede haber robado en casa de Luca Sandovich.

Clara Zúñiga ha estado esta tarde en la galería de Eli. Le encanta ver las exposiciones temporales que organizan, algunas de autores más consagrados, pero también las de otros jóvenes con buena proyección, como el que ha ido a ver hoy, que suele pintar animales en situaciones extrañas. Clara se ha convertido ya en una clienta de la galería desde que compró allí la obra del fotógrafo Crewdson y que es la estrella de su casa. Siempre agradece a Eli que se la vendiera, como si los cuarenta mil euros que pagó por ella no fueran el motivo real de que en este momento esté colgada en el salón de su casa. Clara es una persona generosa, le gusta compartir su alegría, se siente bien cuando los demás están bien. Es esencialmente buena. Si todas las personas fueran como ella, el mundo sería un lugar sin conflictos ni guerras, sin estafas ni engaños, sin envidias ni ira. Sería un mundo más bello, más confortable, aunque irremediablemente más aburrido.

A lo largo de su vida, Clara ha dado la sensación de parecer tonta innumerables veces, está acostumbrada y ya casi ni le molesta. Su inquietud por la estética y por el lujo la convierten de inmediato en superficial para los que no la saben mirar. Su manera de gastar, a menudo de forma compulsiva y más veces de la cuenta, incluso lo que no tiene, hacen pensar que se trata de una persona frívola. Incluso a Marcos le desespera esa habilidad que posee su esposa para poner tierra de por medio con las preocupaciones. Clara parece vivir permanentemente en un musical, en una comedia romántica, no prejuzga a nadie para mal, ni sospecha que algo turbio tiene que haber en los demás cuando todo les va bien. Tiene luz y es alegre, Marcos la ama por eso, una manera de contrarrestar su permanente melancolía, su vida cerca del delito y el engaño, donde la honestidad es una palabra sin significado. Ella no podría ser detective, no sospecharía de nadie, y cuando Marcos le habla de algún estafador o delincuente de cualquier tipo, la primera pregunta de ella siempre es si está del todo seguro de que es culpable. Ella es feliz, aunque no siempre puede compartir sus aficiones con su marido, esencialmente porque suelen ser muy caras. La decoración, el arte, las antigüedades y la moda son universos que Marcos no frecuenta, así que se hace el despistado y solo interviene cuando las facturas llegan a ser inasumibles. Ella se controla durante unos meses y vuelve a la carga con una nueva lámpara de los años cincuenta, un bolso de Chanel *vintage* o ese cuadro de un chimpancé deshojando una margarita de no sé qué artista novel del que se está hablando mucho en los círculos artísticos. Eli le ha dicho que es un pintor con mucha proyección, pero Clara lo que ha interpretado es que, dentro de un par de años, el cuadro del chimpancé valdrá el doble. Esta es otra de las características psicológicas de Clara, a menudo no ve la realidad como es, sino como ella quiere que sea. Debe de ser la forma de evitar el cargo de conciencia que supone haber comprado el cuadro del chimpancé por dieciocho mil euros, más impuestos, y que ella misma ha traído en el maletero del coche porque no podía esperar ni un día más para colgarlo en el recibidor.

Eli y Clara prometen quedar pronto a tomar café cada vez que se ven en la galería, pero esa cita nunca termina de producirse, son de esas cosas que se dicen, pero nunca se cumplen. Marcos no se da cuenta al entrar en casa, viene pensando en sus cosas. Besa a Clara de forma rutinaria y pregunta qué hay de cenar. Ella está contenta, casi eufórica por la nueva adquisición artística que ha hecho esta tarde. «Me encantaría cenar fuera esta noche», le propone ella. «Estoy un poco cansado», se justifica él. Clara insiste, le dice que se muere por un jamón, unas gambas y una cerveza, le hace dos carantoñas, le da un mordisquito en el lóbulo de la oreja al detective, que es una de sus debilidades. «¡Hostia! ¿Eso qué es?», exclama sorprendido al descubrir el cuadro del chimpancé deshojando la margarita. «Es una inversión que he hecho, ¿no te parece maravilloso?». Marcos mira el cuadro y le entra un ataque de risa, de los que te inundan los ojos de lágrimas y te impiden durante algunos segundos la respiración. Clara se sorprende, es una reacción poco frecuente en él, tan comedido siempre. Podría sentirse ofendida por las risas de su marido, pero a ella le da igual. Qué importa si le hace gracia, el cuadro ya está colgado y de ahí no se va a mover.

«Venga, vamos a cenar», dice Marcos cuando se le pasa el ataque, necesitaba reírse.

—Tengo que contarte algo que he descubierto sobre los vecinos. —Marcos emplea un tono un tanto misterioso.

—¿Qué vecinos?

—Pablo y Gloria. Esos dos no son como parecen.

—¿Por qué dices eso?

—Te lo cuento cenando.

La jueza ha levantado los cargos que había contra Borja Urquijo por el asesinato de su padre. No queda otro remedio, sin pruebas y con una coartada sólida es imposible acusarle de nada. Naturalmente, el caso sigue abierto porque en este momento hay un asesinato sin asesino, así que la policía deberá seguir trabajando. La jueza ha llamado esta mañana al inspector Moreno para comunicarle su decisión de retirar los cargos contra Borja. Agustín está de acuerdo, tiene buena comunicación con ella, le parece solvente y escucha sus opiniones. Lo que les ha contado Katy es cierto. La cámara de una sucursal del Banco de Santander que hay al lado del edificio sitúa a Borja entrando en el portal de la enfermera a primera hora de la tarde y saliendo de madrugada. También se ha localizado al Zanahorio, así apodan al camello pelirrojo que les sirvió la cocaína a domicilio. Es una evidencia que Borja estaba en casa de Katy el día que murió don Julio.

Agustín Moreno nunca ha dejado un caso sin resolver, los ha habido complejos, pero hasta el momento siempre ha dado con los culpables de todos los delitos a los que se ha enfrentado. Es cierto que algunas veces, sobre todo en narcotráfico, no se llega hasta la persona que da las órdenes, pero al menos siempre ha cogido a los que apretaron el gatillo. Está empezando a temer que este sea uno de los muchos casos que se archivan sin resolución, relegándolos a un cajón y, más tarde, definitivamente al olvido. Un crimen sin culpable, les pasa a muchos policías y él no es una excepción. Lo considera un fracaso, pero tiene que asumirlo. En este momento no tiene ningún hilo de donde tirar, ha repasado decenas de veces todo lo que tiene hasta ahora, ha tomado declaración a los clientes de la notaría, a los empleados y a los pocos conocidos de la víctima. Nada. Borja está libre, la fianza se le devolverá y podría incluso recibir una indemnización por los días que ha pasado en prisión preventiva de forma injusta. No la solicitará, lo único que le apetece es celebrarlo, se lo ha dicho a la jueza y a Moreno. A él le da igual, su padre está muerto, se ha convertido en cenizas dentro de una urna que a su vez está metida en un nicho. Murió sentado en el sillón de su despacho con el cráneo roto y ha muerto dentro de él. Ha pasado una cosa y la otra al mismo tiempo. Lo bueno de los muertos es que te joden menos la vida. Ahora él está libre y su padre es pasado. Cenizas. Queda su recuerdo, que ya no hace tanto daño. Libre de cargos y libre de su padre, Borja siente que es ahora cuando puede empezar a vivir. Ya no habrá nadie que convierta en sucio su deseo, no volverá a ser el chico que no cumplió las expectativas. Borja quiere amar de manera limpia, divertida, sin la conciencia golpeando y contaminándolo todo. «Está muerto, que se joda. Y yo, vivo, más libre que nunca».

Dolores está desayunando con Lola. Tostadas con queso fresco, la madre. Dos huevos fritos con beicon, la hija. Pascual espera a que salga el café de su cafetera italiana mientras saca del armario las magdalenas cuadradas con azúcar quemado por encima, que, mojadas en café con leche, son su primera comida del día. Lola siempre se zampa los huevos fritos con un trozo de pan en cada mano, los tritura con ellos recogiendo el huevo con el pan que lleva entre los dedos de la mano derecha, apoyándose en el de la izquierda, se lo lleva a la boca y lo mastica mientras coge otro trozo de pan para sustituir el ingerido y repetir la operación una y otra vez hasta dejar el plato limpio. Dolores coge su tostada valiéndose solo del dedo índice y el pulgar, y se lo lleva a la boca sin mover prácticamente la cabeza. Pascual aproxima la suya hasta el borde del vaso para que la magdalena reblandecida por el café no se rompa antes de metérsela en la boca, y acompaña el bocado con un sorbo de sonido desagradable. En la tele suena de fondo el informativo matinal al que ninguno presta atención, pero cuyo ruido hace menos incómodo el silencio. Pascual tiene cita esta mañana con Sergio Goikoetxea, que le ha dicho que puede pagar su deuda, aunque Pascual no sabe de qué manera. Dolores entra más tarde en el ministerio, es un día más sin demasiado trabajo, terminar de redactar algunos informes sobre los últimos acuerdos de pesca a los que se ha llegado en la Unión Europea. Ella adora esa rutina, es lo mejor que tiene. Con Lola se comunica un poco más desde que volvió a casa, de donde cree que no saldrá jamás. Se ha conformado, mejor no pedirle demasiado a la vida. Lola ahora tiene una ilusión, un proyecto. Su madre nunca la oyó ilusionarse por nada desde que dejó de ser una niña. Ahora ha decidido ser directora de cine y hacer películas gore. No va a ser fácil encontrar algún sitio en el que estudiar cine al no haber terminado ni siquiera la ESO, pero está mirando algunos cursos privados y, si se decide, al menos saldrá de su habitación y se relacionará con gente. Dolores no tiene mucha fe en el futuro de su hija como cineasta, se conforma con mucho menos. Ella fantasea con que en el curso se enamore de algún chico y eso la motive para empezar a cuidarse y logre adelgazar un poco.

«No la esperaba a usted también», dice sorprendido Pascual al ver que a Sergio Goikoetxea le acompaña Mayte, que para él es María Teresa Cebollero, su nombre real y como aparece en las cuentas bancarias. Sergio se ha puesto el traje gris claro de Etro de tres mil euros y la corbata verde con topos blancos que Yolanda le regaló para su cumpleaños, el mismo que se puso el día que Pascual le negó rehipotecar la casa una vez más. Justo en el momento de sentarse enfrente de Pascual es cuando se da cuenta de que va vestido de la misma manera que aquel día. Piensa en una casualidad, aunque también cree que haber elegido esa ropa podría deberse a algún aspecto más freudiano. Seguramente. «¿Cómo se encuentra usted después de todo?», le pregunta Pascual con ese aire hipócrita del que no se libra ni cuando se esfuerza por ser amable. Ese «... después de todo», traducido, significa «después de haberse quedado en la ruina». Sergio le sonríe con una seguridad mucho más aparente que real y le contesta que mucho mejor. Pascual recuesta su cuerpo rechoncho en el sillón con actitud de escuchar. «Ustedes dirán», les anima, dirigiendo la mirada a Mayte.

—Quería saber si es posible recuperar mi casa si me pongo al día con la hipoteca —empieza Sergio.

—En fin, eso es algo un poco difícil —dice Pascual con esa sonrisa de satisfacción que le brota cuando alguien está en dificultades—. Ni siquiera sé si estaría en mi mano.

—Puedo ponerme al día de todos los retrasos.

—Sí, ya... Pero usted, además, tenía una importante deuda con Hacienda —afirma, esta vez más sonriente aún— y esa gente no perdona.

—Esa deuda también está saldada.

—¿Le ha tocado a usted la lotería? —intenta bromear con poca gracia.

—¿Qué habría que hacer para recuperar mi casa? —Sergio se pone serio.

—Eso es muy difícil, señor Goikoetxea.

—Pero si voy a pagar todos los atrasos.

—Es que habría que revertir un proceso ya iniciado. A mí se me antoja imposible.

—¡A mí no! —suelta Mayte, que hasta ahora no había hablado.

—¿Cómo dice, doña María Teresa? —se sorprende Pascual.

—Que digo que a mí no se me antoja imposible.

—A ver, señora Cebollero, don Sergio ha tenido muchos problemas con esta entidad financiera y…

—Escúcheme un momento —le interrumpe Mayte, alzando la voz— y apunte ahí en su pantallita mi *deneí*.

Mayte le enumera uno a uno los ocho dígitos de su carnet de identidad y la letra correspondiente. Pascual lo mete en su ordenador con actitud sumisa. Sergio contempla la escena como un niño al que su madre defiende del matón de barrio.

—Ve lo que pone ahí, ¿verdad?

—Sí, claro. Son sus cuentas bancarias y sus fondos en esta entidad.

—¿Y cuánto dinero hay? ¿Lo ve?

—Sí, claro, doña María Teresa. —Pascual suma las cuentas y los fondos mirando a la pantalla—. Más de doce millones.

—Doce millones setecientos cuarenta y siete mil euros, para ser exactos.

—Así es, señora.

—Pues escúcheme atentamente. O soluciona el problema de mi amigo o los doce millones vuelan de esta sucursal y del Banco Europeo mañana mismo. Así que mueva el culo.

Mayte se levanta de la silla y Sergio la sigue con ganas de ponerse a aplaudir. Los dos dicen adiós desde la puerta del despacho del director.

Lola ha cogido una cámara antigua de su padre y ha empezado a grabar en casa y en los descampados que están cerca de la M-40 que rodean las urbanizaciones donde viven. Lola piensa historias en su cabeza y ha empezado a escribirlas a modo de guion, en internet hay algunos tutoriales sobre cómo se hace. Sus ideas son extrañas, caóticas y suenan dolorosas. Personas deformes y aburridas, animales tullidos, mujeres desdentadas y hombres de pies gigantes que se traicionan unos a otros y viven en un mundo en el que, cuando alguien se enamora de alguien, se mueren los dos inmediatamente, un universo de gente horrible a la que no se le permite amar. Poco a poco va metiendo esas ideas en algunos textos con personajes estrafalarios. Por supuesto, no le ha enseñado a su madre ninguno de esos guiones ni nada de lo que está grabando. Dolores, naturalmente, tampoco se lo ha pedido.

—¡Doce millones de euros! —exclama Sergio al salir del banco.

—Casi trece —dice Mayte burlona—, y eso solo en este banco.

Los dos caminan seguros de que Pascual hará todo lo posible para que el Banco Europeo dé marcha atrás y Sergio pueda recuperar su casa. Se montan en el coche de vuelta a Delparaíso. Mayte le vuelve a decir lo guapo que está con ese traje y esa corbata. Sergio se entristece, piensa en Yolanda, en que si todo esto hubiera sucedido antes, quizás, quién sabe, estaría viva. No le dice a Mayte lo que está pensando. Ella también está pensando lo mismo, quién sabe si un día después, incluso una hora más tarde, habría encontrado un motivo para no hacerlo y ya jamás lo hubiera hecho. La vida casi siempre pasa a destiempo.

—Mayte, tengo que preguntártelo…

—¿Qué quieres saber? —contesta sonriendo, porque está segura de saber cuál va a ser la pregunta.

—¿Por qué tienes tú tanto dinero?

Mayte sonríe, se toma su tiempo, mira por la ventanilla y de nuevo mira a Sergio.

—¿Sabrás guardarme el secreto?

—¡Claro! —le promete Sergio.

—A ver si te crees que Corinna fue la única lista.

Marcos tiene el caso resuelto. Una vez que se ha sabido quién les ayudó desde dentro, ya no queda ningún cabo suelto. Será Luca quien tenga que decidir si los denuncia a la policía o recupera lo que es suyo de otra manera. De momento, va a acompañar a Marcos cuando vaya a hablar con ellos. El detective cree que valdrá con asustarles, los estafadores no suelen ser violentos, el único problema es llegar tarde y que no quede rastro ni de las joyas ni del dinero.

Hacía mucho tiempo que Mariano no sentía tanta rabia, la decepción le provocó tristeza, pero sentirse engañado le ha hecho recordar aquel que fue y sabe que no va a poder contenerse. Desde aquella paliza que le dio a su cuñado cuando le arruinó en la empresa Reformas La Familia, no había vuelto a tener tantas ganas de pegar a alguien. Ya ha notificado lo sucedido a los jefes de la empresa de seguridad que controla Delparaíso, quería hacer las cosas como es debido, antes de quedar con él.

Marcos siguió la pista de la propia vivienda. No es suya, están de alquiler y, además, después del primer pago, no han vuelto a abonar ninguna mensualidad más. Es su práctica habitual. El encanto natural, la generosidad aparente, una capacidad proverbial para la mentira, una sonrisa cautivadora… son las armas que logran confundir y bajar la guardia de las víctimas. Nadie podría pensar que ellos son sospechosos de nada. Marcos y Luca llaman a la puerta de Pablo y Gloria.

Mariano le consideraba su amigo, el único que tenía. Él le buscó este trabajo en la empresa de seguridad, le dio su espacio en Delparaíso, le confió todas las claves para ser su mano derecha por encima del resto de los vigilantes. Lo hizo porque necesitaba un trabajo antes de tener que delinquir de nuevo y volver a la cárcel.

—¡Qué sorpresa!

—Hola, Pablo, ¿podemos pasar?

—¡Sí, adelante!

—Este es Luca Sandovich, supongo que ya le conocerás —dice Marcos.

—Sí, claro. ¿Cómo estás, Luca? —Intenta ser amable, aunque ya se teme lo peor.

—¿Está Gloria? —le pregunta Marcos.

—No, ha salido con el niño.

—Mejor así. Luego se lo cuentas.

A Luca le sorprende la seguridad de Marcos. Habla muy pausado, sin dejar de mirar a los ojos, con una actitud muy cinematográfica.

—Lo sabemos todo, así que nos vamos a entender.

—No sé de qué hablas —contesta con la voz algo entrecortada.

—Mira, lo mejor es que no me toques los cojones. Es un consejo que te doy. Sé que tú tienes las joyas y el dinero de Luca. —Señala al futbolista—. Así que deja esa sonrisa estúpida y devuélvele lo que le has robado.

Mariano ha quedado con Andrés en la entrada de la Casa de Campo por la parte de Somosaguas. Le propuso tomar algo en un chiringuito cercano, pero le está esperando apoyado en su coche.

—¿Qué pasa, Mariano? —le saluda sonriendo.

—Pasa que eres un hijo de puta.

Antes de que le dé tiempo ni a sorprenderse, Mariano suelta su brazo derecho cogiendo fuerza desde el giro de su cadera, prolongándola por el hombro, bíceps, antebrazo y la mano hasta los nudillos, y apuntando justamente a un lateral de la barbilla. Cuando era joven y entrenaba con los boxeadores, ellos le llamaban a eso «la punta de la pera» y si golpeas ahí con rotundidad, el KO es seguro. Según siente el puño de Mariano en su cara, nota como la visión se convierte en un manto negro, le retumba la cabeza y desaparece la conciencia al instante. Mariano se vuelve a apoyar en el coche y le mira en el suelo esperando a que recupere el conocimiento.

Luca se mantiene en silencio, no es necesario decir nada. Marcos está manejando la situación sin dar ninguna opción.

—Sabemos que no hubo ningún robo en vuestro chalet de Boadilla, contáis siempre la misma historia para dar confianza a los vecinos. Ni casi violan a Gloria ni a ti te golpearon con un bate, nada... Esta casa no la habéis comprado, estáis alquilados y además no pagáis, lo mismo que hicisteis en Boadilla.

Pablo se desmorona en el sofá. Marcos sabe todos los detalles de la manera de operar del matrimonio. Alquilan casas de lujo a algún propietario avaricioso que coge el dinero en negro, dos o tres meses por adelantado, y dejan de pagar en el instante en el que entran a vivir. Saben que por ley disponen más o menos de un año y medio hasta que se haga efectivo el desahucio. Establecen una buena relación con los vecinos y, a través del personal de limpieza o de seguridad, consiguen información sobre aquellos que tengan un buen botín y sean más vulnerables. Una vez robados uno, dos o varios vecinos, desaparecen a otra nueva urbanización de lujo en cualquier lugar de España.

Mariano nota como Andrés va abriendo los ojos después del puñetazo, han sido unos cuantos segundos en los que su compañero de seguridad en Delparaíso ha estado literalmente durmiendo. Al despertar y ver a Mariano de pie delante de él, se asusta y se acurruca para evitar más golpes.

—No, no me pegues más —suplica desde el suelo.

—Levántate, anda. —No tiene intención de pegarle más que ese puñetazo. De momento—.¿Cuánto te han dado? —sigue Mariano.

—¡Lo necesitaba! —se intenta justificar Andrés.

Mariano había conocido a Andrés siendo portero de discoteca. Siempre le pareció un tipo fiable, a pesar de sus antecedentes. Cuando se conocieron, le dijo la misma frase: «¡Lo necesitaba!». En aquella ocasión le creyó y cuando Mariano llegó a Delparaíso a los pocos meses, pidió que le contrataran. Por supuesto, ocultó sus antecedentes penales, que no aparecieron en el currículum, y dijo que respondía por él. Andrés llegó a un acuerdo con Pablo y Gloria para darles información de cómo y cuándo entrar a la casa del futbolista con las llaves que tiene el personal de seguridad de todas las viviendas, y fue quien borró las cintas de las cámaras de seguridad con las claves que tenía Mariano. La de Luca Sandovich era solo la primera de las casas donde pretendían robar antes de marcharse de Delparaíso.

—Ya he hablado con la dirección de la empresa. Estás en la puta calle.

Mariano le mira fijamente a los ojos y Andrés le evita la mirada y se va acariciando su barbilla, todavía aturdido por el golpe. Cuanto menos hable y antes se vaya, menos posibilidades tendrá de llevarse otra.

—La cosa es muy sencilla, nos vamos a levantar de este sofá y vamos a ir a por las joyas y el dinero —dice Marcos amenazante.

—Eso no es posible —intenta explicar Pablo.

—Yo que tú no jugaría a hacerme el valiente. O nos das las joyas y el dinero o te aseguro que lo vas a pasar muy mal. —Luca no da crédito. En realidad, está empezando a tener miedo, la escena comienza a superarle. Marcos tiene un tono ahora más parecido a Michael Corleone en *El padrino* que a Germán Areta en *El crack*—. Hablemos claro —continúa el detective—, en este asunto no va a entrar la policía, ya lo sabes, pero te aseguro que si las joyas y el dinero no están en esta mesa en cinco minutos, habrá sido el último robo que tú y tu mujer hayáis hecho. —Luca no sabe en qué consiste la amenaza de Marcos. Si es un farol, no lo parece—. ¿Sabes lo que cuesta que te peguen dos tiros cualquier noche? —le dice muy despacito. Luca da un respingo y Pablo se inquieta, traga saliva de manera evidente—. Por mil euros, estás muerto. Tú decides.

Cinco minutos más tarde, Marcos y Luca salen de la casa de Pablo y Gloria con una bolsa de deportes de Nike con el dinero y las joyas dentro. A Luca todavía le tiemblan las piernas. No ha sido capaz de abrir la boca durante el rato que han estado dentro de la casa. Marcos le intenta tranquilizar, de repente ha cambiado su tono de tipo duro por otro más amable. Parece otra persona.

—Marcos, lo que has dicho ahí no era cierto, ¿verdad?

—Olvídalo. Lo importante es que tienes el dinero.

Katy nunca pensó que trabajaría en un centro psiquiátrico, mientras estudiaba siempre se imaginaba en unas urgencias pediátricas, quizás en un laboratorio haciendo análisis o hasta en un geriátrico. Sin embargo, de aquí recibió la primera llamada hace más de ocho años solicitándola para una suplencia de verano y aquí sigue. Pasó miedo el primer día y muchos de los siguientes. Cuando tuvo que inyectar el primer tranquilizante a un paciente con una crisis violenta, al cruzarse con algunos enfermos por el pasillo con sus risas a destiempo, sus miradas ausentes del mundo que se comprende.

Las clínicas mentales son frías, es algo en lo que coinciden todos los que han pasado por una alguna vez en la vida. Da igual cómo sea, más moderna o antigua, más cara o más barata, incluso es lo mismo cómo se la denomine, clínica de salud mental, hospital psiquiátrico, hasta manicomio, que es como no se le puede llamar oficialmente. Katy se fue acostumbrando, perdiendo el miedo a base de aceptar convivir de forma rutinaria con personas que estaban sin estar. Una mañana, poco después de empezar su turno, un hombre apuesto con un pantalón azul marino, una camisa blanca impecablemente planchada y unos mocasines de ante marrón oscuro firmaba los papeles de su ingreso voluntario. Se estaba recuperando de un nuevo intento de suicidio y de su adicción a la cocaína.

Aquel nuevo paciente era Borja Urquijo. A Katy le tocó aquella mañana acompañarle hasta su habitación, enseñarle la clínica y explicarle las normas básicas. Desde ese instante, Katy sintió debilidad por aquel hombre. Ahora no sabría precisar cuándo lo consideró su amigo, es posible que fuera desde aquel primer momento. Su sensibilidad, su inteligencia, su sentido del humor, su manera de aceptar el dolor sin rebelarse. Lo imaginó como su pareja, fantaseó algunas noches con su cuerpo, se enamoró de él hasta aceptar que era imposible. Y le siguió queriendo. Seguramente empezó a quererle también esa misma mañana en la que le conoció.

Carlos se sorprende al recibir la llamada de su padre para decirle que quiere presentarle a una amiga. Por un momento entiende que se trata de su pareja, pero la risa de Borja al oír su conclusión le despeja las dudas al instante. «Es Katy, mi mejor amiga», le aclara. Carlos siente que esta vez sí es cierta la intención de su padre de recuperarle, poco a poco le está haciendo partícipe de su vida, de las cosas que le gustan y de las personas a las que quiere. Carlos ya no tiene miedo a que, una vez más, su padre vuelva a desaparecer. Katy ha pasado bastante rato arreglándose para conocer a Carlos, más que para cualquier cita con alguien de Tinder. A ella también le gusta formar parte de la vida de Borja y no hay nada que lo simbolice mejor que conocer a su hijo. Borja es el que con más naturalidad ve el encuentro, no es más que tomarse algo con dos personas a las que quiere.

Carlos llega agitado con media hora de retraso a la terraza del paseo del Pintor Rosales en la que han quedado.

Katy y Borja van por la segunda cerveza sin alcohol, esta vez acompañadas de un plato de aceitunas. Las primeras vinieron con uno de patatas fritas que Katy se comió compulsivamente sin que Borja las pudiera apenas probar. Aparte del hambre, serán los nervios.

—¡Perdonadme el retraso! —dice Carlos recobrando la respiración mientras le da dos besos a su padre.

—No te preocupes. Esta es Katy. Katy, él es mi hijo Carlos.

El chico se pide una Coca-Cola que el camarero le trae con un nuevo plato de patatas fritas.

—Date prisa, que ella se las come todas antes de que te des cuenta —bromea Borja.

—¡Idiota! —dice Katy, sonriendo y un poco colorada.

—¿Por qué has llegado tan tarde? ¿Había mucho tráfico?

—He venido en metro, papá. Yo no tengo coche, ni siquiera carnet.

Es evidente que a Borja todavía le quedan muchas cosas por saber de Carlos. Es normal, los dos se lo toman con humor.

—He llegado tarde porque estaba escribiendo.

—¡Quiere ser escritor! —le explica Borja a Katy, eso sí que lo sabe.

—¡Qué interesante! ¿Y qué escribes?

—En este momento, estoy con un guion para un concurso que se hace en la universidad. El ganador tendrá algo de financiación para poder rodarlo.

—¿Y de qué va?

—Eso, ¿de qué va ese guion? —se interesa también su padre.

Carlos les cuenta por encima la historia. «Va de muchas cosas», les adelanta. Vidas que se entrecruzan, gente que no es lo que parece, de las apariencias. De un lugar idílico que no lo es tanto.

Carlos les cuenta la historia. De vez en cuando, ante algunos detalles del relato, Katy sonríe. El chico tiene gracia para contar tragedias. La conversación sobre el guion da para otra Coca-Cola y dos cervezas más. Katy y Carlos se están cayendo bien, Borja está contento. Es una tarde bonita, normal, feliz. «La felicidad es cuando no sucede nada», Borja recuerda en este momento esa frase que una vez le dijo la madre de un chico ingresado en la clínica. El chaval tenía poco más de veinte años. La señora estaba en el salón de visitas esperando a que la llamaran para ver a su hijo. En la clínica era frecuente que los familiares compartieran esa sala con algunos internos y a Borja le gustaba ir allí para ver aquellos encuentros, aunque él no tuviera visitas. La madre de aquel chico y él coincidieron en uno de los sofás y se saludaron con normalidad. Ella tenía ese rictus propio de las personas acostumbradas a sufrir, cuando la tristeza es rutina. Un enfermero se acercó y le dijo que su hijo no podría bajar a la sala para encontrarse con ella, había tenido una nueva crisis y estaba sedado. La mujer se quedó sentada en el sofá, quizás prefirió quedarse allí, aunque fuera solo por estar lo más cerca posible de su hijo. Borja le sonrió con cariño y se interesó por la enfermedad del chaval. «Mi niño es esquizofrénico», le contestó con naturalidad. Borja no tuvo que insistir para que la señora le contara el historial médico del chico, tenía necesidad de hablar. Desde que era pequeño ya había problemas y en la adolescencia se complicó todo mucho más. De vez en cuando, algunas lágrimas caían inesperadas por la cara de la mujer y ella se las apartaba con un pañuelito de papel hecho una bola arrugada. Borja la escuchaba con atención. Cada día un conflicto, una nueva bronca, gritos y a menudo golpes. A veces, esa violencia iba contra la gente que más quería, también contra ella. «Mi niño no es así, es esa maldita cosa que tiene en la cabeza», lo justificaba. De nuevo se resbalaban las lágrimas por su cara, otra vez el pañuelito de papel las secaba de forma casi mecánica. «Qué bonito era cuando no pasaba nada». A Borja le impactó aquella frase. Era la única aspiración del día a día de aquella mujer y su familia, que no pasara nada. La normalidad era extraordinaria. Que no hubiera gritos, ni golpes, ni vasos estrellados contra el suelo. Borja mira su vida con los ojos de esa señora, mientras escucha en una terraza a Katy y a Carlos hablar de cosas intrascendentes. Ninguno de los dos era importante en su vida el día que conversó en la sala de visitas de la clínica con aquella mujer. Ahora le están regalando la felicidad, sin que pase nada.

—¿Y cómo acaba el guion?

—Todavía no lo sé. En realidad, lo que quiero contar es que, pase lo que pase, mañana todo seguirá siendo igual.

Carolina hace un remolino con su cucharilla en el Cola-Cao. Todavía está en pijama, todavía tiene tiempo. Faltan unas horas para que su padre venga con una furgoneta a llevarse las últimas cajas de su habitación en el centro antes de devolver las llaves al casero. Se recuesta en la silla de la cocina con la taza de Cola-Cao en una mano y con la otra toca su tripa cada vez más voluminosa. Hoy se irá a vivir al piso de su padre en Moratalaz. Se acaba el sueño de su vida independiente, el sueño de ser actriz, el sueño de la vida que no le correspondía y que vivió con Luis. Se acabará el sueño de jugar a ser mayor justo ahora que empieza a serlo de verdad. Luis, experto en esquivar su conciencia cuando esta le sorprende, no sabrá nunca que Carolina sabe que le mintió. Ella seguirá adelante con un hijo sin padre. Quizás algún día, cuando sea mayor, le contará la verdad. Ahora tendrá una habitación interior para ella y para su hijo en el piso de su padre, que hoy mismo empezará a preparar. Ya ha pensado algunas ideas. La va a pintar de azul clarito y hay espacio suficiente para su cama y la cuna del bebé. Es verdad que no hay sitio suficiente para un cambiador, pero sí una mesita al lado de la cama para guardar los pañales, el empapador, las toallitas, la colonia y los bodis. Carmen la ayudará cuando nazca Mariano, se niega a que nadie le llame Marianito para diferenciarlo de su abuelo. Quiere acabar la carrera y con el tiempo tener un buen trabajo. «Quién sabe si retomaré también las clases de interpretación», piensa en voz alta. «O quién sabe si buscar algo en una agencia de detectives», le gustó haber descubierto aquellos papeles en casa de Pablo y Gloria que hizo sospechar de ellos. Apenas queda leche en su taza y siente que el bebé se mueve dentro de ella. Una, dos, tres patadas. Carolina sonríe mientras mira su tripa adquiriendo formas extrañas. Ahí dentro hay vida y está en movimiento. Antes de dar el último trago a su Cola-Cao, han vuelto sus sueños.

Razvan, Ferka, Cosmin y Mihai llaman a la puerta. No querían venir, sobre todo los dos primos mayores, los más dolidos, pero después de insistirles mucho por fin accedieron. En cierto modo se lo debían a Luca, él nunca creyó que fueran culpables. Jimena les abre la puerta sonriente y les invita a pasar. En el *hall* están Luca y Lorena, que besa a los cuatro compatriotas de su marido. «*Scuze*», les dice uno por uno en rumano. «Perdón», a punto está de hacerles una reverencia. Les invita a pasar al salón, ha preparado para ellos una tarta de manzana y servirá café. Jimena se despide de todos, ha quedado con su amiga Cayetana, de la que últimamente no se separa, son uña y carne. Lorena les cuenta que está arrepentida, que se sintió fatal por haber sospechado de ellos, que se merece estar tan avergonzada. Razvan y Ferka están más serios, pero en el fondo agradecen que esta mujer reconozca su error, es un detalle. No todo el mundo haría lo mismo. A Mihai le está encantando la tarta y antes de que sus primos lleven la mitad de su porción, la suya hace rato que desapareció del plato. Cosmin está feliz de ser el invitado de Luca Sandovich y de Lorena. Es el único que repara en que es la primera vez que están en una casa semejante sin trabajar. Razvan y Ferka le comentan a Luca su intención de volver a Rumanía, Lorena sirve a Mihai otra porción de tarta y Cosmin, por mucho que lo intenta evitar, es incapaz de no mirarle el culo a Lorena. Lo hace con todo el disimulo que puede, pero lo hace. Luca se ofrece a ayudar a Razvan y Ferka con lo que necesiten de su país y se interesa por si Cosmin y Mihai seguirán trabajando en las reformas. Cosmin habla por él y por Mihai, claro. Seguirán trabajando, los dos están bien en España y no les falta trabajo. «Además, Mihai se casará pronto», les informa. Lorena lo celebra sorprendida y Luca le hace el gesto del pulgar hacia arriba, Mihai sabe que él es el tema de conversación y piensa que seguramente ya habrán contado lo de su boda.

Jimena y Cayetana han quedado en la Casa de Campo, pretenden ir andando hasta el lago dando un paseo. Cristina hoy no las puede acompañar, tiene que quedarse en casa con sus hermanos porque su padre tiene una reunión en Barcelona y no vendrá a dormir y su madre estará hasta muy tarde en la galería preparando los cuadros de la próxima exposición. Le han dicho que ya tiene edad suficiente y no es necesario llamar a ninguna canguro. A cambio, la semana que viene le doblarán la paga si es responsable y no sucede nada mientras ella esté a cargo de la casa y de sus hermanos. Jimena y Cayetana pasean entre los pinos, de vez en cuando les molesta algún ciclista en su *mountain bike* o se cruzan con gente que va con perros, que por un rato se sienten libres. Jimena tiene ganas de coger de la mano de su amiga, al menos rozarla. No se atreve. Pasan mucho rato en silencio, algún comentario sobre el paisaje que las rodea, alguna ardilla que trepa a algún pino, poco más. A Cayetana le gusta la camiseta de Jimena, se lo dice. Se la compró su madre, es de una colección limitada que hizo H&M de algún diseñador del que ahora no se acuerda. Se consideran un poco furtivas por lo que hacen, pero sobre todo por lo que sienten. «¿Estará bien?», «¿Será pecado?», piensan sin decírselo la una a la otra. «Los pecados son una cosa antigua, de cuando nuestras madres», se convencen. «En Instagram hay muchas chicas que están en plan con otras chicas», las dos lo ven todos los días. En este momento no hay perros ni dueños ni ciclistas con su *mountain bike,* las dos caminan muy cerca, se rozan las manos y les invade esa emoción, pellizcos por dentro de su cuerpo, imposible identificar si es deseo o amor, a lo mejor es amor verdadero.

Los cuatro primos rumanos miran todas las fotografías de Luca que tiene en su despacho, una habitación al lado de la principal en la que el exfutbolista trabaja y cuyas paredes están repletas de fotos suyas desde que empezó a jugar de niño en Constanza. Algunas veces vestido de futbolista, otras de traje en la época de representante e intermediario, su cara aparece al lado de todos los mejores futbolistas de todos los tiempos, además de algunas fotos de sus mejores goles. Los primos preguntan, sobre todo los dos mayores, ellos tienen mucho más claro quién fue. Mihai señala las fotos en las que está con Messi y Cristiano, que son a los dos únicos que conoce. Cosmin tampoco está muy entusiasmado, prefería estar en el salón viendo ir y venir por la casa a Lorena, imaginando todo lo que le haría en una cama o en la cocina o en la ducha. Razvan y Ferka hablan con Luca en rumano, hay algo de melancolía en los tres pensando en su país. Los dos primos se marcharán en autocar dentro de unos días y a saber cuándo volverán. Posiblemente nunca. Luca promete llamarles cuando vaya a Bucarest, antes iba cada año una vez como mínimo, pero últimamente va mucho menos. «De este verano no pasa», se promete a sí mismo delante de sus compatriotas. Quiere que Jimena conozca sus raíces. Cosmin se fija en una foto. Un futbolista tiene la planta de su bota en la rodilla de Luca, que tiene la boca abierta, se intuye que en un grito de dolor. «Esa fue mi última jugada», les explica Luca. Comentan la foto. Luca se expresa con cierta emoción al recordar el momento, ese que le cambió la vida. Él prefiere pensar que para mejor, pero a veces se lamenta de que aquella patada le impidiera haber conseguido la gloria como futbolista. Esa herida que disimula, que a veces olvida, pero que seguirá ahí para siempre. Los primos escuchan a Luca narrar aquel momento, hasta Mihai entiende que Luca está contándoles algo conmovedor. «¡Y este es él!», les señala la fotografía de al lado. Los primos se sorprenden. En la foto está Jacobo, el rudo defensa del Hércules que le lesionó, abrazado a Luca algunos años después. La foto está dedicada por Jacobo: «A mi amigo Luca. Lo siento». «Sí, nos hicimos amigos —les explica—. Aquella entrada acabó con mi carrera, pero también con la suya». A Jacobo le humillaron hasta los aficionados de su propio equipo, los periódicos se burlaban de su torpeza como futbolista y en algunos campos le empezaron a llamar carnicero cada vez que tocaba el balón. Después de terminada aquella temporada, también se retiró del fútbol. Ahora, Luca y Jacobo quedan a comer un par de veces al año, aunque es muy raro que hablen de fútbol.

Cayetana y Jimena se besan debajo de un árbol de la Casa de Campo, en el camino que baja desde la entrada de Somosaguas hacia el lago. Están excitadas, tímidas, avergonzadas, emocionadas. Jimena se pregunta «si definitivamente son lesbianas» y Cayetana le dice que espera que no del todo, «porque ella quiere tener hijos». La duda les pone a las dos un poco nerviosas, pero se prometen no pensar en eso hasta cuando toque. Ahora solo quieren besarse y amarse y terminar su paseo cogidas de la mano.

Eli sale de la ducha y se seca mirándose desnuda en el espejo antes de darse su crema corporal. Hoy volverá a ver a Patrick en la galería y más tarde se encontrarán en el hotel de siempre. A él le gusta su cuerpo, o eso le hace sentir, ese cuerpo que ella mira con recelo y nostalgia de cuando todo estaba en su sitio, quizás nunca estuvo como ella recuerda que estuvo, pero eso da igual. Luis se ajusta su Rolex Sea-Dweller de acero y oro amarillo y comprueba que se le está haciendo un poco tarde. A mediodía sale su avión para Barcelona y tiene bastantes asuntos pendientes en el despacho antes de ir al aeropuerto. Viajará con su nueva secretaria, una joven muy eficaz que trabaja con él desde hace algunos meses. Es el primer viaje que hacen juntos y ha reservado en el hotel Mandarín Oriental, en el paseo de Gracia. Tiene preparado para ella un conjunto de encaje negro, unos zapatos de tacón y una peluca que ella se pondrá para esperarle en la cama. El motivo de que las personas no cambien suele ser que no quieren cambiar. La libertad es un abismo. La seguridad es un lugar con suelo firme.

Eli y Luis salen de sus respectivos baños al mismo tiempo y se cruzan en el pasillo.

—Llego tarde, te llamo desde el despacho antes de irme a Barcelona.

—No te preocupes, hoy llegan los cuadros de la nueva exposición y tendré mucho lío en la galería durante todo el día. También he quedado un rato con Borja.

—Hablamos por la noche entonces.

—Buen viaje.

Eli se queda sola esperando a su hermano.

Fue un arrebato, ella no quiso hacerlo. Al menos no estaba premeditado, eso seguro. Su padre no debió decir lo que dijo, aunque fuera lo mismo de siempre. Eli estaba segura de que no le odiaba, ahora que ha muerto no lo está tanto. Fue a verle porque él la llamó para hablar de un par de cuadros que tenía en el despacho. A decir verdad, quería hablar de dinero. Como de costumbre. Los cuadros no le importaban, solo saber cuánto valían. Antes de jubilarse y abandonar la notaría de la calle Velázquez, quería desprenderse de unas obras que había adquirido esos años, horribles la mayoría. Una de una campiña inglesa, otra con montañas nevadas y una tercera de unas casitas blancas que representaban un pueblo aburrido y que estaba colgado en el pasillo. Los cuadros no tenían el valor que él pensaba y se puso furioso, como siempre que las cosas no eran como él esperaba que fueran. Apoyado en un mueble había otro cuadro que empezó a desembalar torpemente. «¿Y esto vale algo?», preguntó con desprecio mientras se lo mostraba. Una pintura maravillosa de un artista francés en el que una mujer está sentada en el suelo apoyada en un sofá. Fue un regalo que Eli le hizo y que nunca llegó a colgar, estaba abandonado en una especie de cuarto trastero de la notaría, al lado de archivadores antiguos y el material de limpieza, justo detrás de la escoba y el recogedor. «¿Vas a vender un cuadro que yo te regalé?», su hija quiso ponerle en evidencia. Ni siquiera se acordaba de que había sido un regalo suyo, o eso le dijo. Eli sintió rabia, impotencia, le insultó, jamás se había atrevido, como a tantas otras cosas. Ella, siempre la equilibrada. Todo se desbordó de repente, no se reconocía, él reaccionó como era habitual. Los gritos, cada vez más fuertes. «Solo sabes hacer sufrir, odio que seas mi padre». «No vales para nada, no me extraña que tu marido se folle a la primera que pasa». «¡Hijo de puta, te odio!». «Eres igual de inútil que el maricón de tu hermano». Esa fue su última frase. En ese instante, Eli le reventó la cabeza con lo primero que encontró, ni sabe de dónde sacó la fuerza. Sonó como cuando estalla una sandía al caer contra el suelo, el sonido de todo lo que se rompe, sintió cómo la escultura rompía su cráneo y lo hundía, notó cómo se le abollaba la cabeza, como se abollan las carrocerías cuando chocan con una columna. Don Julio se recostó sobre su sillón, seguramente sentiría como un mareo. Después, ese chorrito de sangre cayendo por su frente, la mejilla, y goteando hasta empapar el hombro. Y esa expresión absurda de sorpresa, los ojos abiertos, un poco con cara de tonto. Los muertos también pueden tener cara de tontos, Eli no lo sabía. Sintió pena, es la verdad. Le dieron ganas de besarle cuando ya estaba muerto y, si no lo hizo, fue por miedo.

Borja llama a la puerta, puntual. Tan bien vestido que da gusto verle y oliendo estupendamente.

«Siempre me ha gustado ese cuadro», comenta nada más entrar. Borja dice que le recuerda a Eli. A ella también le recuerda a la que fue, por eso se lo regaló a su padre con todo su cariño, aunque acabara embalado en cartón en un cuarto oscuro. Ahora está colgado en el salón, bien iluminado, ocupando el lugar que merece. «Es más delgada que yo, ojalá…», le dice a su hermano mientras los dos miran a esa mujer sentada en el suelo, apoyada en un sofá, desolada, deseando dejar de estar triste. «Es una mujer maravillosa, como lo eres tú», Borja le besa la mejilla a su hermana. «No necesitamos a nadie teniéndonos nosotros». Luis se va a ir de casa, Eli ya no quiere estar con él. No le desea nada malo, que le vaya bien. Borja también le quiere y le seguirá queriendo al margen de ella. Se pone un *gin-tonic*, a él le sirve un café. No va a beber, ni siquiera tiene ganas. Aquella noche en casa de Katy fue la última, fue una especie de celebración después de recibir la llamada de Eli contándole lo que acababa de hacer.

Se sientan en el sofá, en la mesa de centro hay libros de arte, uno de ellos de un escultor coreano, y justo encima, una escultura de bronce de unos treinta centímetros que representa a un hombre fuerte acariciando a un niño. «Es fea, pero sirve como pisapapeles», don Julio se reía de su ocurrencia. Borja y Eli la miran, sonríen y se sorprenden de sentirse tan bien.

Mayte sube la persiana de su habitación con el mando a distancia mientras se desperezа todavía tumbada en la cama. La oscuridad desaparece y la claridad gris se va apoderando de la mañana. Ese gris luminoso, confortable, durará hasta que el sol se haga fuerte y lo deslumbre todo. Borbón se sube con dificultad al colchón y empieza a juguetear con ella. «Estate quieto, perro loco», le regaña sin ninguna autoridad. Vuelve a estar sola en su casa, lo echa de menos. Y Borbón también. Mayte se levanta de la cama y sale a la terraza que hay en su habitación. Está amaneciendo en Delparaíso. A las siete, como cada mañana, entra el personal y cambian el turno los vigilantes de seguridad. Los jardineros se esmeran para que todas las plantas luzcan perfectas. La lavanda está esplendorosa, tiñendo de morado las calles de la urbanización, los setos están perfectamente recortados, los cipreses crecen enhiestos, las flores parecen pintadas. El servicio de limpieza riega las vías, vacía las papeleras y recoge del suelo cualquier resto de suciedad, si es que hay alguno. Los vigilantes comprueban las cámaras y los monitores, un pintor repara con una pequeña brocha un trozo diminuto de pintura desconchada de una parte de la valla para que esté impoluta. Las chicas de servicio pasean a los perros por los caminos de tierra habilitados para ellos, para que descarguen después de toda la noche. Los perros cagan mirando a las chicas a los ojos, con la cara de pena que siempre ponen los perros en ese instante, ellas recogen los restos con su bolsita higienizada y los arrojan a una papelera que pronto vaciará el personal de limpieza. Mayte observa Delparaíso casi en su totalidad, tiene una vista privilegiada desde su terraza. Con su perspectiva puede verse todo muy claramente. El bullicio va imponiéndose poco a poco. Algunos padres de familia van saliendo a trabajar con trajes impecables en sus coches relucientes de alta gama. Las mujeres hacen lo propio en los suyos, un poco más pequeños, aunque no mucho más baratos. Y en el interior de las viviendas la vida transcurre exactamente igual que transcurrió ayer. Niños uniformándose para ir a sus colegios de pago y mujeres y hombres orgullosos de lo que no quieren perder.

Mayte, en su terraza, respira profundo el aire de la mañana antes de volver al interior de su casa. Todo está en orden en Delparaíso. De la misma manera que seguirá mañana.

Otras novelas del autor en Booket:

booket